Né en 1921, Frédéric Dard publie son premier livre en 1940. C'est neuf ans plus tard, au moment de l'épanouissement en France du roman noir, que paraît *Réglez-lui son compte*, premier d'une série de 175 titres mettant en scène le commissaire San-Antonio, personnage-pseudonyme qui entrera au Panthéon des héros populaires de la littérature française. Dès le départ, Frédéric Dard impose une œuvre unique en son genre, où la truculence et la vitalité rabelaisienne du héros n'ont d'égal que le génie du verbe de l'auteur.
En parallèle des *San-Antonio*, Frédéric Dard publie, sous son nom ou sous de nombreux pseudonymes, des romans noirs, des ouvrages de suspense psychologique, des « grands romans » ainsi que des nouvelles. En tout, près de 300 livres, vendus à plus de 220 millions d'exemplaires, qui font de lui l'un des écrivains les plus prolixes de la seconde moitié du XXe siècle, et de son œuvre – qui se complète d'articles, de collaborations au théâtre, à la télévision et au cinéma – l'un des patrimoines de la littérature française.
Frédéric Dard est décédé le 6 juin 2000, à l'âge de 78 ans.

SI, SIGNORE !

DU MÊME AUTEUR

Depuis 2003, les San-Antonio sont numérotés par ordre chronologique d'écriture de Frédéric Dard, qui est aussi l'ordre originel des parutions.
Cette décision entraîne un changement de numérotation des S-A nº 1 à 107. Par contre, la numérotation des S-A nº 108 à 175 reste inchangée. (Voir à la fin de ce volume le tableau de correspondance entre l'ancienne numérotation et celle indiquée ci-dessous.)

ANNÉES 50

1 *Réglez-lui son compte !*
2 *Laissez tomber la fille*
3 *Les souris ont la peau tendre*
4 *Mes hommages à la donzelle*
5 *Du plomb dans les tripes*
6 *Des dragées sans baptême*
7 *Des clientes pour la morgue*
8 *Descendez-le à la prochaine*
9 *Passez-moi la Joconde*
10 *Sérénade pour une souris défunte*
11 *Rue des Macchabées*
12 *Bas les pattes !*
13 *Deuil express*
14 *J'ai bien l'honneur de vous buter*
15 *C'est mort et ça ne sait pas !*
16 *Messieurs les hommes*
17 *Du mouron à se faire*
18 *Le Fil à couper le beurre*
19 *Fais gaffe à tes os*
20 *À tue… et à toi*
21 *Ça tourne au vinaigre*
22 *Les Doigts dans le nez*
23 *Au suivant de ces messieurs*
24 *Des gueules d'enterrement*
25 *Les anges se font plumer*
26 *La Tombola des voyous*
27 *J'ai peur des mouches*
28 *Le Secret de polichinelle*
29 *Du poulet au menu*
30 *Tu vas trinquer, San-Antonio*
31 *En long, en large et en travers*
32 *La Vérité en salade*
33 *Prenez-en de la graine*
34 *On t'enverra du monde*
35 *San-Antonio met le paquet*
36 *Entre la vie et la morgue*
37 *Tout le plaisir est pour moi*

ANNÉES 60

38 *Du sirop pour les guêpes*
39 *Du brut pour les brutes*
40 *J'suis comme ça*
41 *San-Antonio renvoie la balle*
42 *Berceuse pour Bérurier*
43 *Ne mangez pas la consigne*
44 *La Fin des haricots*
45 *Y a bon, San-Antonio*
46 *De « A » jusqu'à « Z »*
47 *San-Antonio chez les Mac*
48 *Fleur de nave vinaigrette*
49 *Ménage tes méninges*
50 *Le Loup habillé en grand-mère*
51 *San-Antonio chez les « gones »*
52 *San-Antonio polka*
53 *En peignant la girafe*
54 *Le Coup du père François*
55 *Le Gala des emplumés*
56 *Votez Bérurier*
57 *Bérurier au sérail*
58 *La Rate au court-bouillon*
59 *Vas-y Béru !*
60 *Tango chinetoque*
61 *Salut, mon pope !*
62 *Mange et tais-toi*
63 *Faut être logique*
64 *Y a de l'action !*
65 *Béru contre San-Antonio*
66 *L'Archipel des Malotrus*
67 *Zéro pour la question*
68 *Bravo, docteur Béru*
69 *Viva Bertaga*
70 *Un éléphant, ça trompe*
71 *Faut-il vous l'envelopper ?*
72 *En avant la moujik*

ANNÉES 70

73 *Ma langue au chah*
74 *Ça mange pas de pain*
75 *N'en jetez plus !*
76 *Moi, vous me connaissez ?*
77 *Emballage cadeau*
78 *Appelez-moi chérie*
79 *T'es beau, tu sais !*
80 *Ça ne s'invente pas*
81 *J'ai essayé : on peut !*
82 *Un os dans la noce*
83 *Les Prédictions de Nostrabérus*
84 *Mets ton doigt où j'ai mon doigt*
85 *Si, signore*
86 *Maman, les petits bateaux*
87 *La Vie privée de Walter Klozett*
88 *Dis bonjour à la dame*
89 *Certaines l'aiment chauve*
90 *Concerto pour porte-jarretelles*
91 *Sucette boulevard*
92 *Remets ton slip, gondolier*
93 *Chérie, passe-moi tes microbes !*
94 *Une banane dans l'oreille*
95 *Hue, dada !*
96 *Vol au-dessus d'un lit de cocu*
97 *Si ma tante en avait*
98 *Fais-moi des choses*
99 *Viens avec ton cierge*
100 *Mon culte sur la commode*
101 *Tire-m'en deux, c'est pour offrir*

ANNÉES 80

102 *À prendre ou à lécher*
103 *Baise-ball à La Baule*
104 *Meurs pas, on a du monde*
105 *Tarte à la crème story*
106 *On liquide et on s'en va*
107 *Champagne pour tout le monde !*
108 *La Pute enchantée*
109 *Bouge ton pied que je voie la mer*
110 *L'Année de la moule*
111 *Du bois dont on fait les pipes*
112 *Va donc m'attendre chez Plumeau*
113 *Morpions circus*
114 *Remouille-moi la compresse*
115 *Si maman me voyait !*
116 *Des gonzesses comme s'il en pleuvait*
117 *Les Deux Oreilles et la queue*
118 *Pleins feux sur le tutu*
119 *Laissez pousser les asperges*
120 *Poison d'avril ou la vie sexuelle de Lili Pute*
121 *Bacchanale chez la mère Tatzi*
122 *Dégustez, gourmandes !*
123 *Plein les moustaches*
124 *Après vous s'il en reste, monsieur le Président*
125 *Chauds, les lapins !*
126 *Alice au pays des merguez*
127 *Fais pas dans le porno*
128 *La Fête des paires*
129 *Le Casse de l'oncle Tom*
130 *Bons baisers où tu sais*
131 *Le Trouillomètre à zéro*
132 *Circulez ! y a rien à voir*
133 *Galantine de volaille pour dames frivoles*
134 *Les morues se dessalent*
135 *Ça baigne dans le béton*
136 *Baisse la pression, tu me les gonfles !*
137 *Renifle, c'est de la vraie*
138 *Le Cri du morpion*
139 *Papa, achète-moi une pute*
140 *Ma cavale au Canada*
141 *Valsez, pouffiasses*
142 *Tarte aux poils sur commande*

ANNÉES 90

143 *Cocottes-minute*
144 *Princesse patte-en-l'air*
145 *Au bal des rombières*
146 *Buffalo Bide*
147 *Bosphore et fais reluire*
148 *Les cochons sont lâchés*
149 *Le hareng perd ses plumes*
150 *Têtes et sacs de nœuds*
151 *Le Silence des homards*
152 *Y en avait dans les pâtes*

153 *Al capote*
154 *Faites chauffer la colle*
155 *La Matrone des sleepinges*
156 *Foiridon à Morbac City*
157 *Allez donc faire ça plus loin*
158 *Aux frais de la princesse*
159 *Sauce tomate sur canapé*
160 *Mesdames, vous aimez ça*
161 *Maman, la dame fait rien qu'à me faire des choses*
162 *Les huîtres me font bâiller*
163 *Turlute gratos les jours fériés*
164 *Les eunuques ne sont jamais chauves*
165 *Le pétomane ne répond plus*
166 *T'assieds pas sur le compte-gouttes*
167 *De l'antigel dans le calbute*
168 *La Queue en trompette*
169 *Grimpe-la en danseuse*
170 *Ne soldez pas grand-mère, elle brosse encore*
171 *Du sable dans la vaseline*
172 *Ceci est bien une pipe*
173 *Trempe ton pain dans la soupe*
174 *Lâche-le, il tiendra tout seul*
175 *Céréales killer*

HORS SÉRIE

Histoire de France
Le Standinge
Béru et ces dames
Les Vacances de Bérurier
Béru-Béru
La Sexualité
Les Con
Les Mots en épingle de Françoise Dard
Queue-d'âne
Les Confessions de l'Ange noir
Y a-t-il un Français dans la salle ?
Les clés du pouvoir sont dans la boîte à gants
Les Aventures galantes de Bérurier
Faut-il tuer les petits garçons qui ont les mains sur les hanches ?
La vieille qui marchait dans la mer
San-Antoniaiseries
Le Mari de Léon
Les Soupers du prince
Dictionnaire San-Antonio
Ces dames du Palais Rizzi
La Nurse anglaise
Le Dragon de Cracovie
Napoléon Pommier

ŒUVRES COMPLÈTES (vingt-neuf tomes parus)

MORCEAUX CHOISIS

1. *Réflexions énamourées sur les femmes*
2. *Réflexions pointées sur le sexe*
3. *Réflexions poivrées sur la jactance*
4. *Réflexions appuyées sur la connerie*
5. *Réflexions sur les gens de chez nous et d'ailleurs*
6. *Réflexions passionnées sur l'amour*
7. *Réflexions branlantes sur la philosophie*
8. *Réflexions croustillantes sur nos semblables*
9. *Réflexions définitives sur l'au-delà*
10. *Réflexions jubilatoires sur l'existence*

Mes délirades

SAN-ANTONIO

SI, SIGNORE !

POCKET

Les éditions Pocket remercient Serge Amoré,
membre de l'Association des Amis de San-Antonio,
pour son aimable et précieuse collaboration.

MIXTE
Papier issu de
sources responsables
FSC® C003309

Pocket, une marque d'Univers Poche,
est un éditeur qui s'engage pour la
préservation de son environnement et
qui utilise du papier fabriqué à partir
de bois provenant de forêts gérées de
manière responsable.

ISBN 978-2-266-25029-0
ISSN 0768-1658

Pour ma FRANÇOISE,
en souvenir de nos amours siciliennes.

S.-A.

— Regardez-la, monsieur. Non, mais regardez-la bien. Vous la trouvez bandante, vous ? Un vrai remède, hein ? Moi, j'ai pas peur des mots : je suis garagiste. Si un garagiste avait peur des mots, ce serait malheureux, non ? Et bien, je vous le dis tout net, intrinsèquement : ma femme est un laideron, une mocheté, une horreur. D'abord elle est plus vieille que moi. Vous allez me dire que quatre ans c'est pas beaucoup, mais elle arrive à un âge où ça ne pardonne pas. Et vous voyez ce qu'elle a à la gueule, en dessous de son maquillage ? C'est de l'eczéma, cher monsieur. Bon, je passe… Ses seins ? Vous voulez la vérité ? Des œufs sur le plat ! Seulement ils arrivent chez Scandale ou autre à fabriquer des soutiens-gorge-trompe-couillons qui donneraient des formes à une planche à laver. Je vous prends ses dents, par exemple. Je peux, puisqu'elles sont amovibles. Vous savez combien il lui en reste à elle ? Une ! Une seule, et encore elle est dans le tiroir de notre table de nuit. Autre chose : elle pue de la gueule, si vous me pardonnez l'expression. Intrinsèquement, je peux pas appeler ça autrement. Quand elle bâille, on dirait qu'on passe le plateau de fromages. Vous baiseriez une vieille peau qui fouette du couloir, vous ? Impossible, n'est-ce pas ? Votre tête chercheuse ferait l'escargot. Eh ben moi, non. C'est là que j'en arrive. Cette vilaine tarte moisie, monsieur, je me la fais quotidiennement. J'ai beau me placer devant l'évidence, et même dessus, intrinsèquement parlant, elle m'excite. Soit, c'est le mystère du couple. Le sensoriel échappe à toutes les lois. Un taureau, une vache, un singe, une guenon, même au cul en courgette, ça copule sans problème. Moi, Germaine, je l'enfile comme une reine. L'accoutumance, vous comprenez ? Mais où j'en viens, intrinsèquement, c'est à ceci : depuis plusieurs années déjà, je ne peux plus baiser qu'elle, monsieur. Et pourtant, si je vous racontais ma vie sexuelle d'autrefois… Un os ! Je culbutais tout ce qui passait : femmes, moines, vieillards. Un trou, dès lors qu'il était bordé de poils, me portait à la plus vigoureuse bandaison, monsieur. Et pourtant je suis garagiste. Dans le pays où j'exerce, une jolie ville du Cher, on m'avait surnommé « Queue de fer ». Les plus ravissantes bourgeoises venaient se faire régler les soupapes ou changer les vis platinées sans nécessité, pour avoir un prétexte à m'approcher. Intrinsèquement, je faisais un malheur. Et puis un jour, bernique ! Impossible d'embroquer la fille aînée du notaire, pourtant très comestible : le côté chatte neuve, haleine fraîche. J'ai eu beau m'escrimer sur mon tas de pneus neufs : échec total, sans précédent. Même à l'aide d'un entonnoir je ne serais pas parvenu à mes fins. Je me suis dit, intrinsèquement : « Maurice, c'est la bière… » On était en été. Je me suis obstiné, ce qui est inutile et dangereux. J'ai essayé de me démarrer à la manivelle, de penser à des saloperies. Le néant ! Et la petite sagouine qui se foutait de moi, mine de rien. Bon, je l'ai bouffée, naturellement. Mais ça ne constitue pas une solution de remplacement, surtout qu'elle sortait de pension et avait connu des techniciennes plus chevronnées que moi. Elle est repartie avec un ricanement dans l'œil. Alors vous savez ce que j'ai fait, intrinsèquement ? Je suis monté à la cuisine, on habite au-dessus du garage. Germaine découpait un lapin, je les reverrai toute ma vie. Ce qui m'a frappé, c'est qu'ils se ressemblaient. Regardez-la : c'est pas une tête de lapin écorché, dans son genre ? Moi, lapin ou pas lapin, je l'ai troussée sur la table. Une tringle d'acier, monsieur. Intrinsèquement. Et depuis lors, je ne peux plus qu'avec elle. C'est triste, hein ? moche comme vous la voyez. Si je vous disais que ses poils de c... ne frisent même pas. Son sexe ressemble à Lénine. Vous devez vous demander pourquoi je vous raconte tout ça, si intime. Simplement parce que j'ai peur de l'avion. Alors, je bois avant de le prendre et je bois pendant le vol. Tel que vous me voyez, je suis intrinsèquement rond, monsieur. Vous croyez que nos bagages vont beaucoup tarder encore ? C'est vrai que nous sommes en Sicile. Les porteurs ne se font pas de hernies. Comment s'appelle cet aéroport déjà ? Catane ? Merci. Tonnerre, ce que je tiens comme caisse. Vous croyez que je continuerai de la tringler, Germaine, quand elle sera vraiment vieille et plus regardable ? Il doit bien y avoir un remède, non ?

Je ne réponds rien, mon attention étant accaparée par l'arrivée dandinante des bagages.

En face, Béru attend les siens, maussade. Le soleil sicilien ne semble pas le porter à l'euphorie. L'on dirait un gros hibou malade. Il a la tête dans les épaules. Son beau costar à rayures blanches et noires ressemble à une grille repeinte. Il a oublié de se raser. Depuis une huitaine. Son piège lui confère une dureté que n'atténue pas son regard de setter irlandais.

Il guigne sa valise qui vient de débouler du tunnel. Plus exactement « LA » valise. Un vrai personnage, et qui va jouer un grand rôle d'ici presque tout de suite. Tu vas voir la feinte : gonflant. Mais je veux pas t'anticiper l'action, qu'autrement tu ne goderas plus, le moment de la situation venu.

La valoche qu'attend le Gros est bleue, en vrai faux cuir armé de coins en vrai vrai cuir et pourvue d'une serrure façon sellier. Il la guigne d'un œil bourré de cloaque. Ce voyage en Sicile, il était contre, Bérurier. Farouchement, vu qu'il lui fait paumer une sortie de son nouveau « Clube », celui des mangeurs de cochonnailles. La devise de cette importante association, est « Tout est bon dans le cochon ». Et elle la met en pratique.

Donc, la valise se pointe. Béru la chope.

Moi, j'attends nos vrais bagages : un délicat sac Hermès (à moi) et une élégante valoche de carton bouilli (trop longtemps bouilli, mais avec des ficelles c'est le genre d'inconvénient qui s'arrange). Elle appartient au Gros.

Je cramponne l'une et l'autre.

Ensuite de quoi, je me rends au guichet Hertz, rapport à la chignole que j'ai fait retenir.

Du coin de l'œil, j'étudie le comportement du Mammouth. Il agit comme il fut décidé entre nous. Sobrement. C'est-à-dire qu'il va au bar se commander un Cinzano bianco. Il pose sa valise contre le rade. Puis, à belle et intelligible voix, Sa Majesté s'enquiert des chiottes. Le loufiat les lui indique. Béru s'y rend en commençant, suivant sa belle habitude, de dégrafer ses oripeaux.

Nota : il laisse sa valoche près du bar.

Je procède aux paperasseries voiturières. Un grand jeune homme en corps de chemise me drive jusqu'au parkinge extérieur. Il me désigne une Fiat bleue, de belle prestance, m'en remet les clés, les fafs, puis me souhaite bonne route.

Je loge mes bagages dans le coffiot et j'attends.

Béru réapparaît en se reculottant savamment.

Un léger sourire ensoleille sa trogne. Son baromètre intime se remettrait-il au beau fixe ?

Il prend place à mon côté, lâche un soupir d'aise.

— Ça n'a pas traîné, dis donc ! exulte le cher homme. Quand j'ai radiné des chiches, la valise avait disparu.

Je prends dans la poche de mon veston léger, à petits carreaux beiges et rouges, une boîte plate, noire, munie de touches et d'un cadran. Elle ressemble à un petit appareil à calculer. J'enfonce une touche. Illico une mince ligne verte lumineuse s'allume au cadran, qu'elle se remet à parcourir comme une folle, de gauche à droite. Simultanément, une modulation retentit, faiblarde.

En démarrant, j'ai le temps de voir Maurice, le garagiste monogame, entre deux grosses valises. Sa mocheté le précède d'un pas. Il lui mate le croupion d'un œil trouble.

*

Catane, je vais t'avouer une chose, ça n'a rien de très pittoresque. Ça fait même un peu tristet dans son genre, malgré quelques beaux vieux immeubles fromageux. Ici, le rococo se perd dans des grisailles que le soleil ne fait pas chanter. Heureusement, y'a la vie grouillante, les gamins bruyants, aux jeux de chiots ; des matrones à moustache, des grands types minces, aux regards intenses, mais calmes et vaguement arrogants. Et puis du pauvre linge qui sèche un peu partout. Et des odeurs de fruits, ça, très vives, mêlées à des relents de friture.

La ligne verte est fixe à présent. La modulation s'est fondue en un sifflement continu.

— C'est ici ? demande le Tartiné.

— Faut croire.

On défrime une maison basse, plus que modeste, dont

la peinture ocre s'écaille. Devant la porte, un rideau de perles. À l'ombre d'un appentis attenant, un beau vieillard buriné à cheveux de neige confectionne une roue de charrette. À l'intérieur de la masure, une radio vocifère une chanson italoche, mais qui pourrait être américaine, ou qui l'a été.

Je descends et je pénètre délibérément à travers l'averse molle du rideau de perles dans une grande pièce qui fait cuisine-salle à manger-chambre à coucher-salon. Des bassines émaillées sur une table. Un poêle fumeux. Des meubles ravaudés, un lit, au fond, avec des draps grisâtres.

Une énorme dame pèle des aubergines.

Mon arrivée la paralyse. Elle me considère avec effarement. Puis murmure en sicilien :

— Que désirez-vous ?

Je lui réponds « bonjour madame », en italien diplomatique.

Un furieux bruit de sommier attire mon attention. Naturellement, il provient du lit. Sous l'édredon himalayesque, une jeune donzelle aux longs cheveux décolorés s'embourbe un petit bonhomme rondouillard qui s'agite sur elle comme douze mouches sur une peau de banane. On dirait qu'il redoute de tomber du lit et qu'il s'arrime à la fille par mesure de sécurité. Il émet des « han han han han » bûcheronesques. Il est tout rouge d'ardeur, avec une tête ronde pleine d'yeux proéminents et qui chavirent dans les extases.

L'éplucheuse d'aubergines s'écarte de la table, et, d'un lent coup de miche, fait pivoter son tabouret pour rester dans mon axe.

Je pousse une porte basse au fond de la pièce. La surgravosse émet alors un cri qui pourrait, dans une superproduc hollywoodienne, passer pour le barrissement de l'éléphante venant d'apprendre que son mâle la trompe.

La porte donne sur un endroit obscur vu qu'il est sans fenêtre. Je me fouille à la recherche de mon briquet. Dans la pièce commune, c'est tout à coup l'émeute. La vachasse à bourrelets se met à crier au « bandito ». Le vieillard joint son organe branlant à celui de l'ogresse. La fille du plumard s'associe à la beuglante familiale. Elle vitupère que c'est de la violation de domicile.

Son rondouillard, menacé d'être brutalement éjecté de la case-trésor de la signorina, la supplie de pas l'expulser au moment où son fade s'organise. Il implore une « minuto », rien qu'une, pour se finir l'apothéose dans de bonnes conditions. Il dit que, sinon, c'est son système nerveux qui en pâtira. Toute sa zone glandulaire va déraper dans le marasme des coups foirés. Il assure qu'on peut en mourir, d'une secousse pareille. On ne stoppe plus un avion parvenu en bout de piste au plus fort de son régime. Il va jouir dans ses guenilles, pépère. Prendre son pied à blanc. Balancer ses plumes en porte à faux. Pâmer de traviole, quoi ! Son sensoriel broyé. Ça va lui faire comme un coup de scalpel dans les burnes. Mais la gonzesse s'en tamponne. Elle veut aider la mamma à m'expulser. Rameuter le quartier. Ça radine au pas de course d'un peu partout. Ça envahit la crèche. On va nous lyncher comme on dépiaute un lapin.

Pour parer au plus pressé, Béru dégaine sa pétoire et braque la populace grondante.

Manière de calmer les esprits, je reviens dans la pièce principale. Je crie *Polizia* en brandissant ma carte. Tu crois que ça les impressionne ? Mes quenouilles, oui ! Les v'là qui s'enrognent de plus rechef. Qui crient *à mort*. Un grand floc s'opère, heureusement, qui crée une diversion. C'est le rondouillard que sa monture a enfin désarçonné et qui vient de chuter sur le plancher. Il est tombé sur le ziffolo, le pauvre biquet. Bing, juste au moment qu'il déballait son yaourt ! Et volatilpas qu'il se l'est cassé. Maintenant, c'est un bec de cane, qu'il se trimbale, le signor Grabide. Il a zézette à l'équerre. Va pouvoir brosser dans les coins. Il hurle, pleure, sacre, tempête, gémit, se tord, se masse. Le plus pas croyable, c'est que l'accident ne l'a point fait dégoder. Il reste caréné du chibre. Simplement, il l'a à 45 degrés, ce qui est logique par ces chaleurs. Les autres, compatissants, l'entourent. Une vieille édentée en profite pour lui masser l'avarie. Le vieux aux crins blancs préconise un emplâtre de fiente de poulet et d'ortie, comme quoi, c'est revitalisant. Il promet de confectionner une éclisse, la boissellerie, ça le connaît.

Comprenant que notre lynchage est provisoirement écarté, je bats le briquet. Sa courte flamme me permet de découvrir un étrange capharnaüm (et Pompéi) entreposé dans ce local. Des valises de toutes formes, des sacs à main, des roues de voiture, des pardessus, des manteaux, des appareils photo en grand nombre, des parapluies pire que dans toute la ville de Londres, des béquilles autant qu'à Lourdes, des raquettes de tennis, plus des choses moins identifiables.

La porte se relourde brutalement. Je volte. Un grand escogriffe vient d'entrer. Il tient une loupiote de la main gauche et un couteau à la lame longue commak de la droite. Je vois mal ses yeux, mais ils m'ont l'air chargés d'antipathie à mon endroit (et même à mon envers).

Bien sûr, je pourrais le calmer avec l'ami *Tu tues*, mais je préfère qu'on s'arrange autrement. Je shoote dans la lampe qui valdingue et s'écrase. Le temps de reprendre un bon équilibre, et je lui tire un second penalty dans les frangines, au jugé, car à présent, on n'y voit plus que goutte. Il pousse une solide beuglante. Je rallume mon briquet, ce qui me permet de le découvrir à genoux dans la caverne d'Ali-Baba, se tenant fort l'entre-deux et bavant comme un escargot en train de traverser la mer de sel tunisienne. Comme ses poignets sont déjà rassemblés, j'en profite pour lui passer le cabriolet. Après quoi je ramasse son lingue, le plie et l'enfouille en me promettant de m'en faire un coupe-papelard.

Pendant que l'escogriffe épanche sa bile et masse ses chères jumelles endolories, j'investigue. Pas besoin de baguette de sourcier ou autre pendule. La valoche bleue est là, sur un rayon, entre une pile de Kodak et une cage à petit chien. L'ayant récupérée, je la montre au copain. Il hoche la tête, brusquement résigné par l'évidence. Le flagrant délit, dans notre job, y'a que ça de vrai.

— Écoute, fiston, lui dis-je en m'accroupissant pour placer ma voix à la hauteur de ses cages à miel, l'affaire est beaucoup plus compliquée que tu ne le supposes. Il va falloir qu'on discute sérieusement, toi et moi. Renvoie tous les tordus qui ont envahi ta casa. Si tu joues franc jeu, tu auras une prime. Si tu m'arnaques, ce ne sera pas la prison qui t'accueillera, mais le ravissant cimetière devant lequel nous sommes passés en venant chez toi. Est-ce que tu me suis bien ?

Il me mate. À la lueur d'un briquet, les regards sont chargés de mystère. Le sien paraît se paumer dans un torrent de suppositions mal ficelées. Enfin, il a un signe évasif, mais qu'avec un poil de bonne volonté, on peut considérer comme étant un acquiescement.

Nous sortons du cellier à receler.

Les palabres cessent. Béru est debout sur la table, son feu en pogne. L'homme au membre brisé pleure en silence. Il réclame le montant de sa passe à la donzelle faux blond, qui, non seulement ne lui a pas fourni les délices promises, mais de plus vient de lui casser le tube à fichtre. Elle gueule plus fort que son client, comme quoi il n'avait qu'à se déballer la moelle plus rapidos, ou bien interrompre sa fornication pour lui permettre de secourir les siens. Elle ajoute qu'un bouc lubrique se serait arrêté de limer devant un cas de force majeure. Faut être un goret pourri pour continuer de se secouer la membrane à l'intérieur d'une personne dont des gangsters violent le domicile. Un sadique pareil n'a eu que ce que ses bas instincts méritaient. Si son zobard fait la baïonnette, il n'en chargera que mieux. Et puis elle a vu son portefeuille, elle le sait qu'il s'appelle Giuseppe Aldonato, et qu'il est commerçant via Quezacco. S'il renaude encore, elle va aller dire à sa bonne femme qu'il la double. Maintenant que, grâce à Dieu, le divorce existe en Italie, elle pourra refaire sa vie, Bobonne. Trouver quelqu'un de plus propre. Un vrai signor respectable, qu'à force d'être attelée à une vieille saloperie comme ce zigue, elle doit être pleine de véroles ignorées, la pauvre dame. Un dispensaire mettrait des mois à lui dépister tous ses microbes et virus pernicieux.

Calmé, malgré ses brisures, le client rentre dans son pantalon d'abord, chez lui ensuite.

Mon pote l'escogriffe ordonne aux assistants de se déguiser en absents, ce qu'ils font en maugréant, à la fois soumis à la volonté de ce dur et troublé par les menottes qui l'entravent.

Bref, on reste seulâbres avec la sainte famille Fauchemane : grand-père, mamma, mamz'elle l'épongeuse et l'escogriffe, lequel doit être soit le frère, soit l'époux de cette dernière.

J'empare un siège, m'assois, et place la valise sur la table, près de la bassine à aubergines épluchées.

L'ouvre.

Elle contient du tout-venant : limouilles, baveuses, slips, rasoir électrique, trousse de toilette. Je dépiaute le fond de la valise, démasquant un petit mécanisme extraplat, logé dans une lamelle de polyester. Puis je montre mon appareil à cadran. L'escogriffe regarde. Quelque chose commence à lui faire de l'aurore boréale au fond du cassis. Je stoppe le mécanisme du petit émetteur fixé à la valise. Illico, mon récepteur devient noir et muet.

— Compris ? demandé-je.

Bérurier clape de la langue et murmure, pénétré :

— C'est technique.

Notre homme hoche la tête. Une question lui vient, normale, honnête, si j'ose dire.

— Pourquoi ?

J'en comprends le sens.

Pourquoi vouloir le piéger ? Si j'étais Italien, il admettrait la feinte policière. Mais il le voit bien que je ne suis pas un compatriote. Alors, pourquoi ? Pourquoi venir d'ailleurs pour le confondre ?

J'empoche mon petit appareil.

— Spionaggio ! je laisse tomber froidement.

La gragravosse pousse une plainte et se signe. Elle devine la toute grande béchamel. Le vieux soupire un truc en guirlande dont la traduction littérale devrait donner « sacré bon Dieu de bordel de merde ». Quant à la fille blonde, elle s'approche, fascinée, en tenant sa robe à trois lires contre elle, histoire de planquer l'essentiel de sa nudité. Ce que voyant, Béru la contourne, mine de rien, pour pouvoir explorer la face cachée de sa lune.

Le type au lingue répète :

— Spionaggio ?

— Si.

Un silence.

La mamma se met à larmoyer :

— Spionaggio !

Et elle re-signedecroise, manière de conjurer le plus gros des forces funestes dont elle sent passer le courant dans sa taule.

J'allonge paresseusement mes bras sur le couvercle de la valise.

— Quel est ton nom ?

— Donato Convolvolo, me répond docilement le volvoleur.

— Écoute bien ce que je vais te dire, Donato. Ton trafic, je m'en tamponne. Tu pourrais faucher n'importe quoi à l'aéroport, depuis le bandage herniaire du chef d'aérogare jusqu'à un Boeing 747 que ça ne ferait pas bouger ce petit doigt.

Il regarde mon petit doigt dressé.

— Tu me suis ?

Opinage du gars.

— Bon. Tu veux me dire la date d'aujourd'hui ?

Il réfléchit et propose :

— Le 2 juin ?

— Exact, fiston. Nous sommes le 2 juin. Le 24 mai dernier, une valise a été volée dans ce même aéroport de Catane. Une petite valise noire Samsonite, qu'on appelle en bon français un attaché-case. Cette valise, Donato, tu vas m'aider à la retrouver. Si tu y parviens, je te donnerai cent mille lires. Si tu n'y parviens pas, tu ne verras pas le 2 juin de l'année prochaine parce qu'il y a des choses dans notre job qui ne se pardonnent pas.

La mamma glapit « Madonna ! »

Tombe à genoux.

Récite à cent vingt à l'heure l'avant-propos du « J' vous salue Marie ».

Me supplie d'épargner son fils (tu vois : c'est son fils). Elle me donnera tout ce qu'elle possède, sa grande fille nous taillera des pipes, elle nous tricotera des pulls, dira des neuvaines, des dix-huitaines, des trente-sixaines à notre intention. Elle fera brûler des cierges. Voilà : son mari est mort dans un accident de Vespa, y'a cinq ans. Ils étaient sans ressources. Il a fallu se retourner.

Les larmes forment un rideau de pluie autour de sa grosse face bouffie. Elle tord ses poignets potelés, elle potèle son menton, se remonte les nichemards à pleines brassées, entrecoupant ses gestes d'oraisons, de prières, de suppliques.

Je profite d'une quinte de toux de la dame pour lui dire ces paroles désespérantes :

— Madame, ce n'est pas moi qui commande, et s'il faut tuer, ce n'est pas moi qui tuerai. Je ne peux rien pour lui, c'est lui qui doit s'arracher à ce merdier. Lui seul.

Donato est très pâle. Pourtant, sa cervelle conserve sa liberté de manœuvre.

— Je ne suis pas le seul voleur de l'aéroport. Le 24 mai, justement, on était à un mariage de notre cousin à Syracuse. D'ailleurs, je ne suis de jour que les dix premiers jours du mois. Les dix autres, je suis de nuit, et les dix derniers de repos.

Mon rire silencieux, dont j'affûte la cruauté, le réduit au silence, lui remet des inquiétudes couleur de crêpe au cœur.

— Je m'en fous, Donato. Si tu n'y étais pas, tu dois trouver qui a volé la valise en question. J'en ai une toute pareille dans le coffre de ma valise, ainsi que la photo du type à qui on l'a prise. Dans votre activité, vous avez des règles, et même des horaires, tu viens de me l'avouer ; alors déniche-moi le voleur si tu souhaites devenir vieux.

La mamma se jette sur son grand garçon en le suppliant d'accepter. Sinon, elle nous aidera, elle. Elle fouillera tout Catane, maison après maison, pour nous la retrouver, cette putain de chierie de valise.

Le gars rebuffe en patois sicilien. J'entrave que pouic. Leur converse est véhémente. D'un coup de poing, je leur coupe la diatribe.

— Parlez italien !

Mais ils se taisent.

— Donato ! appelé-je au bout d'un petit broutillard de moment.

— *Si, signore ?*

— Vous ne paraissez pas d'accord, ta mère et toi ?

Il hausse les épaules.

— Elle ne comprend pas, dit-il.

— Quoi donc ?

— Vous lui faites peur, alors la situation lui échappe. Ce n'est pas si facile que ça, ce que vous demandez.

— Il me semble que rien n'est plus aisé au contraire… Retrouver le voleur qui m'intéresse est un jeu d'enfant pour toi.

Il crispe ses mâchoires.

— Mais après ? demande-t-il. Chez nous, on ne donne personne. Ou alors on le paie. Je ne suis pas certain que les vôtres me tueront si je ne vous donne pas satisfaction ; mais je sais que les miens le feraient si je les trahissais. Vous voyez, je vous parle net.

Cornélien, en effet. Je pige parfaitement les affres du copain.

— De l'eau dans le gaz ? demande Béru. Si tu voudrais que j'asticote un peu ce grand crevard, dis-me-le, j' sus paré pour les manœuvres de printemps, mec.

— Laisse quimper, c'est pas le moment, on joue les crises de conscience.

— Oublille-pas que moi, les crises de conscience, je les guéris avec mes cinq doigts déguisés en poing, San-A. Si tu pars dans les subtilités avec ce julot, il te baisera en canard.

Mon regard tombe sur la frangine. Une belle jument, vraiment. Elle ressemble à Dalida, en plus jeune ! Alors une idée me vient.

— Je te propose un marché, Donato.

— Oui, quoi donc ?

— *Momento !*

Je vais prendre l'attaché-case échantillon dans mon grand sac de voyage. À l'intérieur se trouve un portrait de format 18 × 24 représentant un homme très blond, au regard très clair et aux lèvres très minces.

Je remets l'un et l'autre à Donato Convolvolo.

— Type de la valise et photo du volé, annoncé-je.

— Qui est-ce ? ne peut-il se retenir de demander en prenant l'image.

— Son nom ne te dirait rien, et d'ailleurs, cet homme est mort. Il est mort voici trois jours, Donato. Et sais-tu de quelle étrange maladie ? Il est mort de s'être fait voler la valise.

La mamma repart en larmes et exhortations. La grande fille en laisse glisser la robe de devant sa vitrine. Le grand-vieux crache noir. Donato amorce une grimace. Bérurier se sert un coup de pichetegorne à la sauvette. On est dans une phase vaguement indécise. On louvoie dans ses préoccupations personnelles. Psychologue, Donato sent que la situation est moins désespérée qu'il le pensait au début. Il connaît les êtres et il devine que je ne suis pas le grand méchant loup annoncé à l'extérieur. Lui, c'est surtout ses potes qu'il redoute. Comme il me l'a dit, eux ne plaisantent pas… Va falloir que le camarade *Cent ans d' tonneau* joue serré-serré.

— Va trouver le mec qui a chouravé la valoche, convaincs-le de la rendre et rapporte-la-moi. Je te donnerai une prime de cent mille lires. N'essaie pas de planquer les papiers qu'elle contient, sinon tu les paierais le prix fort. D'ailleurs ces documents sont sans le moindre intérêt pour toi. Je repasserai ici demain matin. En attendant, je vais embarquer ta frangine comme otage.

Il bondit.

— Laissez ma sœur ici !

— Tu as peur pour sa vertu ? rigolé-je.

La fille intervient spontanément.

— Laisse, Donato, je vais avec eux, ils ne me font pas peur !

Là-dessus, elle enfile enfin sa robe, puis un petit slip amusant dans sa simplicité et des sandales de cuir tressé.

— À demain ! je lance, et joue le jeu, fiston, pourquoi prendre des risques inutiles ? Tout le monde ne demande que la paix…

La mamma chique soudain à l'hyène farouche. Elle se jette sur nous, nous malmène à coups de mamelles, nous postillonne des visquosités dans la frite, nous exhale des nauséabonderies aux trous de nez. Elle a la voix comme une râpe sur de l'acier, Mémère. Des égosillements sauvages. C'est la furie noire. La Sicile en insurrection. L'Etna qui dégouline. On a toutes les peines du monde à l'apaiser. Heureusement, la grande Dalida parvient à lui faire entendre oraison. Alors on se dirige tous les trois vers la chignole.

— Hep ! hèle Donato.

Je me retourne.

— Vous oubliez ça, signore !

Il me tend la paire de menottes dont il vient de se débarrasser, tout seul.

On se regarde.

Dans ses prunelles je pressens des choses.

C'est un drôle de patelin, la Sicile !

En conduisant, je me dis que l'affaire s'est peut-être mal engagée, mais enfin quoi, tant pis, j'ai franchi le point de non retour et il ne me reste plus que la ressource d'accélérer. Même quand tu fais une connerie, mon gars, va de l'avant. Vaut mieux une belle sottise bien réussie qu'une sublime astuce pinaillée.

— Vous vous appelez comment ? je demande à la môme.

— Lila.

— Quoi ? demande Bérurier qui comprend mal l'italien.

— Elle s'appelle Lila.

— Vachement printanier, ça plairait à Giscard. Qu'est-ce on va en foutre ?

— Une alliée, si possible.

Il hoche la tête.

— Tu veux lui demander combien elle compte pour une petite passe sans histoire ? Je m' ferais volontiers dégorger l'intime ; j' sais pas si ça proviendrait de l'avion, mais j'ai le sensoriel sur le qui-vive. Et puis de l'avoir vue avec tout son matériel Nestlé à l'air, qu'on aye le contrôle de son self ou pas, mais t'as Popaul qui trémousse…

Au lieu d'opérer la traduction qu'il sollicite, j'échafaude un petit plan de campagne.

La route s'élargit. On traverse maintenant des agglomérations colorées, pleines de gens habillés de sombre. Des gamins jouent au foot dans les rues. Des boutiques proposent des marionnettes aux touristes. On double des charrettes bariolées, finement décorées que traînent des ânes allègres.

— Où allons-nous ? demande Lila.

— Taormina. Hôtel *San'Antonio.*

J'ai vu une affiche à l'aéroport. *Hôtel San'Antonio, Taormina. Le prestige de la Sicile.* Aussitôt j'ai eu envie de connaître.

Ça ne s'explique pas.

*

L'hôtel *San'Antonio* est un ancient monastère converti en hostellerie. Le grand luxe. Couloirs voûtés, jardins intérieurs, meubles anciens, tapisseries du XVIe siècle. Un personnel stylé. Une clientèle surchoix, à dominante britiche. C'est plein de vieillards chenus, en complets de tweed, de vieillardes frisottées qui vont, à petits pas torses, en balançant d'énormes sacs à main bourrés de médicaments.

Notre arrivée fait un brin de sensation à la réception, à cause de Lila qui a un peu trop l'air de ce qu'elle est. Je suis obligé d'arroser en grand et à la ronde pour obtenir deux chambres communicantes.

La môme est époustouflée. Tu penses que ça la change de sa tanière des faubourgs. Elle contemple le décor, fascinée par son opulence. Elle touche les boiseries, les tentures. S'arrête devant les miroirs aux superbes cadres dorés.

— C'est trop beau pour moi, murmure-t-elle.

— J'ai vu des magasins de mode en venant, on va aller t'acheter des toilettes.

— À moi ?

— Ben, les beaux vêtements sont faits pour les jolies filles, non ?

Ses yeux brillent.

Une heure plus tard, elle est méconnaissable, la Lila, dans un tailleur de soie blanche, avec un chemisier vert et des chaussures vertes. Elle se demande où ça va, tout ça. Le pourquoi du prodige. En vertu (si je puis dire) de quoi je joue les papa Noël avec elle.

On écluse un drink au bar de l'hôtel. Par une baie vitrée, on découvre le théâtre romain, les collines ocres descendant à longs frissons jusqu'à la mer résolument bleue.

— Vous êtes Français ?

— Oui.

Si le Vieux nous voyait, il en paumerait son râtelier.

— Agents secrets ?

— Plus ou moins.

— C'est quoi, cette histoire de valise ?

Elle y vient d'elle-même, y'a bonnot.

Moi, j'ai toujours trouvé que la vérité, c'était ce qu'il y avait de plus commode à dire. Un mensonge, c'est une corde que tu places en travers de ton chemin et dans laquelle tu te prends les pinceaux, neuf fois sur dix.

— Cette histoire est celle d'un agent double, ma jolie. Un monsieur travaillait pour la Russie. Un jour, il est passé dans le camp opposé. Ce sont des choses fréquentes dans cette honorable profession. Le type en question s'apprêtait à livrer à l'ouest des documents de toute beauté, concernant j'ignore complètement quoi, lorsqu'on lui a piqué son attaché-case à l'aéroport de Catane. Son drame, c'est qu'on ne l'a pas cru. Quelques jours plus tard, on a repêché son cadavre dans la Tamise. Tu vois, c'est une affaire très banale.

Lila murmure :

— Et on lui a vraiment volé cette valise, ou bien ne serait-ce pas lui qui l'a prétendu ?

— Les Services secrets français sont les seuls à savoir qu'il disait la vérité.

— À cause ?

— Facile : ils le faisaient suivre. L'ange gardien attaché à ses pas n'a pas assisté au vol proprement dit, mais il a vu les réactions de l'homme lorsqu'il a découvert le larcin. Il paraît qu'il était comme fou.

Un temps. Je renouvelle les consommations d'un claquement de doigts. Rien de plus preste qu'un serveur italien. Autour de nous, ça jacasse en anglais. Un peu en allemand… Les gens des brumes raffolent du soleil.

— Lila…

— Oui ?

Marrant : le fait de l'avoir fringuée a créé des liens entre nous. On a vaguement l'impression de se pratiquer depuis très longtemps. Il y a communicabilité, si tu vois ce que je veux dire ?

— Ton frère ne va pas récupérer la valise, n'est-ce pas ?

Elle a un regard surpris dans lequel je perçois une lueur amusée.

— Pourquoi ?

— Il est en train de manigancer un coup fourré avec son équipe de maffiosi, exact ?

— Comment le saurais-je ?

— Tu connais ses méthodes mieux que je ne les connais.

Elle hausse les épaules.

— Il s'occupe comme il veut, moi de même.

— Lila…

— Oui ?

— Il va falloir que je mette la main sur ces documents, coûte que coûte.

Son sourire revient. Mes documents, elle s'en tamponne. C'est une fille jouisseuse. Le pognon, les toilettes, la bonne bouffe, ça, elle est partante. Et aussi se faire reluire impec avec des malabars pas rechigneurs du mandrin. Mais les problèmes d'agents doubles ou triples, de valise volée, tu parles qu'elle s'en contrebranle, la signorina !

Y'a des tas de greluses de son espèce, à travers le vaste monde. Des gonzesses qui ont leur chaglate à la place du cerveau. Elles pensent avec leurs glandes et la cupidité leur tient lieu d'ambition.

— Qu'est-ce que j'y peux ? dit-elle, d'un ton léger.

Je la trouve drôlement décontracte, non ? Elle me considère déjà comme un joyeux pigeon semeur de vies faciles. Un gars à crédits qu'il dispense volontiers. Champagne pour tout le monde !

— Tu peux beaucoup, ma gosse.

— Comment ça ?

— En me balançant le nom des gars qui étaient à pied d'œuvre à l'aéroport, le 24. Ne me dis surtout pas que tu les ignores…

Elle a une moue mauvaise, la moue des putains qu'un client énerve, soit parce qu'il ne déburne pas assez vite, soit parce qu'il ergote du morlingue.

— Je ne sais rien des occupations de Donato.

— O.K., n'en parlons plus pour l'instant, on reprendra cette conversation dans… (je regarde ma tocante) une heure.

— Pourquoi, dans une heure ?

— Je t'expliquerai, tu comprendras.

Nouveau haussement d'épaules.

— On monte passer le temps ?

— Si vous voulez.

Bérurier qui somnolait se réveille et nous file le train. Il a des mines de Saint-Bernard. Un côté silencieux qui m'inquiète plus ou moins. Il couve peut-être quelque chose, le Mammouth ?

On déboule dans ma mansarde. Elle mesure huit mètres sur dix, comporte un lit à baldaquin, un coffre gothique, des fenêtres à meneaux. Par contre, la moquette est épaisse comme un pâturage suisse et t'as rien vu de plus perfectionné que la salle de bains.

— Tu dois bien faire l'amour ? déclare Lila.

— J'ai de bons moments…

Déjà elle se déloque. Pour elle, ça ne tire pas à conséquence.

— C'est vrai qu'à Paris vous avez des trucs ?

— Ils ne sont pas seulement limités à Paris.

— Ça vous ennuie de m'en apprendre ?

— Mais volontiers.

Bérurier commence à s'animer. Quand je lui dis que Lila voudrait des cours du soir, il prend le papier à lettres gravé du *San'Antonio* et s'installe devant un vénérable secrétaire pour la conquête duquel trente antiquaires parisiens s'égorgeraient.

— On va lui dresser une liste des principales recettes, dit-il. Commence, toi. À ta place, je l'entreprendrais avec le *homard fantôme*, y'a rien qui te crée une plus meilleure ambiance.

Il feuillette son petit dictionnaire français-italien de poche, et traduit en suçotant la pointe d'un crayon Bic : *Gambero fantasma*.

— Vas-y, Santa, et mets le paquet, mec, le big paxif !

*

Une heure plus tard, sans vouloir le moins du monde nous vanter, je te puis assurer que la môme Lila est ravie de sa première leçon. On s'est surpassé. Tu penses bien qu'une professionnelle, faut tout de suite la démarrer par la super-séance chevronnée. Tu nous vois pas cherchant à l'éblouir par une partie de taste-minouche de collégien ou un radada façon *father, mother, the maidservant and me* ! Elle a eu droit, donc, au *Homard fantôme*, à la *Caresse gréco-romaine*, au *Grand Duc à moustaches*, au *Faucon des Carpates*, à la *Blanquette de dévôt*, au *Conclave qu'on vexe*, à *l'Avalée de Chevreuse*, et à la *Mouche du Scotch*. Cela uniquement en ce qui concerne ma propre participation. Quant à la sale participation de Béru, je ne t'en dresse pas la nomenclature ici, vu que ses théories ne sont pas pratiques et que leur pratique par d'autres que lui sont théoriquement impossibles.

Lila nous remercie et glisse la liste, nullement exhaustive, de nos exploits dans la poche de son tailleur.

Elle est toute joyce.

Le moment de la douche écossaise est arrivé.

Faut résolument jouer du chaud-froid de volaille dans certains cas. D'aucuns, d'aucunes et d'autre-trouducunes doivent se demander à quoi rime mon petit micmac, et si je ne suis pas tombé sur le derrière de la tête ou le devant du derrière. Ceux et celles-là, je les laisse à leurs sarcasmes. Je joue ma partie comme je l'entends et si tu l'entends mal, cours t'acheter un sonotone à l'épicerie du coin.

— Lila, je t'avais dit que nous reprendrions notre conversation dans une heure. Cette heure est écoulée. Avant qu'on discute, tu veux bien aller t'examiner dans les glaces de la salle de bains ?

Elle ouvre de grands yeux.

— Quoi, les glaces ?

— Va, te dis-je. On parlera ensuite.

Elle s'éclipse.

Oh, pas longtemps.

Le temps pour un sourd-muet manchot de compter jusqu'à un, et la porte de *Bidet's land* se rouvre à la volée, à la furie, à l'épouvante.

La mère Lila se repointe, sans s'être refringuée. L'air plus hagard que Saint-Lazare après qu'il eut joué dans du Tolstoï.

Elle se jette sur moi, l'œil en pas de vis, la bouche plus grande ouverte que celle d'une diva en train de traviater, les gestes en sémaphores détraqués.

— Qu'est-ce que c'est ! Hein ? Qu'est-ce que ça veut dire ? Qu'est-ce que vous m'avez fait ?

— Chérie, réponds-je, avec ce ton badin qu'adopte un lord anglais pour signaler à son valet de chambre le cadavre qu'il vient de découvrir sur sa descente de lit, j'ai le plaisir de t'informer que tu es une inoculée de frais.

— Quoi ! Quoi ! ! ! Quoi ? ? ? ? ? ?

— Une forme de choléra, tu as entendu parler ? Je t'ai fait gober cette charmante maladie tout à l'heure au bar, mine de rien. Les effets sont foudroyants. À preuve : au bout d'une heure, tu as le corps moucheté de plaques vertes. J'espère que tu n'es pas superstitieuse et que tu ne crains pas cette couleur ? D'ailleurs, si c'est le cas, rassure-toi, car les plaques vont virer au violet avant la nuit.

Elle veut hurler. Mais sa terreur est trop forte, ça forme bouchon d'air dans son pharynx.

Moi, peinardos, je poursuis :

— Dans la soirée, tu seras saisie d'une forte fièvre. Demain matin, ton corps sera noir comme les pieds de mon ami, que tu as eu l'occasion d'admirer il y a un instant, et ta mort devrait intervenir dans l'après-midi de demain. Mais attends, reste calme.

Je sors de ma vague un minuscule tube de verre.

— Si tu avales le contenu de ce tube avant minuit, tout

rentre dans l'ordre. Ma parole d'homme. Tu te réveilleras au matin, intacte, fraîche, dispose et plus pimpante que les roses qui sont dans ce vase. Bien sûr, tu peux crier au secours, te faire conduire à l'hôpital, rameuter toute l'île. Cela ne te sauverait pas. Même à Rome, on ne possède pas l'antidote du truc qui vadrouille en ce moment dans tes veines. Quant à moi, si tu regimbes, inutile de te dire que j'anéantis ce petit tube d'un coup de talon. Alors prends ton destin à pleines mains, ma gosse. Réfléchis, pèse le pour, le contre, le dessous, le dessus et dis-moi ce que tu comptes faire.

Elle est cadavéreuse, la Lila. Ses dents claquent comme dans une boîte de nuit madrilène. Elle garde son bec béant, incline sa tête pétassière sur son corps putassier, observant les vilaines plaques vertes qui, effectivement, foncent à vue d'œil.

Les cannes fauchées, elle se laisse tomber dans les bras compatissants d'un fauteuil.

Je vais à elle et caresse doucement ses cheveux décoiffés.

— Notre boulot est terrible, tu vois, petite. Il a ses bons côtés, comme tu l'auras remarqué, et puis hélas aussi ses mauvais. Le chiendent, c'est que les mauvais sont vraiment très mauvais.

Son abattement est affligeant. Elle continue d'observer ses plaques. Les touche d'un index craintif…

— On dirait une panthère pop', remarque Bérurier.

Sa comparaison crée une diversion, bien que Lila ne comprenne pas le françouze…

Elle repousse ses mèches tombantes d'une main dont le harassement est déjà agonique.

— Qu'est-ce qu'il faut faire ? murmure-t-elle sourdement.

— Tu sais bien, ma poule : la valise. Qui a pu la voler le 24 à l'aéroport de Catane ?

— Le *barone* Vittorio-Emanuele Popoli. C'était son jour.

— Et où habite-t-il ?

Elle me le dit.

Et alors, ce pas franchi, elle tend la main.

— Donne ! Donne le remède ou je te tue ! Donne tout de suite, *assassino !*

Elle écope d'une monumentale tartine signée Bérurier.

La gifle la replonge dans une prostration baignée de mélancolie.

— J' sais pas si elle impertinait, s'excuse Béru, mais je crois qu'elle avait besoin d'un petit calmant.

Je brandis machiavéliquement, car j'adore les adverbes, le petit flacon sous le nez de Lila.

Le rempoche.

— Prie la madone pour qu'il ne m'arrive rien de fâcheux, chérie. Il serait stupide que tu clabotes d'autre chose que de la vérole.

Quand elle m'a dit : « Le *barone* Vittorio-Emanuele Popoli », je n'ai pas réagi.

Le mot *barone* m'a survolé le tympan sans y créer la moindre émotion. Eh ben, mon gars, c'est bel et bien d'un vrai baron qu'il s'agit. Décavé, certes, et combien pittoresque ! Un baron-truand. Un baron tombé dans l'arnaque. Mais avec certains restes. Des relents de superbe. Des envolées de gestes qui révèlent son reliquat de gentilhomme.

Son domicile, par contre, ne correspond pas à l'idée qu'on peut se faire d'un noble, fût-il déchu. Il s'agit d'un entrepôt de tôles, encombré de choses hétéroclites, au fond duquel di Popoli s'est aménagé un authentique campement. À savoir qu'il y a dressé une vaste tente de camping, chouravée probable sur quelque galerie de bagnole étrangère. C'est là qu'il bivouaque, Vittorio-Emanuele, en compagnie d'un pauvre hère à tronche de demeuré qui lui sert de maître d'hôtel. L'anormal (il mesure son mètre nonante et il a une tête chauve grosse comme un poing de bébé) est en train de se masturber devant une ancienne photographie de Mme Claudia Cardinale lorsque je sonne à la grille du parc.

Il me grommelle d'entrer.

Je soulève un pan de la toile et le découvre, à genoux devant l'icône, trique en main, avec la mine bienheureuse d'un homme sur le point d'accéder à des sommets de spiritualité. Avec un braque pareil, on dirait qu'il joue Guignol.

Nullement dérangé par ma venue, il poursuit vigoureusement son travail de mise à jour. Son action porte rapidement ses fruits, la photographie de l'actrice ne tarde pas à en témoigner. Ayant souscrit aux légitimes exigences d'un corps voué à une certaine solitude, le demeuré remise ses glandes, disperse avec sa semelle une descendance compromise, et me répond que le *signore barone* est présentement aux funérailles de son cousin où il va précisément le rejoindre.

Je me joins à lui et nous gagnons incontinent l'église du patelin.

J'ai vu bien des enterrements dans ma vie, et si Dieu prolonge encore quelque peu ma durée, j'en verrai de plus en plus, car plus tu avances dans l'existence, plus ça décampe autour de toi. À un certain moment, la machine s'emballe, et alors, comme à Verdun, les v'là qui te chutent autour, pis que dans les vouesternes où les Indiens foudroyés tombent tous de la même manière de leur bourrin parce qu'il n'y a qu'une méthode dans les écoles de cascadeurs pour enseigner à se vider de sa monture. Bon, je me disperse dans les lieux communs, puisqu'ils sont aussi d'aisance. Je te disais que des enterrements, je m'en suis respiré des chiées. Des grands, avec délices et orgues, fleurs surabondantes, façons funérailles de gangster du temps de la Prohibition ; des humbles, avec le strict nécessaire, c'est-à-dire le mort et son cercueil ; des atroces, d'enfants ; des libérateurs, de grands malades qu'avaient fait chier tout son chacun pendant des mois avant de se décider à régulariser leur situation ; des joyeux, de sacrés drilles que d'autres drilles arrosaient d'importance ; et puis : des nationaux, des orthodoxes, des civils, des pompeux, des à la sauvette, des frileux en des cimetières pleins d'hiver, des aimables où personne n'éprouvait de peine ; des revanchards qu'on était bien content de voir disparaître une charogne pareille ! Des tas, je te dis. Des qui duraient, des qu'allaient au pas, au trot, au galop, des à cheval, des en voiture, des à dos d'hommes, des en barque, si mignons, si jolis… Véry très beaucoup ! Une fumante collection.

Mais alors, l'enterrement au cousin du *barone* Populi, il dépasse l'entendement sans mettre son clignotant, espère !

Concessionnaire de Fiat pour la région, le feu cousin. Un mordu acharné de la bagnole. L'a fait de la compétition, jadis. Y'a toutes ses coupes et fanions autour du catafalque. Bon, marrant. Mais c'est rien. Le grand numéro, je te jure, c'est le catafalque lui-même. Tu sais en quoi il consiste, le cercueil ? Une bagnole ! L'Alfa Roméo 1932 avec laquelle il a gagné à Monza. Ses dernières volontés étaient expresses. Stipulées formel. Il exigeait d'être enterré dans une auto. Dis, en Sicile, là qu'on fabrique les plus belles bières décorées fromage, avec plume dans le fion, poignées ciselées, crucifix en couleurs, capitonnage pur satin, chaîne stéréo, madone incorporée, arc de lumière, et toutim. Le clergé a poussé les hauts cris que tu penses. Mais la veuve, toujours selon les recommandations du mari, a carmé la big enveloppe. Alors on a transigé. Simplement, ils ont exigé qu'on enlève les roues de la tire, messieurs les prélats, manière que ça fasse moins mobile, moins teuf-teuf. Et aussi qu'on vide le réservoir de benzina because les cierges.

Tu le verrais, le cousin, allongé sur son siège, les mains liées au volant par un chapelet de capucin, à gros grains, son casque sur la tronche, ses grosses lunettes sur les yeux, bioutifoul en plein dans sa combinaison au sigle d'Alfa. Un vrai Roméo ! Tout autour, y'a une escouade de pleureuses. Et puis des enfants de chœur, impressionnés par la bagnole. Des cierges. Des chorales, de l'encens qui pique les trous de noze. Des fleurs à plus savoir où les foutre. Des curés chamarrés avec des voix barytones, des religieuses, le grand bidule de la mort latine, superbe. Joyeux, comme cérémonie. Le Châtelet. Les vingt-quatre heures du Mans, quoi ! En moins liturgique, mais en plus bruyant.

Le crétin-masturbeur me désigne son maître, le *barone* di Populi. Ce dernier n'est pas le premier venu. Il porte une redingote noire, un falzuche rayé, des guêtres grises, une cravate grise. Il a une canne accrochée au bras, des décorations toutes plus mystérieuses l'une que l'autre plein son poitrail maigrichon. Quel âge ? La soixantaine. Les cheveux gris, frisés, plantés bas. Gants noirs. Dents noires. Œil noir. Le vrai grand deuil. Il se tient raide. Il chante avec les curés, les nonnes, les choristes. Il dit amen, et puis d'autres trucs en latin. Il fait les demandes et les répons. Se donne bien complètement, en grande ferveur. Prodigue son cousinage… Il a le nez violet. La picole ? Probable.

Jouant de la hanche et de l'épaule, je me coule jusqu'à lui. On me fait une place sur le grand banc. On me regarde, surpris à demi. On doit me prendre pour quelque coureur étranger venu apporter l'hommage ultime d'une grande marque. Le baron Populi me file un léger coup de périscope. À peine intrigué. La seule chose qui le déconcerte, c'est que je me pointe jusqu'au rang de la famille. Il met mon audace sur le compte de mon ignorance des coutumes et m'oublie pour continuer sa braillance.

Bon, le moment de l'élévation est arrivé. Sonnailles. Tout le monde tait sa gueule. Incline sa tête. Je profite du silence relatif (car il subsiste les sanglots, reniflades, grincements de chaises) pour attaquer Populi.

— Dites, cousin, ça vous botterait d'être à sa place ?

Et je désigne le cercueil carrossé.

Vittorio-Emanuele sursaute et se détronche :

— Qué ? il fait, en mettant sa main devant sa bouche, comme un qui se sert d'un cure-dents à table.

— Je viens de loin pour vous voir, l'ami.

— Qué ?

— Mais je suppose que le camarade Convolvo a déjà dû vous parler de moi ?

— Convolvo ? Non ! Qui êtes-vous ?

Au lieu de répondre à sa question, je désigne le catafalque.

— Il est mort de quoi, le cousin ?

— *Il cuore.*

— *Subitamente ?*

— *Si, signore.*

— Vous aussi, *barone*, vous pouvez finir d'une espèce de crise cardiaque…

J'écarte le pan de ma veste et lui découvre discrètement la crosse de mon ami Tu-Tues.

— J'ai tout ce qu'il faut pour ça. Avouez que c'est mieux qu'une maladie qui n'en finit pas ?

Il pâlit.

— Mais que me voulez-vous ?

— Une valise. Noire… Vous l'avez volée le 24 à l'aéroport de Catane à un grand type blond qui portait un costume bleu. C'est ça que je suis venu vous demander : la valise. Il va falloir me la donner rapidement.

— Je ne sais pas de quoi vous parlez…

— J'ai l'ordre de vous abattre si vous regimbez, et d'une certaine manière. L'arme que je vous ai montrée n'est pas un revolver ordinaire, c'est-à-dire qu'il ne crache pas des balles, mais des fléchettes moins grosses que des aiguilles de phonographe. De plus il est à air comprimé. Vous voyez : je passe ma main dans ma veste. Ça y est, je vous braque. Si je presse la détente, une fléchette vous rentre dans la viande et vous mourrez à l'instant. Personne ne saura. On croira que c'est l'émotion. Amusant, hein ? Ensuite, je n'ai plus qu'à aller fouiller chez vous, aidé de votre grand macrocéphale. Ça se défend, non ?

Il a pas l'air de trouver. En fait, on jurerait qu'il est contre. L'émotion causée par ma déclaration est si forte qu'il est obligé de s'asseoir et de fermer son circuit à cantiques. Dis, faudrait pas qu'il m'évanouisse devant, ce tordu. Les Ritals, tu les connais, quand ils font du cinoche ? Sur un terrain de foot, tu les as vus à l'œuvre, lorsqu'il s'agit d'obtenir un péno ou de chiquer les gars durement touchés.

Je me penche sur son oreille à poils.

— Si vous perdez connaissance, *barone*, vous ne la retrouverez plus.

Un temps. Il se requinque.

— Alors, ma valise ?

Il balbutie.

— Tout à l'heure, après l'enterrement. Je ne peux pas partir maintenant, c'est tout à fait impossible.

J'hésite. Puis décide de me farcir les funérailles de l'ancien coureur.

Le curé se ramène pour un spiche (en anglais *speech*). Il raconte comme quoi le mort a eu une vie édifiante de courage, qu'il a fait beaucoup pour le prestige de la Sicile, que son âme, en ce moment, elle file en piqué et avec des ailes delta sur le ciel où on te lui prépare une de ces férias qui sera pas piquée des vers (si l'on peut dire). Pour peu que la veuve y aille de quelques messes chantées, tu vas voir comment qu'il va se faire sucrer ses inévitables années de purgatoire, le champion. Vont te lui abaisser le drapeau à damiers, là-haut, sur la ligne d'arrivée du Paradis. Et alors, il aura droit à la toute belle place, véry honorifique, dans la tribune d'honneur, à la droite de Dieu. On lui remettra la coupe des bons chrétiens défenseurs de la foi. Et au Jugement dernier, il ressuscitera en fanfare, le cousin. Se pointera dans un bruit de tonnerre au volant du char céleste. Il promet tout ça, le chat noir, pardon, le chat-moine. Il sait ! Y'a pas de secrets pour lui, dans les cieux. Il connaît la maison, ses us, ses coutumes. Le bonheur éternel au concessionnaire à Fiat, il le voit gros comme une église. Sans discussion. D'ailleurs, on va procéder à une petite quéquête pour arroser ça dignement. Marquer le coup solennellement. Enfin quoi, merde, quand un mec comme le cousin se donne la peine de mourir, faut coopérer, que diantre. Faire une haie d'honneur, clamer sa gloire, se recommander à lui qui, grâce à son autorité, sa réputation, va devenir membre influent là-haut. Que bientôt, Jésus et lui seront à tulle et à toile, recta.

Bon, tout ça…

Et après, des croque-morts d'apparat viennent chercher le cercueil chromé.

Et c'est la promenade jusqu'au cimetière, pas loin.

Les premiers rangs chialent en marchant, comme partout. Ceux d'ensuite sont graves, ceux d'après discutent et les derniers se marrent. On fait partie des silencieux-recueillis, Populi et mézigue. Il moufte pas.

Et c'est le cimetière, là que va s'opérer un machin pas banal. Mais alors pas banal du tout, tu vas pouvoir en juger à ta convenance.

Tu sais que tout de suite après les *Folies-Bergère* et avant *Disney Land*, dans l'ordre des grandes attractions, tu trouves les cimetières italiens. C'est féerique comme spectacle. Tout ce frometome, ce délire de marbre, de bronze ; ces cohortes d'anges dorés, ces mater dolorosa, ces pleureuses grandeur nature, ces mausolées-châteaux, ces gerbes de fleurs, de pleurs, de feu ; ces chapiteaux frisés, ces fûts enrosés : cinq colonnes doriques à la une ! C'est plein de mignons Parthénons, de temples de Paestum. Y'a de la couleur, de l'apothéose, de l'extravagance plein partout. Ça éplore dans le granit. On va d'un bas-relief à une fresque, d'un jardin tivolien à une villa romaine. Ah, ils ne doivent pas s'emmerder, les morts italiens. Quand tu leur opposes la rigueur des cimetières anglais, par exemple, tu mesures l'à quel point ils sont dorlotés, ces fripons, choyés à l'extrême, mieux logés morts que vivants.

Ultime cérémonie devant la tombe. Un curé de secours récite encore des trucs, les chantonne, ensuite de quoi, il cramponne le goupillon que lui tend un de ses péones et asperge le cousin. Au tour de la famille ensuite. Chacun y va de son signe de croix externe (en général on l'exécute contre soi), marmonnant à toute pompe un truc qui fait à peu près commak, si je me le rappelle bien : « Nom d'z pèr, d'z fils é d' zintesp'rit. » Mais ça se prononce avec l'accent mouche « tzzz tzz ».

Le *barone* virgule son taf d'eau bénite, machinalement me tend le goupillon. Re-machinalement j'y vais itou de ma seringuée ; tchlic tchlic tchlic tchlic. Le pare-brise du cercueil ruisselle. Même qu'à cet instant s'opère un miracle et que l'essuie-glace se met en branle. Je décris un quart de tour pour refiler le relais à mon suivant immédiat, un type massif, large d'épaules, lequel arbore une impressionnante moustache un peu rousse.

L'homme biche le goupillon. Et c'est à cet instant que se place l'événement annoncé quelques paragraphes avant : son signe de croix, le type à moustache le trace pas dans les airs, comme ça, à vide, mais sur ma tronche. J'ai juste le temps de percevoir son « nom d'z pèr, d'z fils… ». Quand il arrive au Saint-Esprit, le Saint-Esprit c'est moi.

Tu comprends ?

Et alors, bien sûr je reprends conscience, sinon comment saurais-tu la suite, faut être logique, et, en toute chose considérer la fin ; surtout celle d'un polar !

Je me trouve dans un endroit humide, sombre, avec pourtant une tache de lumière rouge en forme de rosace. Je suis allongé sur une surface marbreuse. En me forçant un peu les gobilles, je parviens à lire : *Famille Grimaldoni*.

Très bien : j'occupe un caveau. On m'a saucissonné avec du fil de fer très fin qui me rentre dans la chair. Bâillonné au moyen d'albuplast, et sans pleurer la marchandise.

Je récapitule les événements. Le goupillon. Bling ! Ce choc ! Inattendu. Ça me résonne encore dans la cabèche. Comme si ma hure était une cloche de bronze. Le gars à moustache, bien placide. Il m'empare le goupillon. Et vlan, passe-lui l'éponge ! Le tout avec une totale décontraction. Un bon regard tranquille… Sa chevelure luisante à laquelle il prodigue des shampooings à l'huile d'olive… Je crois bien qu'il portait un complet de velours dans les tons marron foncé. Oui, il me semble.

J'entends pépier des zoziaux dans les cyprès du cimetière. Les locataires du sépulcre sont silencieux. Combien de temps va-t-on me poireauter de la sorte ?

Je voudrais dormir, manière de passer le temps.

La ronflette, c'est la meilleure des abstractions. Celui qui dort s'économise, corps et âme. Il se disponibilise. Seulement le coup effacé à ma tempe me souffre terrible. Il s'y opère de profondes lancées qui me cravachent le bulbe. Quand je ferme les yeux, la douleur s'accroît. Alors je les rouvre. Et du temps que je suis lucide, j'en profite pour gamberger. Je conclus que je vais devoir jouer serré, mais que tout va bien pour nos affaires. Le Vieux sera joyce. Il se frottera les paluchettes quand il saura.

Du temps ruisselle. La rosace se fait moins vive. Son rouge-sang-frais se change en rouge-sang-séché. Le soir descend. Mes lancées s'espacent et diminuent d'intensité. J'éternue à cause du froid marmoréen.

Éternuer avec une plaque de sparadrap sur le clapoir, je te recommande. Soudain, un sifflet retentit. Mélodieux en diantre. Une mélodie interprétée par un artiste au souffle généreux. Cela s'approche. La porte du tombeau s'ouvre. Je reconnais le moustachu. Il continue de siffler, tout en faisant son signe de croix. C'est pas incompatible. Il me chope une cheville et m'arrache de la guitoune. Je cascade sur des surfaces méchantes, me pète la gogne de-ci et là. L'homme qui goupillonne comme un équarisseur me charge sur une brouette à la roue caoutchoutée. Tiens, y'a longtemps que je n'avais pas voyagé en benoîte. Le gus s'attelle dans les brancards et nous v'là partis à travers les mignonnes ruelles fleuries du cimetière ; parvenu à l'entrée, il s'arrête brutalement, siffle dans ses doigts et licebroque dans la nature. Quelle pression ! On dirait le jet d'eau de Genève, lequel est, comme nul n'en ignore, le plus haut édifice de Suisse romande.

Une camionnette se pointe. On me charge sur le plateau arrière.

Ça démarre.

Le voyage dure une bonne heure. On grimpe par une route aux lacets tellement serrés que le véhicule, par instants, est obligé d'opérer une manœuvre pour négocier son virage.

Tu parles d'une galère. Je golgothase péniblement, la viande cisaillée par le fil de fer. De grandes lueurs embrasent le ciel. On dirait qu'on tire un feu d'artifice silencieux. Y'a des embrasements brusques, des pétées de lumière majestueuse, et puis la noye retombe mollement, comme un parachutiste. Elle rouvre son grand pébroque de velours noir.

La teuf-teuf stoppe. Un vrai bourrin épuisé. Arrêtée, elle continue d'avoir des soubresauts, la guinde. Elle frissonne, fume, hoquette. On sent que des séances pareilles ne valent rien pour sa santé. Qu'on l'abrège vachetement en l'obligeant de gravir des escarpements de ce tonneau.

Deux messieurs obligeants me ramassent. Dès que sorti de la camionnette, je pige la source des grandes lueurs brasillantes : l'Etna. Nous sommes sur ses pentes et nous nous trouvons à faible distance de son cratère. Ça bouillonne dans la marmite. Y'a d'immenses souffles colorés, indigo, pourpres, violacés. On se trouve dans un univers de lave noire, de rocailles lunaires. Très impressionnant.

Je retapisse des ombres d'hommes assis en rond près d'une jeep. Ils sont quatre. Par instants un flamboiement du volcan illumine leurs visages. On dirait des diables. Pas de bons diables, plutôt des démons, nuance !

On me file sur le sol, trop rudement au gré de mes côtelettes.

Je constate alors que quelqu'un se trouve déjà étendu sur un lit de lave, dans la même posture que moi. Au bout de quelques éruptions de gaz embrasé, j'ai la stupeur de reconnaître Lila.

Un homme au nez aquilin, aux sourcils épais, à la chevelure blanche, frisée, se penche sur moi et arrache mon bâillon.

— Merci, murmuré-je. Je commençais à fatiguer des narines.

L'homme demande de but en blanc (ou en noir) :

— C'est Lila qui vous a donné le nom du baron Populi ?

— J'ai fait ce qu'il fallait pour ça, vous auriez tort de lui en tenir rigueur.

Il ne répond rien, mais donne un ordre en dialecte sicilien. Tous se lèvent. On me charge ainsi que Lila dans la jeep. Le vieux aux gros sourcils prend place devant, près du chauffeur. Les autres se juchent sur les marchepieds du véhicule et nous v'là partis vers le tout sommet de l'Etna. Surtout n'espère pas de moi quelque calembour style « L'Etna c'est moi », la situation est tellement tendue que si elle se baissait, son slip éclaterait. J'ai pas le cœur à déconner.

À mesure du fur qu'on approche, la chaleur devient insoutenable. On se croirait au Creusot, mon pote. On a une préfiguration de l'enfer.

Caïn, Abel, et caha, on monte dans les plis stratifiés de la lave refroidie. L'air pue le cramé, le soufre, le minerai en fusion. C'est apocalyptique comme sensation. Je visionne les visages de ces messieurs. Tu verrais leurs frimes, plus jamais tu n'aurais le hoquet. Dis, ça rime à quoi t'est-ce ce cinoche ? On a rendez-vous avec Haroun Tazieff ou quoi ? T'as pas l'impression que je danse sur un volcan, mine de rien ?

Je commence à glaglater vilain malgré la chaleur.

L'air est maintenant absolument irrespirable. La jeep s'arrête enfin. Elle est en équilibre discutable, inclinée vers la vallée.

Tout le monde descend.

On est au bord du cratère. Des sortes de flammèches tourbillonnent autour de nous. Deux des hommes dégagent un drôle d'engin qu'ils déploient comme un immense parapluie qui serait carré. C'est un bouclier pour se protéger des projections. Il est beaucoup utilisé dans la région de l'Etna par certains mycologues téméraires qui s'aventurent jusque sur les lèvres du cratère pour y cueillir une variété de champignons appelés fleur de lave, lesquels se consomment à la vinaigrette. Mais outrons, passons et outrepassons.

Si tu le veux bien.

Ce qui va suivre, je te préviens, illico presto, vaut mieux que tu le sautes si t'as le guignol en dérapage incontrôlé. Ames sensibles s'abstenir.

Le vieux chef arrache le bâillon de Lila d'un geste brutal. La môme prend une grande goulée d'air dont elle conserve l'oxygène pour son usage personnel et profite de ce qu'elle rejette le gaz carbonique pour hurler.

Le vieux la gifle. Elle se tait.

Il dit alors, le Vénérable, les paroles que je te traduis pieusement ci-dessous :

— Lila Convolvolo, tu as trahi la cause en donnant à cet homme le nom du baron. C'est pourquoi nous t'avons condamnée à périr par le feu jailli de notre sol natal.

Elle incrédulise, la môme. Non, non, qu'elle fait de la tête. La v'là qui castagne des croqueuses. À gla gla…

Moi, chevalier courageux, je m'hâte d'intervenir.

— Je vous en prie, tout est de ma faute. Je lui ai fait croire que je lui avais inoculé le choléra et je l'ai menacée de ne pas lui donner l'antidote si elle ne me révélait pas le nom de l'homme que je cherchais…

Le Sicilien aux gros sourcils oppose une main ferme et verticale à ma plaidoirie.

— Allez ! ordonne-t-il.

Me reste plus qu'à te raconter la suite. Voilà, ça s'opère de la façon suivante : deux types s'emparent d'une longue corde qu'ils nouent à la taille de Lila en prenant soin de laisser dépasser un bon mètre cinquante de part et d'autre de la jeune fille. Ils en bichent une deuxième et procèdent identiquement, mais cette fois, au niveau des genoux. Ensuite de quoi, chacun saisit deux extrémités de corde et soulève la malheureuse du sol. Les porteurs de bouclier s'avancent vers le cratère, protégeant leurs camarades. Les cris de Lila sont monstrueux. Elle est authentiquement folle de terreur, la pauvre gosse.

Le cortège s'arrête. Les types qui tiennent les cordons impriment un balancement à leur charge humaine.

Le vieux joue les barreurs.

— Un… Deux… TROIS !

Les préposés aux basses œuvres lâchent tout. La silhouette de Lila tournoie mollement sur un fond d'Apocalypse. Son dernier cri s'engloutit dans l'enfer. Elle va disparaître, elle disparaît, elle a disparu.

Plus un poil de sec, le San-A. mon fieux. Ma raie culière fait un travail de chéneau. Bien sûr, y'a la chaleur, mais surtout la perspective d'aller valdinguer à mon tour dans l'Etna. Wagnérien, comme mort, non ? Tu parles d'un final !

Les quatre gars reviennent abrités sous leur péproque anti-lave.

— Il fallait que vous sachiez comment meurent ceux qui nous trahissent, me dit le vieux. À présent, rentrons et causons.

Ouf ! Paroles suaves à entendre. Musique divine. Luth ineffable (de Florian). Je vais pouvoir verser un pleur sur l'horrible trépas de Lila, morte par ma faute.

*

Jeep, jeep, jeep : hurrah !

Camionnette. Route en épingle à cheveux…

Bord de mer. La lune brille à l'infini sur les flots argentés.

Il a dit : « Rentrons et causons. »

Quand tu vois la mort des autres de si tellement près, t'as fortement envie de causer, crois-moi. À perte de vue. De dire n'importe quoi à n'importe qui. Parler de la pilule et du Bottin.

Il a dit « Rentrons ».

Mais « rentrer » où ?

Si j'en crois mon vieux sens de l'orientation, nous fonçons sur Messine. « *Allons à Messine, pêcher la sardine* », dit une chanson.

Je cesse de visionner la mer par une déchirure de la bâche. C'est à présent une étendue d'oliviers… Çà et là des maisons aux fenêtres décorées de ferrures. Les lueurs de l'Etna continuent d'illuminer les nues.

On parvient enfin à destination. Une odeur de bois frais et de peinture me chatouille les trous de nez. Ces messieurs me débarquent dans une cour encombrée de véhicules automobiles, de planches entassées, de seaux de peinture vides. À droite, un vaste atelier. À gauche, une maison d'habitation de fortes dimensions. C'est là qu'on me dirige.

Nous pénétrons dans une vaste salle commune, voûtée. Les murs sont aussi épais que la platée de spaghettis que Bérurier est en train de bouffer. Un vrai numéro de music-hall, le Mastar, aux prises avec ses pâtes. On a dû lui en faire cuire deux kilos. Ça forme montagne devant lui. Haut comme l'Etna, et aussi rouge vu la sauce tomate qu'on a déversée au sommet. Il batifole là-dedans comme un hareng dans de la saumure. Il ne bouffe pas par fourchettées successives. Non, son repas est continu. Il briffe son tas de nouilles sans interruption. Une tréfilerie vivante, le Gros. Il absorbe sa quenouillée de spaghettis avec la puissante ingestion d'un boa, à grandes coulées du gosier, inexorables. Le débobinage s'opère en douceur. La montagne se fait colline. Les yeux mi-clos, il avale, respirant du nez seulement, le faciès barbouillé de sauce tomate jusqu'aux oreilles, son chapeau en avant, les épaules rouleuses, le ventre accompagnant d'un formidable mouvement d'entrailles. Il mange tout juste. Au vrai : il absorbe. C'est du stockage plus que du bouffement. Il fait passer les pâtes du plat dans sa personne par ce conduit fabuleux qu'est son tube digestif, accessoire sublime qui lui tient lieu d'idéal.

Il m'a vu entrer. Il a grogné « Haon haon ». Ce qui, traduit de la nouille-gaveuse, signifie : « Tiens, te voilà. » Et puis, sans le moindre ralentissement, il a continué de happer les interminables fils blonds dégoulinant de sang de tomate.

Deux dames aux bras croisés le regardent boulimer, debout devant la table, immobiles, fascinées, presque incrédules. La mère et la fille. Belles et brunes, chacune dans son genre. Regards de braise, taille souple, profil grec, cheveux mousseux sur les tempes et séparés par une raie que je vais qualifier de médiane sans que ça fasse un pli. Habillées de noir, l'une et l'autre, comme les dames de l'Île de Sein. Avec des seins comme des îles. Et des lèvres brillantes comme l'huile de ricin. Et des culs si perfectionnés que tu voudrais t'y faire naturaliser Sicilien ! Et des jambes que c'est dommage qu'elles portent des jupes si longues tellement on les devine bien complètement parfaites, de bas en haut. Et des bouches qui te font penser à des colliers à zob. Et des dents si blanches que tu comprends la fraîcheur consécutive de leur haleine. Et des oreilles que n'importe quel connard à petit tirage d'écrivaillon prétendrait finement ourlées, parfaitement, ma chère. Et aussi des épaules douces et rondes que leurs bras s'y accrochent à la perfection. Et des nuques pour le baiser. Et puis putain d'Adèle, des ventres plats, fermes et souples à la fois, pour te servir d'oreiller avant et après l'amour. Et puis encore, des mains de madone, kif-kif sur les tableaux de Fra Machin et de Michel-Ange. La mère, la fille. Superbement identiques. Se donnant la réplique du miroir à dix-huit ans d'intervalle. Bellissimales, les deux. À croquer. Que dis-je : à bouffer ! Et comme il faut, espère. Sans rien en laisser, feuilles et poils, pis qu'artichaut. À lécher comme les belles gelati aux couleurs de pastel. Maman, fifille, l'une après l'autre ou ensemble. En quitter une pour gagner l'autre à la godille. Gondolier fouilleur de lagune. Au revoir, madame, bonjour, mademoiselle. Tel quel. En laisser une à marée basse, et vite foutre l'autre à marée haute. Flux, reflux, refoule-me, refous-me-le. À t't'à l'heure, damoiselle, *pronto, signora!* Me revoilà, m'y revoici. Ah ! ce qu'on est bien, ce qu'on est bien tous les trois. Toi et moelle. Attends que je continue un doigt de cour. Bouillaver surréaliste, mon frère. Se regarder émettre dans les yeux du portrait. Panard pour tous. Maman, fifille. Miss et Mistress. À toi, à vous, à moi Auvergne ! Jouez, hautbois ; résonnez musettes ! Tiens, smock ! Attention les yeux ! C'est bon pour la conjonctivite, conjonctivite et bien. Je te conjonctionne. En dos majeur, en pubis mineur, à hue et à quatre pattes. Elles m'époustouflent, que je te dis. Sont admirables. Je donnerais ta vie pour une heure avec elle ; la mienne, pour une journée. Un grand plumard pour y forger la séance du siècle. Je le construis dans ma pensarde. Très bas pour qu'on en puisse tomber, et rouler l'amour sur de l'épaisse moquette veloutée. Et tu sais pas quoi ? Une dame vient d'entrer : la mère de la mère. Belle encore, belle toujours. À caramboler d'office, sans chichi, pour le sport, la performance. Dévaler les générations en engouffrant son frifri grisonnant. Un pied majestueux. Le calçage sexagénaire. Bioutifoul en plein. Sobre, net, précis. Respect pour les poils occultes blanchissants. Cérémoniard, tu mets. Permettâtes-vous, Maâme, que je pénétrasse céans votre séant, océan de délices ? Mémé, maman, fifille. La trilogie, la trique au logie. Vrzoum ! En brochette. Tu les concélèbres. Lagardère ira tatouer ! Et chlafff chlaff, dans l'ovale. L'échanson de Roland qui a épousseté la belle Aude. Aude-toi de là que j'humecte. Pan dans la lune à mémère, à mère, à fille. On m'appelle Trinitate. Tâte, c'est du Belgium ! Laquelle servir en first ? La vioque, question urgence ? Pour des raisons de conservation ? La petite-fille pas déberlinguée total, qui s'entreprend au médius pour joindre le nubile à l'agréable ? Ou alors, la celle du milieu ? Plonger en son milieu à elle. À cheval sur deux générations.

Et pendant, Pépère Grabide s'enspaghette imperturbablement, comme tourne la terre sur son axe. Il se remplit doucement, profondément. Il avale sans discontinuer. Gobe, gobe ! Si, signore. L'eusses-tu cru ? Et les trois dames, belles à bêler, le contemplent comme tu regardes se coucher le soleil sur l'océan dans un bouquin de Flaubert : « *… et lorsque son doux reflet n'ondula plus, il sembla qu'une grande tristesse s'était abattue sur la mer.* » Je te cite de mémoire. Pas à la virgule près. La culture, c'est toujours approximatif. Autrement, tu passes en lever de rideau au Lolympia-Cocatriste.

Le vieux aux crins blancs, tu sais, le vulcanicide ? Il me désigne un siège face au Gros.

J'adopte.

— Vous avez faim ? il demande.

— Mon Dieu, cher monsieur, c'est offert de si bon cœur…

Il dialecte avec les dames. La jeune fille va me quérir quelques aliments froids dans un cellier dont la bouffée de fraîcheur sent le gros vin rouge.

Le vieux s'assoit. C'est je pense l'époux de la grand-mère, c'est-à-dire le père de la mère et le grand-père de la petite-fille.

Ses copains ont disparu. Il sort un cigare noir et tordu, l'allume et prend place à table.

Béru essaie d'articuler quelque chose à travers ses câbles à haute tension. Ne parvient qu'à vagir confusément et renonce.

J'ai un regard pernicieux pour les trois madames. Alternativement, elles baissent les yeux comme se couchent les hautes herbes au passage de la brise.

— En somme, je murmure à mon hôte, ça consiste en quoi, tout ça ?

— Une mise au point.

— Mais encore ?

Il se sert à boire. Du beau picrate rouge violacé qui met de l'émail sur les lèvres et fait des trous à l'estomac.

— Nous n'aimons pas beaucoup vos manières.

— Qui, nous ?

Il répète, durement :

— Nous !

En ponctuant du poing sur la table.

Curieux bonhomme, suant l'autorité absolue. Sorte de monarque folklorique. Disposant du droit de vie et de mort sur ses sujets. Ignorant toute forme de contestation. Sûr de lui et du bien-fondé de ses décisions les plus extrêmes.

— Vous êtes un grand patron de la maffia ? demandé-je.

Il balance un jet de fumée bleue qui met longtemps à se dissiper.

— Il y a des conversations qu'il vaut mieux éviter, *signore.*

Façon comme une autre de répondre par l'affirmative.

Tu penses que le gars Donato (que Dieu ait l'âme de sa grande sœur !) s'est empressé de référer aux instances supérieures quand j'ai eu quitté ma maison. Le tam-tam maffiosien a illico joué et quelques minutes après notre installation au *San'Antonio* de Taormina on était déjà sous surveillance.

— Cette valise, me dit-il brusquement, qui la veut ?

— Eh bien, mes supérieurs, naturellement.

— Moyennant finances ?

— Heu, la question n'a pas été envisagée.

— Eh bien, il convient de l'envisager.

— Je peux transmettre. C'est cher ?

— Vous devez le savoir mieux que moi.

— Je ne suis pas situé assez haut dans la hiérarchie, cher monsieur. Je n'ai qu'un rôle d'exécutant.

— En ce cas il faudrait vous renseigner.

— Si vous avez le téléphone, c'est facile.

Il lance un ordre à la femme intermédiaire. Celle qui est la maman de la fille et la fille de la grand-maman.

— Suivez-la ; elle va demander votre communication. Dites à vos chefs que nous ne céderons la valise que contre une somme très importante. Très importante, n'oubliez pas. Il suffira de la virer à un compte suisse dont nous donnerons le numéro si nous nous mettons d'accord. Autre chose…

Il vide son verre, rallume son cigare pestilentiel.

— Ne tentez rien de violent dans cette maison, vous n'en sortiriez pas vivant, votre ami et vous.

Je suis la femme dans la pièce voisine. Il s'agit d'un bureau exigu comportant quelques vieux classeurs branlants, un gros meuble à cylindre sur lequel trône un appareil téléphonique comme on en trouve encore au

Marché aux Puces. Il y a deux chaises garnies de cuir râpé, un fauteuil de bois au coussin aplati. Je note que la fenêtre est pourvue de barreaux.

La femme prend le téléphone et agite la manivelle.

— Quel numéro ? demande-t-elle.

Je lui virgule celui du Vieux. Elle le note sur un bloc. La standardiste doit être en train : de se faire les ongles et elle attend que le vernis sèche ; ou bien : de satisfaire les instincts bestiaux de son petit ami ; voire encore de lire un de mes polars, à présent qu'ils sont traduits en italien par les soins éclairés de la célèbre maison Mondadori à laquelle j'adresse au passage l'expression de ma reconnaissance émue.

Bref, on tarde à répondre.

Je fais un pas en direction de la dame, si belle, altière, machin et tout dans ses vêtements noirs, avec sa jolie poitrine des dimanches et ses fesses que tu peux pas savoir ce que la main m'en démange, crébongu !

— Vous êtes veuve, n'est-ce pas ? je murmure.

Elle a un léger sourcillement.

— Comment le savez-vous ?

— Je l'ai deviné. Que lui est-il arrivé ?

— Il est mort accidentellement, à New York.

— D'une rafale de mitraillette, qui est partie toute seule ?

Elle ne répond pas. Son visage se crispe. Ce qui me retient de la prendre contre moi et d'ajuster mon hémisphère sud au sien, tu peux m'expliquer ce qu'il s'agit, toi ?

Unc voix pas joyce de dame que son travail importune demande ce qu'on attend d'elle. La ravissante veuvasse récite mon numéro en précisant que c'est en urgent qu'il faut l'obtenir, et pour le compte de M. Aldo Cesarini. Le nom doit faire de l'effet, car de rogue, la voix devient miauleuse.

Mon hôtesse raccroche. Je m'attends à lui voir quitter la pièce, mais non, elle reste debout devant le bureau, bras croisés, s'efforçant de regarder autre chose que moi, et y parvenant difficilement, merci, je savais que tu comprendrais.

— Vous êtes très belle, chuchoté-je après un instant de silence pendant lequel seuls les battements de nos cœurs…

Elle ne réagit pas. Je fais un pas de plus vers elle.

La v'là qui recule d'un autre.

— Désormais, quand je penserai à la Sicile, c'est votre merveilleux visage que je verrai. Je peux savoir comment vous vous appelez ? Même les rêves ont besoin d'un nom.

C'est pourtant gentil, hein ? Presque poétique sur les bords. Eh ben, crois-moi ou va te faire admettre par les Grecs, cette farouche personne continue de mutismer.

Moi, tu me connais ? Qu'à la fin ça m'agace.

— Vous devez bien sentir les ondes qui partent de moi ? m'enhardis-je, en pensant que c'est pas les ondes mais surtout l'antenne qui va dans sa direction.

Je me permets un troisième pas. Elle, adossée au burlingue, qu'est-ce qu'elle peut fiche ? Simplement secouer la tête en regardant la porte fermée avec terreur.

J'avance ma main vers son menton. La pose délicatement contre son maxillaire. Il y a un bref instant de rien du tout. Mettons, de félicité, si ça peut te faire plaisir, qu'est-ce que j'en ai à branler ? Elle ferme à demi les yeux. À demi, je te répète, juste que je voie chavirer son regard. Qu'il devienne moins brûlant…

Ma main descend jusqu'à son avant-scène. Machinal chez moi, j'ai un côté taste-glandes incorrigible. Alors, promptement, elle empare ma dextre, la porte à sa bouche. Je songe in chose (petto, je crois ?) que la carburation est exquise. Les circonstances le permettraient, je te calcerais Maâme comme une reine (qui ne serait pas trop bêcheuse). Mais elle me détrompe durement. T'as des femmes qui trompent, très beaucoup, majorité surécrasante ! Et puis d'autres qui détrompent, d'une façon colonelle (pourquoi toujours générale ?), les premières sont plus attrayantes que les secondes. Moi, confiant comme le gars qui achète le talisman Perlimpimpin sur la foi d'une publicité, je crois qu'elle va me bisouiller les phalangettes, me lichouiller le resserrement du creux de paume (ce dont j'adore, vu que ça me répercute des frissons jusqu'au terminus de la moelle épinière). Que tchi, mon frère ! Cette garce, tu sais quoi ? Elle me mord. Mais pas à la mutine. À la louve romaine, gars ! Comme Béru mord dans une entrecôte. Au sang, t'entends ? Tout juste si elle ne m'a pas prélevé un morcif de bidoche. Ses quenottes quadragénaires ont pratiqué six trous dans le tranchant de ma pogne. Ça saigne et violace.

Je contemple les dégâts (j'aimerais mieux contempler des Degas, bien que mes goûts me portent au surréalisme). Puis je regarde la femme droit au fond des yeux, même chose que Giscard la France.

— Chacun a les baisers qu'il mérite, je murmure. Il n'importe, vous êtes si belle…

C'est beau, c'est généreux, non ? Gaulliste, positivement.

Là-dessus, comme la situation, en se prolongeant, risquerait de me donner les allures d'un manche à couilles, le bigomuche carillonne opportunément (une fois que t'as mis les pieds dans l'adverbe, tu ne peux plus t'en passer). Parigi (la sortie). Le Vioque.

— Ah bon, c'est vous, alors ?

Sa phrase d'attaque. Lui, c'est sempiternellement : « Alors, raconte ! » Un vrai fauconnier. Quand le faucon que je suis regagne son gantelet, il lui regarde le bec avant toute chose, sans s'occuper de savoir s'il a ou non perdu des plumes.

— La valise est retrouvée, Boss.

— Parfait, vous l'avez ?

— C'est-à-dire qu'un aimable signore Aldo Cesarini, chez qui je me trouve en ce moment, prétend nous la vendre.

— Voyez-vous !

Silence.

— Cher ? il laisse négligemment tomber, le Dirlingue.

— Il attend une belle proposition.

Nouveau silence.

— C'est stupide, marmonne mon vénérable suzerain.

— Je sais, mais je me trouve dans une position qui ne permet guère le marchandage.

L'organe du Vioque se durcit.

— En plus !

Un grand mécontentement perce. Il se retient pour ne pas me traiter de nœud volant. Mais se rend compte à temps que le savonnage n'est pas de circonstance.

Je relance la toupie.

— Il conviendrait donc d'avancer un prix.

— Bien sûr. Proposez cinquante mille francs, c'est mon dernier mot.

Il raccroche sec pour bien me marquer sa profonde réprobation. Tu mords le topo ?

La femme va ouvrir la porte après avoir reposé l'écouteur annexe. Car elle a suivi notre converse, ce qui m'explique pourquoi Cesarini lui a confié le soin de régler avec moi cette question du téléphone : Madame cause français.

De retour dans la pièce commune, j'ai la stupeur de constater que Béru a liquidé la platée phénoménale de spaghettis. Avachi sur la table, les épaules calées sur les deux coudes et la tête sur ses épaules, il somnole en se libérant de gaz intempestifs. Mon retour le fait à peine réagir.

La fille du vieux met ce dernier au courant de la situation. Pendant qu'ils discutaillent dans leur langue maternelle, je demande au Mastar quelques explications à propos de sa présence ici. Il me raconte que quatre policiers en uniforme sont venus les quérir au *San'Antonio*, Lila et lui, et les ont séparés. Lui, on l'a amené dans cette maison où il a réclamé à bouffer. Dont acte.

Il émet un bruit violent, le double, prétend chasser ses conséquences olfactives en s'éventant le bassin d'une main lourde et réclame à boire.

La jeune fille le sert.

Il boit.

Moi, j'entortille un mouchoir autour de ma main blessée. Cette carne m'a salement mordu et j'ai des lancées jusqu'au niveau du coude.

Aldo Cesarini a fini de parler à sa fille.

Il va à la fenêtre, siffle entre ses dents. Dare-dare, se rabattent les mercenaires de tout à l'heure.

L'homme aux sourcils féroces leur dit quelque chose.

Les types sortent leurs couteaux avec un ensemble remarquable. On jurerait un ballet moderne. Les quatre « clic » claquent en même temps. Voilà ces messieurs qui nous entourent, le Gros *and me*. Parés pour la grande scène du duc de Guise (eux, c'est le duc d'aiguise, si j'en juge au fil de leurs méchantes rapières).

Alors le grand patron se lève. Il a les deux poings sur la table. Il se penche par-dessus le plat vide de Sa Majesté.

— Vous vous êtes suffisamment moqué de moi comme cela, dit-il.

— Il n'est pas content ? me demande Béru.

Je diffère ma réponse, attendant la suite. Le regard presque blanc de mon interlocuteur raconte la haine, la menace, le meurtre, la volupté de la vengeance qu'on mijote, qu'on déguste par avance…

— Cette proposition ridicule est la preuve que vous essayez de me berner, poursuit-il. Cinquante mille francs, la valise !

Il a un rire atroce.

— Il est probable, monsieur Cesarini, que ces documents ne valent pas davantage.

— Ah, vraiment ?

Le fait que je l'appelle par son nom l'a fait tiquer et il a marqué le coup.

— *Barone !* gueule le vieillard.

Apparaît alors le *barone* Vittorio-Emanuele Populi, dans sa tenue d'enterrement du matin. Il n'est point seul. Un méchant en bras de limouille l'escorte, un pétard passé dans sa ceinture.

Vachement pâlot, le frère. Il a comme des ratés dans l'horoscope. Se sent mal dans sa noble peau. Craint que sa particule ne roule dans le cratère de l'Etna…

Que se passe-t-il donc ? Pourquoi ce revirement de situation ?

Le vieil Aldo va à Populi, tire de la poche de celui-ci un méchant carnet à couverture noire.

— Son carnet de vols ! annonce-t-il.

Il le feuillette, se fixe à une page donnée et lit :

— 24 mai : un parapluie de dame ; un appareil Nikon ; un portefeuille contenant huit cents dollars et cent vingt mille lires ; un sac Air France contenant une bouteille thermos pleine de café ; une boîte de préservatifs ; un pot de rillettes ; un numéro d'*Ici-Paris* et une bouteille de côtes du rhône ; une trousse de toilette ; une petite valise noire contenant des papiers dactylographiés ; un rasoir ; un livre écrit en étranger ; un pyjama blanc ; un étui à raquette de tennis contenant une raquette de tennis.

— Voilà, me déclare Cesarini, le baron a bien trouvé la valise le 24 mai. Bon. Nous sommes mis au courant de votre venue en Sicile et de votre intention de voler cette valise. Nous prions le baron de nous confier la transaction. Il accepte. Mais au moment d'aller chercher la valise, il s'aperçoit qu'elle a disparu.

Je bondis.

— Hein ?

Note que j'aurais pu crier une exclamation moins banale, telle que « Allons donc ! Vous me la baillez belle ! » « Qu'est-ce à dire ! » ou même : « Vous rigolez ! » Toujours est-il que mon « hein » me suffit et que si tous mes choses-frères montraient le même souci d'économie que moi, ils contribueraient à résoudre la crise du papier comme on nous le recommande par voie d'affiches.

Franchement, je te jure : je crie « hein » parce que la nouvelle est stupéfieuse, antidérapante et un peu oléagineuse dans son contexte principal. La valise volée à Populi ! Dedieu, par qui est-ce ? Mais qui-comment-quand ? Dans quel but ?

S'agit-il d'une ruse ?

Eh bien, pour du nouveau, voilà qui n'est pas banal.

— Je vais vous dire ce qui s'est passé, continue le père Aldo.

— Vous m'obligeriez, riposté-je.

— Quand cette garce vous a dénoncé le baron, vous êtes allé chez lui. Vous avez fouillé, trouvé la valise et l'avez cachée.

— Mais je…

— Silence ! Ensuite, comme vous aviez déjà alerté Donato Convolvolo, vous avez décidé de continuer à jouer le jeu et vous êtes allé réclamer la valise au baron. Jusqu'à votre coup de téléphone à Paris, j'avais des doutes. Je me suis dit que le baron, peut-être informé par Convolvolo, avait garé cette foutue valise pour essayer d'en tirer profit plus tard. Oui, cela se pouvait… Mais à présent je sais que non. La somme que vous proposez prouve que c'est vous le voleur.

Béru, qui vient de s'endormir, las d'une conversation qu'il ne peut suivre, lâche quelques solides perlouzes non dénuées d'intérêt au plan des sonorités. Le pet des profondeurs. Il reste présent jusqu'au tréfonds de ses absences, le Gros. Ses entrailles vigilantes continuent de l'affirmer depuis les inconsciences.

— Monsieur Cesarini, votre argumentation ne tient pas debout et je vais vous le démontrer en moins de temps qu'il n'en faut à vos ogres pour flanquer une ravissante fille dans le cratère de l'Etna. Si j'avais la valise, vous m'écoutez, monsieur Cesarini ? Si j'avais la valise, qu'est-ce qui me retiendrait de vous en proposer une fortune fabuleuse, *puisque je saurais que vous n'êtes pas en mesure de me la donner* ? Au contraire, la relative modicité de la somme avancée vous prouve ma bonne foi.

Là, je crois que je viens de marquer un point.

Et même de le marquer sur le « i » du verbe « impressionner ».

Le vieux reste un moment indécis, yeux quasiment fermés. Seul un coin de ses lèvres remue pour téter le cigare poisseux qui pue le goudron en fusion.

Me semble lui avoir télescopé le mental.

À la fin, il sort son horreur à combustion lente de sa bouche et la pointe dans ma direction.

— De toute façon, quelque chose cloche dans tout ça et je découvrirai la vérité. On ne propose pas cinq millions d'anciens francs contre des documents ayant motivé le déplacement de deux agents en Sicile et causé la mort de celui qui se les est laissé dérober.

À son tour d'aller à dame. Ce vieux cabochard est une fine mouche. Il a compris que les apparences sont trompeuses. Moi, tu veux que je te dise ? Eh bien, le Big Boss vient de se comporter comme le roi des cons.

Et je pèse mes mots. J'aurais dû dire : l'empereur.

Leur mettre la puce à l'oreille après que j'eus agencé tout ce bigntz ! Je t' jure : y'a des retraites anticipées qui se perdent.

*

Et ensuite ?

Tu vas voir comme on plonge dans le saugrenu.

Les archers du « dom » m'entraînent à l'extérieur.

On traverse la cour qui sent le bois, la colle à bois, la peinture fraîche, pour gagner l'atelier aperçu en arrivant.

Lumière.

Quelle bizarre vision ! Tu sais ce qu'il fabrique, Cesarini ?

Des cercueils ! C'est ça, sa couvrante, sa raison sociale officielle : marchand de boîtes à osselets.

Tu verrais ce tableau, l'ami, ton slip te finirait pas la semaine ! Des pyramides de cercueils. Tous plus bathouzes l'un que l'autre. Ouvragés. Peints. Avec des incrustations formides. Y'en a à fresques, d'autres avec des inscriptions latines, d'autres à Christ façon gisant. Certains ressemblent à des tombeaux de Westminster Abbaye ; le couvercle, c'est un ange sculpté, grandeur nature (j'ai jamais vu des anges au naturel, mais j'imagine). Y'en a à lucarne, que tu peux mater l'occupant, lui envoyer des baisers depuis la vie. On en aperçoit des à baldaquin, pour les richards. D'autres sont en forme de bateau, gracieux tout plein : l'esquif pour franchir le rubicon… Y'en a à urnes incorporées ; et puis des qui font mausolée d'appartement.

On se croirait au Salon du Cercueil sicilien. Y'en a pour tous les âges, tous les goûts. Des cercueils de jeune fille vierge ; des cercueils d'homme d'affaires, des cercueils de grand-mère. Et aussi : de notaire, de médecin, de paysan, de marchand, de pêcheur, de curé, de voleur, d'homosexuel, de vigneron, de commissaire-priseur, d'agent de police, de technocrate, de bureaucrate, de poète, de barbu, de préfet, y'a même un cercueil de pontife qu'on lui a ménagé une semi-remorque pour la tiare ainsi qu'une galerie pour la crosse, avec fixations de sécurité, ostensoir amovible. Une série de cercueils pour militants communistes (y'a peint sur le couvercle la faucille et le marteau, plus une petite croix par en dessus). Des cercueils-sabots pour les bossus. Des cercueils de banquier (en acier, munis d'une serrure à combinaison). Des cercueils de pompier (ignifugés). Des cercueils de coureur cycliste (à guidon bas, poignées en duralumin perforé, deux plateaux, dix vitesses). Des cercueils de grand repos à garniture anatomique personnalisée en polyester. Jamais vu une gamme aussi variée. Ignorais même que cela existât. Suis baba. Stop !

Mes tortionnaires (car ils le deviennent) me religotent. Et puis alors, non, je te jure, faut y vivre pour y croire, m'allongent dans un cercueil capitonné. Cette opération terminée, ils replacent le couvercle et le vissent. Dis, je croyais pas que ce fût aussi pareillement funèbre, la Sicile. Heureusement, il y a un trou dans le couvercle, à peu près au niveau de mon visage. Un trou pas plus grand qu'une pièce de cinq francs, mais qui vaut mieux que pas de trou comme un billet de cinq cents, non ?

La voix du vieux Cesarini me parvient. Il a dû se pointer sur la fin de l'opération.

— Vous êtes bien, là-dedans ?

— Un vrai pullmann !

— Vous y demeurerez jusqu'à ce que vous parliez.

— Je n'ai rien à dire.

— Alors jusqu'à ce que vous trouviez quelque chose à me dire. Ça n'a l'air de rien, mais c'est une épreuve qui a toujours donné d'excellents résultats. Je n'ai connu aucun échec. Les plus coriaces ont craqué le quatrième jour. Mais en général ils ne tiennent pas jusque-là. Je vous préviens que non seulement il faudra me dire la vérité, mais qu'en outre vous devrez me fournir la preuve que c'est bien la vérité. Je passerai vous parler une fois par jour, pas plus. Si vous ne me parlez pas demain, il vous faudra attendre après-demain, et ainsi de suite, compris ?

Mutin, il se penche sur la bière et expulse dans mon sarcophage une énorme goulée de fumée âcre.

Je tousse.

Tu seras tout seul dans ton cercueil! Un titre de la black série, ça, hein ?

Mais qui ne se justifie pas. Car y'a plein de peuple dans ma bière, mon gars. Des gens que j'ai connus, cru oublier. Des gens que j'aime ou qui me sont antipathiques. Des vieux, des jeunes, des femmes, des hommes. Les v'là qui me surgissent dans le cercueil, en foule. Une tronche d'hôtelier venant s'informer à ma table comment je trouve son poulet au vinaigre. Une vieille dame biscornue et quasi aveugle que j'aide à traverser le boulevard Haussmann un matin d'hiver. Une fille s'installant sur un divan pour l'amour, trop complaisamment à mon gré, trop vite, trop rapidement impudique. L'impudeur, l'homme aime à l'enseigner, il a horreur de la trouver toute prête. Il veut corrompre soi-même. C'est sa marotte, le goût du déflorage. La virginité le fascine parce qu'il n'aspire qu'à la faire cesser. Et puis voilà des copains, copines… Gueules de raies en tout genre. Tapeurs acharnés. Ragoteurs de pissotières. Branleurs hâves. Les mecs, jules et julies. Des paumés, des redondants. Un dentiste. Parole : un tire-molaires qui puait comme une carie dans sa blouse sale. D'autres : des gens à mine sérieuse, des compasseurs professionnels. Des oncles, des tantes, des tantes suceuses, des pourlécheurs d'oigne. Tout ça en grand rassemblement dans mon cercueil, que je te dis, comme un Ier Mai de la Nation à la République. Des connards de compagnie. Mouches à merde excitées par ma mise en bière. Radinant au pas de charge dans les éthers, pour un matage de complaisance. Va-t-il crever, le San-A. ? *Achtung*, on veut lui retraverser la pensée une dernière fois, se rappeler à son bon souvenir avant qu'il dérape dans la glaise. Qu'il nous restitue un grand coup avant de crever, ce caïman goinfreur de sensations. Alors ils défilent. Et quand je les chasse, ce sont de nouvelles bouilles qui prennent la relève.

Je n'ai pas peur. À force d'en subir, tu deviens fataliste. Ta vie tourne cuirasse. T'as déjà vu des carcasses de homards dans des poubelles de Ier janvier ? Eh ben, c'est moi. Me reste les apparences, la carapace, mais la substance, dis ? Barrée en sucette. Gloutonnée par tous ces vilains voraces, mise en pièces, déjà déféquée. Un souvenir de substance, des lambeaux qui s'agrippent à la coquille pour témoigner. Aux fins d'analyses. Biopsie. Juste de quoi se dire que ce fut de la bonne moelle, vachetement substantifique. Mais qu'elle n'est plus. Ne se reformera plus. Et que tu finiras à l'état de carapace vide. Heureusement qu'ils ne bouffent pas la tronche. C'est incomestible. Y't' font cadeau de tes pensées, c'est chouette à eux, non ? Ton gambergement, ils sont pas preneurs. Ça n'a pas bon goût. Tu peux tisser tes idées noires en père peinard, les emmitoufler de toile d'araignée. Cadeau ! Ça ne possède aucune valeur marchande. Ça ne fait rien aux glandes. On peut pas se les bourrer dans l'anus. Alors ils te les abandonnent généreusement.

Non, franchement, je m'ennuie pas dans mon cercueil à trou. J'y respire (mal) une odeur de bois neuf qui, doucettement, chavire pour laisser place à la mienne. L'odeur d'un homme emboîté, illico, c'est cadavérique. Faisandé. Je m'empuante. Voilà pourquoi ils n'y tiennent plus, les mecs ainsi traités par le vieil Aldo. C'est pas la faim qui les réduit, non plus la soif. Mais leur puanteur. Ils s'enfument de leur fumet. Bouah ! La folie les gagne… Ils se puent au nez, tu comprends ? Ils reniflent leur avariage, leurs relâchements. C'est vite pas tenable. Ils ont besoin de se fuir dans un bain de mousse et des flots d'eau de Cologne. Le parfum n'a été inventé que pour rendre aux hommes leur confiance en eux.

Y'a de l'estompe dans le défilé. Je dois somnoler. Je romps par petits intervalles avec la réalité. Comme si je tombais dans les ténèbres infinies du mental. Glissade. *Emergency !* Le toboggan salvateur (Dali).

Et puis, soudain, l'alerte. Un heurt. Quel heurt est-il ? Un glissement. À tâtons, quelqu'un cherche les vis papillons du cercueil. Les actionne à l'aide d'une pince. Je voudrais demander qui vient ici si tard, mais n'ose. Retiens mon souffle à deux poumons. L'absence de lumière, le côté furtif et maladroit de l'interveneur me donnent à penser que l'individu agit en cachette du bonhomme Cesarini.

Alors, quoi : un miracle ?

Et pourquoi que non ? Tu te rappelles, le premier de Jésus ? Il est allé au plus pressé : il a changé l'eau en vin : Primior vous l'offre !

Une sixaine de minutes. Le couvercle bascule. Il y a une période d'attente. Je sens un souffle, à quelques encablures du visage. Ne bouge point. Alors, une main inquiète (les mains inquiètes ont ma préférence) se pose sur ma figure pour vérifier que je vis toujours. Une main de femme. À la ténue clarté filtrant par la verrière, je reconnais la fille d'Aldo : oui, la veuve qui m'a accompagné au téléphone. Je jubile de l'intérieur. Donc, ma caresse fut un bon placement. Elle a fait son chemin dans le sensoriel de la dame. Qui sème le vent récolte la tempête, et qui s'aime d'amour récolte la passion.

Alors je saisis cette main investigatrice, si délicate. J'en baise le creux, tu comprends ? Mfffou, mfffou ! Bonnard ! (Non : le peintre Bonnard ne se prénommait pas Sylvestre, quelle idée ! c'est Anatole France qui s'appelait Sylvestre). J' sais pas si ça vient de ma claustration, voire de l'obscure angoisse que je viens de ressentir, toujours hait-il (comme j'aime à dire), que j'entre en bandaison, comme le cardinal Daniélou entrait en religion. J'attire la belle Sicilienne à moi. Pour commencer elle résiste. Mais tu résisterais longtemps à San-A., toi, madame ? Quand sa main couvre ta main d'ondes salaces, quand son souffle rauquit, que ses effluves capiteux t'investissent ? Elle vient. Je lui fais pas monter la bière, c'est elle qui vient à la bière. Merde ! attends, gode pas si vite : j'ai oublié que j'étais ligoté. Bon, ça ne fait rien, avant que je lui prenne la main, elle m'aura déligoté, ça te va ? Banco, je te poursuis la séance.

Donc, disais-je, je l'attire irrésistiblement à moi. Elle se plaque contre le gisant que je suis, si farouchement, qu'une partie de ma personne cesse véhémentement d'être horizontale et que la v'là dressée comme un petit coq belliqueux (j'ai pas dit belle queue). Tu parles d'un pouvoir d'achat, mon neveu ! Youyouille, si je lui accomplis pas les désirs, je vais ressembler à un jouteur. La dame, tu sais quoi ? Elle acalifourchonne le cercueil, ni plus ni moins. Cheval d'arçon. Pour lors, je mets flanverge au ventre ! Rrrran ! Tu sais qu'elle a tout de suite pigé, la signora ? Te s'est troussée jusqu'au-dessus de la ligne de flottaison. Haut les cœurs, bas les fesses ! Dans ces pays aux mœurs timides, les dessous féminins, laisse que je te raconte, eh ben y'n' suivent pas la mode parisienne. La culotte de cette chérie, c'est pis qu'une culotte de veuve. Tu la verrais, illico tu l'expédierais au musée du slip. Le cache-babasse à travers les âges ! Elle représenterait le XVIIIe siècle. Longue, serrée aux genoux par des rubans, et fendue du dessous. La vraie aubaine ! Un jour, dans un claque, j'ai vu un vieux chpountz affublé de ce sous-vêtement antédiluvien. Il se prenait pour sa grand-mère. Fallait qu'on lui dise madame, il pâmait, exigeait qu'on le traitât de salope. Un velours ! Moi, la culotte de la dulcinée me parachève l'émoi. C'est rare de rencontrer des frangines équipées façon french-cancan pour la lonche ! Ne pas rater. Je me repère à l'aveuglette. Cette botte de fourrage, Seigneur ! La flore méditerranéenne, y'a que ça. C'est généreux, abondant ! T'as l'impression d'une chagatte en friche. Tu te sens devenir pionnier téméraire. Dompteur de forêts tropicales. Et puis alors, t'as pas besoin de Lesieur pour ce qui est de la lubrification. Elle est prête au panard, la donzelle. Tu peux la visiter sans poser ton sac tyrolien. Qui m'aurait dit qu'un jour je me ferais violer dans un cercueil. De cette manière équestre surtout. Au plus fort de l'emmêlée, elle a les talons qui glissent et elle me tombe assise sur les flaoutches. Dedieu, le bel embrochage. Ce que je sens, au bout de ma rapière, ça ne serait pas son pancréas, des fois ? Ou alors son duodénum, dites, docteur ?

Elle a eu un cri. De douleur. Je la ramène en équilibre contrôlé. Et pour dès lors, la brave femme reprend du service rapide. J' savais pas qu'ils étaient doués pour le jumping en Sicile. Avec tous ces mulets. Elle en veut. En reveut. En prend.

J'y en donne.

Sûr qu'après cette manœuvre, elle aura des échardes à l'intérieur des cuisses. Qu'elle marchera Louis XV, Madame-Sans-Homme. La façon qu'elle s'ouvre à la vie, fatal !

Sur la fin, elle frénétise. Se met à réciter un *J' vous salue Maria*. Et puis elle se déchire carrément, comme une étoffe. À moins que ça soye sa culotte qu'ait achevé de fendre ? Oui, ce doit être la culotte qui déclare forfait. On emberlife dans des pâmades. Elle pousse un cri pareil à celui de la mangouste qui vient de trouver sa mayonnaise. C'est douloureux, en somme, le superpied. Trop de plaisir s'exprime en plainte. Elle se reprend. Descend de monture, se rassemble doucement. Moi, si tu tiens à ce que je précise, je reste sur ma faim. Toujours aussi ferme sur les prix, en os massif pur fruit, le gourdin taillé dans la masse. Embarrassé, ne sachant plus qu'en (ni qui) foutre.

Note, ce sont des choses qui arrivent. Encore que, ordinairement, c'est plutôt la dadame qui remise ses envies pendant que le julot, libéré, va se faire un shampooing au chauve à col roulé.

Hébété, je me redresse.

— Merci, murmuré-je.

Polie, elle proteste :

— Non, c'est moi…

Chacun a apporté sa contribution personnelle. Elle m'a donné la liberté, moi je lui ai apporté un moment de reluisance.

On file jusqu'à la porte. J'entrebâille.

Et alors, tu devineras pas qui je trouve debout dans la cour. Je te le dis ? La veuve ! Parfaitement ; la personne que j'ai cru calcer est là, un fusil dans les mains, l'air farouche, louve en colère…

Ma réaction, c'est de bredouiller, dans ma langue maternelle : « Mais alors… »

Puis de me retourner.

C'est la grand-mère qui est venue me délivrer.

Of course, l'impression que tu ressens, d'emblée, c'est pas la joie.

Non, c'est autre chose de beaucoup plus nuancé. Ça ressemble à la découverte d'une frustration. Et pourtant, très vite, ça devient de la joie. À preuve, v'là que je me mets à rigoler comme un perdu.

La jeune veuve paraît sidérée d'apercevoir sa mère.

Les deux dames jaspinent dans leur patois. Vite vite ! Et je t'y vais de la menteuse. Et je te postillonne. Et je t'égosille. Vont-elles en venir aux mains ?

Non. Progressivement, la môme au fusil rengracie. Elle finit par hausser les épaules. D'autant que sa grande fille se pointe à son tour, attirée par l'algarade.

Nouvelle salve de blablatage, à trois, cette fois-ci. Et puis la vieille, grâce à son autorité, finit par les museler. Celle du milieu s'éloigne, la jouvencelle sur les talons.

Je pose une main éperdue de reconnaissance sur le bras de ma sauveuse.

— Puis-je vous demander, madame, les raisons de votre conduite ? Je veux dire, concernant ma délivrance.

Elle caresse ma main.

— Mon garçon, me dit-elle, je me venge. Et de la plus merveilleuse des façons.

— De quoi, madame ?

— De mon époux, l'abominable Cesarini.

— Vous aviez donc de gros griefs contre lui ?

Elle hésite. Puis :

— Écoute, garçon, ce sont nos parents qui nous ont mariés, alors que je détestais cet homme cruel et que j'en aimais un autre. Un jour, à une noce, je me suis trouvée assise au côté de mon Angelo.

Elle se tait un instant, mais le besoin de se confier l'emporte :

— Il y a eu une panne de lumière, au milieu du repas. Nous mangions des spaghettis. Généralement, à cette époque où l'électricité venait juste d'être posée, les pannes duraient des heures et l'on devait allumer des chandelles. Mais cette fois-ci, elle n'a duré que quelques minutes. La lumière est revenue brutalement. Trop brutalement. Tous les convives ont poussé un cri, car nous mangions le même spaghetti, Angelo et moi, chacun par un bout. Le spaghetti de l'adultère ! Aldo s'est levé de la table. Il a prié Angelo de sortir avec lui dans la cour. Quand il est rentré, un moment plus tard, il tenait à la main son couteau rouge de sang. Il est venu l'essuyer à ma robe. Puis il m'a saisie aux cheveux et m'a enfoncé la tête dans le plat de spaghettis. Et depuis lors, pendant quarante années, mon fils, tous les jours que Dieu a faits, il a recommencé. Le soir, avant de gagner ma chambre, je dois cuire un plat de spaghettis et Cesarini, avant de se mettre au lit, me plonge la figure dedans. Au fil des ans, ma soif de vengeance a grandi. J'attendais mon heure. Grâce à toi, elle est venue. Voilà pourquoi je t'ai délivré. Et je te remercie de m'avoir comblé avec ton tempérament ardent de Français. Tu m'auras appris des sensations que j'ignorais. Certes, mon mari est un bouc en chaleur, pourtant, sans toi, garçon, je serais pratiquement morte vierge.

Des larmes de reconnaissance extrêmement éperdue brillent dans son regard.

— Mais que va-t-il dire quand il saura ?

— Ce qu'il voudra. Nous prétendrons, ma fille, ma petite-fille et moi que des hommes sont venus te délivrer en son absence.

— Où est-il ?

— Je l'ignore, Aldo ne me met jamais au courant de ses activités. Après qu'on t'eut enfermé dans le cercueil, il est reparti avec sa bande.

— Et mon ami, le gros bâfreur ?

— Ils l'ont emmené avec eux.

Mon Dieu ! Mon cœur saigne aux quatre veines. Je me signe aux quatre coins. J'enseigne le désespoir par correspondance et par gestes. Béru ! Pourvu qu'ils ne lui fassent pas le coup de l'Etna ! Un coup d'Etna (surtout quand il se produit le 18 Brumaire) ça ne pardonne pas.

Un ronflement de moteur retentit. J'ai un geste de qui-vive. La dame mansuéte et revancharde me calme d'un geste.

— Laisse, c'est ma fille. Elle va te conduire en lieu sûr, sinon il ne faudrait pas une heure à Aldo pour te remettre la main dessus. Ici il est comme un roi.

Effectivement, une petite Fiat 600 déglinguée sort d'un hangar.

J'hésite. Me planquer ? Mais Bérurier ?

Et puis il m'apparaît que je lui serai plus utile libre qu'embastillé.

Alors je vote un baise-main (je ne suis plus à cela près) à la dame et je m'installe auprès de sa fille.

*

Elle conduit bien, vite, sec.

Elle a les mâchoires crispées. Je la contemple à la clarté de la lune inondante. Dire que j'ai cru me la farcir, tout à l'heure, cette sublime, et il s'agissait de maman ! Tu parles d'un quiproquo ! V'là peut-être pourquoi je ne suis pas allé au fade ? Je suis resté à la masse à cause d'un quelque chose de confus qui me tarabustait la glandaille. Plein d'appétit, de convoitise, je remets le couvert au plan du madrigal.

— Vous êtes de plus en plus belle. Je peux connaître votre prénom ?

Elle ne répond pas. Je me force à rire, d'un petit rire égrotant qui ne pisse pas haut.

— Vous me sauvez la mise et vous refusez de me parler, voilà qui est paradoxal.

— J'obéis à ma mère !

— En trahissant votre père ?

— C'est mon problème.

— Vous ne voulez vraiment pas me dire votre nom ?

— À quoi bon ?

— J'ai une terrible envie de le connaître.

— Cela vous avancerait à quoi ?

— Cela me ferait avancer vers vous. Savoir le prénom de la femme qu'on admire, c'est déjà un début d'intimité. Moi, je m'appelle Antoine. Antonio, si vous préférez…

La petite chignole se faufile par des chemins secondaires qui vont à travers des vignobles. Son moulin tourne vite, rageur. Elle feu follette sur les ornières sèches.

— Où m'emmenez-vous, si ce n'est pas trop indiscret ?

— Chez grand-père…

— Le père de votre mère ?

Elle acquiesce. Mince, tu parles d'une lignée. Ils sont gigognes dans la famille. D'ici que le grand-père vive chez ses grands-parents, y'a pas loin.

— Et il m'hébergera ?

— Oui.

— Ça ne risque rien, pour lui ?

Elle a un haussement d'épaules agacé.

Bon, alors on arrive dans un moment plus tard, voilà. C'est une petite maison basse avec de la vigne qui lui pousse contre, formant tonnelle autour de la porte. Y'a un hangar, tout proche, avec du matériel que je ne distingue pas bien. Ma piloteuse stoppe son char et va tambouriner à la lourde. Un petit vieux à gros nez finit par surgir, dans une limouille beaucoup trop grande que quelqu'un de mastar a dû lui donner « à finir ». Il tient son falzar de velours à deux mains pour pas qu'il chût, car il n'a pas pris le temps de l'arrimer.

La fille lui cause. Le vieux me regarde sans passion, renifle, et dit quelque chose en ponctuant du menton. On dirait qu'il montre l'appentis. Ensuite il referme sa lourde. La jeune veuve me désigne le hangar.

— Vous coucherez là.

— Ah bon ?

Je mate la bâtisse miséreuse. C'est pas le Carlton. Mais enfin, la sécurité avant tout, non ?

Ma convoyeuse me drive jusqu'au hangar. Une odeur de terre me suffoque.

Elle m'entend renifler bruyamment et explique :

— Grand-père est potier. Dans le fond, il y a une petite pièce où il remise ses outils. Vous y trouverez des sacs sur quoi dormir…

— Ça vous ennuie de me montrer ? On n'y voit goutte.

Elle avance à tâtons dans la nuit de la remise. Je suppose qu'elle a dû beaucoup jouer ici, étant enfant. Car elle sait où se trouve la chevillette de la lourde. Ça grince ferme en s'ouvrant.

— Baissez la tête ! recommande-t-elle.

Elle pénètre dans un local qui fouette le renfermé et le sulfate. Prend une boîte d'aloufs sur une étagère, la frotte, et allume la mèche d'une bougie. Elle me tend la chandelle. Tu veux que je te dise ? Sa main tremble. Alors, moi qui sens bien ces choses-là et sais admirablement les interpréter, que veux-tu, je souffle la bougie. Noir complet, comme ils écrivent sur les scripts de cinoche. Je chope la gonzesse par la taille. Les larmes brûlantes de la chandelle me coulent sur le dos de la main. La dame s'agite de gauche et droite pour m'échapper. Donc, je la serre plus fort. Ses trémousseries m'embrasent. Elle sent le corps de mon délit contre elle. Pour le coup, en devient songeuse. Femme de tête, elle se dit qu'un tricomuche de cette ampleur, faut pas le laisser filer vers le large. Que ce serait de la marchandise perdue et pas retrouvée de sitôt : Veuve, en Sicile, chez un daron comme Aldo Cesarini, c'est pas une fête chômée, espère. Le sourcilleux, tu parles qu'il doit dégainer son escopette, dès qu'un matou ronronne devant les femelles de la cabane. Il vire ogre, recta. Alors, la gentille madame, ne lui reste plus que la ressource de s'interpréter « *Un jour mon prince viendra* » à la cithare à médius, le soir dans son pucier aux rudes toiles. Ou alors elle se joue « Banana ». Non, sincèrely, je représente une occase de rêve, soit dit sans me vanter plus haut que le nombril. Ce zbroque qui pique son enflure la plus mémorable, tout contre son bas-ventre, elle peut pas l'adresser à l'Armée du Salut avec sa carte de visite. La v'là qui flanche. S'abandonne. Me pantèle sur les bras. Dix petits doigts agiles lui regrimpent les fringues. Elle, c'est pas une culotte de musée qu'elle utilise, mais un slip normalement constitué. Je m'en joue avec la maestria dont il a été causé dans mes zœuvres plus précédentes. Un cramponne-miches à éviction, je pratique. La fesse arrimée, le bénoche largué. Il glisse à l'aide de mon genou racleur. Voilà, elle n'a plus qu'un léger pas à faire pour s'en échapper complètement. Ouf, *it is made* ! Faudrait l'étendre quelque part, seulement, dans le noir et la saloperie ambiante, voilà qui risquerait de lui désagrémenter la toilette. Debout, San-A. T'es de la race de

Clemenceau, mon gamin ! Bon, alors je lui colle un tigre dans le moteur. Ce que ça la rend légère. Le point d'appui pour soulever le monde ! La veuve pique un départ en chandelle. Tout de suite, elle gagne les hautes altitudes. Tu l'entendrais s'agiter et gémir, nouille molle comme tu es, je suis certain que ça te brouillerait la fréquence.

Elle cause, même.

En patois, c'est dommage. J'aimerais comprendre. Mais va réclamer la traduction dans ces cas-là ! On devrait toujours tringler une étrangère avec un casque d'écoute sur les portugaises, comme à l'eau-nue, pour se faire expliquer à mesure…

Dieu de Dieu, elle en veut, cette môme. Tu parles d'un retard à combler. Des années de tiroir, il affiche, son frifri à bouclettes. Devait trouver le temps long. *Âne ma queue d'âne, ne vois-tu rien venir ?* C'est sa toute belle kermesse, ce soir. Son gala de gala. Sa nuit de Valpurgis. La marche des lanciers. Eden, fin de section. Moi je la trimbale en fonctionnant. On dirait que je promène un chargement de reptiles. Elle me grouille partout. On se paie la fusée volante. Rodéo monumental. Je lui glapatouille son détroit de Messine, lui charivarite l'étroit de ses seins, lui tamponne le Syracuse. Revoir Palerme ! L'Etna de siège. Pouf, bing, bong ! Encore. Et ce petit frottaillou en rage d'amour. Gling, gling ! Elle est à moi, comme la Sardaigne est à lui. Pour prévenir un brin de fatigue, je l'évacue, la fait pirouetter, l'incline en avant d'une pesée sur la nuque. Voilà, à présent on se retrouve comme ci-devant, sauf qu'on est ci-derrière (moi du moins). T'as déjà assisté à des courses de lévriers, toi ? Non ? Ben, approche. Tu vois : c'est exactement commak, sauf que j'ai la truffe moins fraîche.

Brusquement, elle crie « maman » ; et elle ne croit pas si bien dire. Tombe à genoux avant que j'extrapole du fulgurant. C'est un fait exprès : j'arriverai jamais à me défouinaser l'intrépide, cette nuit. J'ai le Zambèze à marée basse, ou quoi t'est-ce ?

Allongée sur le sol, elle enserre mes jambes à la hauteur de mes genoux, au risque de me faire choir. Elle me pleure sa reconnaissance infinie sur le pli du pantalon. Râle des choses éperdues à un point que tu ne peux pas te figurer bien complètement.

Voilà, après, elle s'en va. Les amants finissent toujours par rentrer chez eux.

Je rallume la bougie, j'accumoncelle des sacs, m'y allonge et m'endors comme la République du même nom ; terrassé par la fatigue, l'émotion, tout et tout, quoi ! J'oublie Béru, la vindicte du vieux Aldo. Et le valdingue de Lila dans l'Etna. Et puis aussi ces gentilles dames Cesarini…

*

Saint-Pierre !

J'y pense à cause d'un coq égosilleur qui vient de chanter trois fois. Des bruits de tôt matin cascadent déjà. Je me lève en geignant. Moulu, le Sana. Avide d'un solide caoua réparateur.

Le soleil est déjà opérationnel au-dessus de la Sicile. Bien brillant, fourbi à neuf. La porte ouverte du grand-père annonce combien le vieux est matinal. Ma tocante dit cinq plombes. Je pénètre dans la maisonnette. Le brave homme mange une formidable assiettée de soupe à base de farine de maïs, en produisant avec sa bouche un bruit qu'un cheval ne réussit qu'avec son anus.

Je le salue. Il me file un regard indifférent à travers la fumée de son potage et continue de becter.

— Pourrais-je avoir un peu de café, cher monsieur ? j'y demande.

Il me regarde encore, très peu. Puis il hausse les

épaules. M'étonnerait point qu'il ait des fissures au caberluche, grand-papa. Il fait la brasse papillon dans la marmelade, le chéri.

Tu penses si ma situation est délicate. Je ne vais pas me mettre à inventorier son taudis pour me confectionner du jus. En outre, va me falloir prendre une décision. J'en suis où, dans ce bazar à la gomme ? Elle est décidément lumineuse, l'idée du Vieux. Lui, quand il laisse vadrouiller son imagination, tu peux compter sur des ratatouilles indigestes. Me v'là en pleine Sicile, séparé du Gros, avec la maffia aux miches. Charmant. Et il pourra quoi pour m'extraire de cette fosse d'aisance capitonnée, mister Big Boss ?

J'en suis là, à deux millimètres près, de mes désabusances, lorsqu'une pétarade de moteur me met en alerte. Je me planque, prêt à défendre chèrement ma liberté, comme on dit puis dans les manuels. Mais je rassure vite en voyant débouler la plus jeune des dames Cesarini sur une Vespa. Elle a un foulard sur la tête et les jambes bien convenablement serrées pour que l'air de la vitesse lui engouffre pas les jupes.

Je surgis. Elle me salue.

— Je vous apporte du café et de quoi faire un peu de toilette, me dit la jeune fille. Pépé est un vieil ours qui ne lèvera pas le petit doigt pour vous.

— C'est le ciel qui vous envoie ! exulté-je.

— Non, c'est ma grand-mère.

Loin des siens, elle paraît nettement plus sociable, la gosse. Pas délurée, oh que non, mais aimable. Un léger sourire parachève cet air de printemps neuf qu'elle arbore.

Elle déballe d'un sac de plage une bouteille thermos, un linge-éponge, une savonnette.

Va prendre une tasse ébréchée dans un placard.

— Ma disparition a fait du ramdam chez vous ? demandé-je.

— Elle n'a pas encore été découverte, les hommes ne sont pas rentrés de la nuit.

— Et mon copain, le gros type ?

Elle hoche la tête.

— Je ne l'ai pas revu non plus.

Pour le coup, ma joie est fauchée comme un pré en juin avec ses coquelicots et ses boutons-d'or.

Mauvais ça, la disparition de Béru. Pourtant, je persiste à penser que, s'ils voulaient se débarrasser de lui, ils n'avaient qu'à l'amener au bord de l'Etna avec Lila.

— Votre complet est rouge, me dit-elle.

— Parce que j'ai roupillé sur un tas de sacs, à même le sol. Le hangar de votre grand-vieux est un vrai four à chaux.

Elle me tend la tasse. Je bois avec délectation. Le vieux continue de bouffer sa soupe. Sa présence indifférente est déprimante.

Aussi, dès que j'ai vidé ma tasse, j'entraîne la môme au-dehors. Un vrai bouquet de fleurs champêtres, cette petite.

— Comment t'appelles-tu ?

Moins farouche que sa mère, elle répond, spontanément :

— Thérésa.

— Pourquoi n'est-ce pas ta maman qui m'a apporté le café ?

— Cela aurait donné l'éveil. Moi, je pars chaque matin pour Messine où je prends des cours de comptabilité.

Une idée cocasse et un tout petit petit peu obscène me télescope les cellules. Réaliser le coup de trois. Dévaler les générations avec mon alpenstock de cérémonie : Grand-maman, maman, fifille.

— Qu'allez-vous faire ? elle me demande.

Bien sûr, elle veut parler de ma situation.

Je lui cramponne la main.

— Viens voir.

— Quoi ?

Je me tais. Elle me suit. On dirait qu'elle a rougi. Je regagne ma tanière de la nuit. Le jour l'éclaire tout juste. Suffisamment pour qu'on retapisse les sacs, par terre.

Alors, tu sais quoi ?

La môme se jette sur moi. Sa bouche ardente cherche la mienne et sa main droite les miennes. Elle trouve le tout. Pour une oie blanche, tu conviendras qu'elle a autant d'initiative qu'un syndicat. J' sais pas qui lui a enseigné les rudiments de la flûte enchantée, mais cette gosse, tu la prends plus aisément en levrette qu'au dépourvu. Pour moi, tu veux le fond de ma pensée ? C'est le cinoche. Elle a sûrement visionné en loucedé des bandes bandaiseuses, véry édifiantes. Des où la dame escalade le monsieur pour une partie de trot anglais.

Des où que le bon beurre des Charentes intervenait portunément. Salingues tout plein ; lascifs, érotiques pour de vrai. Avec des simagrées qui te fouettent le sang, les sens, l'essence, les anses. Des avec les yeux qui révulsent à blanc, la dame qui plaintive des « ah ah ah ! » pour que le monsieur gode à outrance. Je m'offre un velours superbe avec Thérésa. Elle rit pas quand on l'apaise, cette Thérèse-là ! Bien trop occupée, bouge pas ! Consciencieuse, avide de rien perdre. Faut l'intégrer complet, pas lui resquiller le plus léger centimètre. Tu veux parier qu'il lui arrive d'escamoter la selle de son Solex quand elle roule par un chemin défoncé ? Le mimétisme, ça agit péremptoirement. Pour lui échapper, bernique. Je me sens chez elle comme au *Ritz*. J'y prends mes aises. À deux mains ! Et je me dis, surveillant le comportement de la donzelle, que cette fois-ci, va pas falloir que je me rate la correspondance. Faut qu'on opère notre jumelage étroit, elle et moi. Que je pique mon sprint à l'instant pile où elle s'en ira dans les splendeurs. Grand-maman, je veux bien rester en réserve de la Raie Publique quand elle me grimpe ; maman aussi, à la rigueur, mais cet aimable sujet flambant neuf, je tiens à lui participer à la croisière à tout prix. Quand elle partira, je partirai avec elle. D'abord parce que ça ne serait pas correct de la laisser aller seule, une jeune fille. Ensuite parce que je commence à avoir du stock d'affection, mézigue. Si t'emmagasines trop, la marchandise se défraîchit.

Or, donc, on s'actionne dans un farouche unisson. Je ne cède pas un pouce de terrain à la tendre ennemie, au contraire, je lui en ajoute un dans la soute à bagages pour faire bonne mesure. Elle commence, doucettement, à chantonner la bramance des aboutissements. Je la sens qui va déboucher au grand soleil de l'extase. Tu sais : la respiration qui se rythme, devient peu à peu mélodieuse. Le chant de la viande, quoi, ayons pas peur des images justes. Elle déboule. Je m'exhorte : « À toi de jouer, mon gars. Elle est partie pour le tour de piste final, le derny peut la larguer, c't' à elle toute seule de jouer, maintenant. Plus besoin d'entraîneur, elle a droit à quitter le sillage. Faut qu'elle se rushe comme une grande sur la ligne d'arrivée. Vas-y gamine. Tente ta chance. Dans la vie, on jouit seul et on meurt seul. Tout ce qui précède, c'est de la branlette titilleuse, de la comédie sur matelas. Au panard, môme ! Le big foot. Fonce en apothéose. T'as le maillot jaune ! Fais pas d'erreur de développement, surtout. Te relève pas trop vite. Enroule bien, petite. Place ta pointe de vitesse à l'instant opportun. Gaffe-toi de pas rester trop à la corde, de pas te laisser enfermer. Jouis en trombe, ma poulette. Que tu bénéficies de retombées superbes.

Quant à pour ma part, je m'emmène au sprint également. C'est alors que je pige plus. Faut admettre aussi que quand ton sensoriel tourne à plein régime, il ne te reste pas lerschouille d'esprit de déduction.

La petite Thérésa part en avant sur le sol. Caoutchoutée par son spasme ? À ce point, tu crois ? Note que j'ai vu des mémés se faire reluire jusqu'à l'évanouissement. Des survoltées du réchaud qui s'affalaient, carbonisées par l'orgasme. T'as bien des entraîneurs de fote-balle qui perdent connaissance lorsque leur équipe se qualifie pour la montée en first.

Seulement c'est l'odeur qui me chiffonne les narines.

Ça sent la poudre. Et pas celle d'escampette, je te jure. Je me retourne, tout glandu, tout flageolant, le panet dérouté de se retrouver si promptement à l'air libre, vibrant, perdu, commotionné. Sur le moment, je ne vois presque rien. Très vaguement une silhouette plus sombre que l'obscurité. Mais l'odeur de poudre envahit le local. Et la silhouette a une voix. Même qu'elle est anglaise.

— Lève les pattes si tu ne veux pas en prendre une autre dans la tête.

J'obéis machinalement. Je suis fasciné par la petite Thérésa, allongée sur les sacs, la face tournée vers le sol, l'arrière de la tronche en compote.

— Sors !

La silhouette recule, s'arrache à la pénombre pour gagner, à reculons, la lumière. Il s'agit d'un Noir. Très grand, vêtu de sombre, coiffé d'un chapeau de toile. Il porte de grosses lunettes de soleil sur le front, d'un froncement de nez, il les fait retomber devant ses yeux. Une profonde et courte cicatrice creuse une étrange fossette à son menton carré. Je vois briller une pierre à son petit doigt, une topaze. Il tient un curieux pétard à la main. Extra-plat et pas gros. J'ai encore jamais vu de feu semblable. Il n'a pas de silencieux et pourtant ne produit aucune détonation. Il est si plat qu'on pourrait s'en servir comme signet pour marquer les pages de ce livre.

Le Noir porte une fine moustache. Dans ces cas d'exception, les gens, tu ne les captes pas en bloc, mais par bribes. Ainsi, je remarque sa pochette de soie violette, sa chemise violette, ses chaussettes violettes, lesquelles composent un ensemble assez harmonieux avec son complet léger, gris anthracite.

Il me fait signe de gagner la maisonnette. Un autre gus s'y tient. Par opposition, il est blafard, avec une tête d'oiseau au grand nez crochu, aux joues creuses sur lesquelles végètent quelques poils qu'il doit prendre pour des favoris.

Le vieux grand-père est « out », lui aussi. Il gît, le visage dans son assiette de soupe. Et c'est tout rouge à cause de ce vilain trou qu'il a à la tempe et d'où sourd une espèce de reptile pourpre.

V'là des messieurs qui travaillent dans le sérieux, sans s'occuper des préambules. Ils tuent d'abord, et ensuite font les sommations. Ce qui me turlubite, c'est qu'ils ne soient pas Siciliens. Je devine qu'on s'enfonce allégrement dans des complications inextricables, d'où je risque de ne pas extriquer.

Mes deux nouveaux amis ne mouftent pas, se contentant de me braquer avec leurs étranges armes.

J'attends qu'un certain paquet de secondes se soit déguisé en minutes, et, la patience n'étant pas ma vertu archiépiscopale, je demande :

— On reste pour l'autopsie, ou quoi ?

L'oiseau s'arrête de mâchouiller de la gomme. Il se la cale entre la joue et la gencive et dit :

— Ferme ta sale gueule ou je te crève ! avec une voix de châtré qui prêterait à rire si j'avais le cœur à rire, mais je l'ai pas.

Un ronflement de voiture. Par le chemin cabossé, s'annonce une grande tire ricaine, noire avec une bande crème depuis les phares jusqu'au pare-chocs arrière.

Elle est conduite par un Jaune, style japonouille ou assimilé. Ainsi, les principales races humaines se trouvent représentées. Ne manque plus qu'un Peau-rouge criard pour compléter l'échantillonnage.

Le conducteur a des lunettes aux verres bombés, un sourire courtois, des mains de garçonnet et un costar tellement triste qu'un dimanche d'automne londonien ressemblerait au Carnaval de Rio en comparaison.

Le Noir ouvre la portière arrière et me fait signe de prendre place.

Ce que je.

Il monte à son tour, tandis que l'oiseau s'installe de l'autre côté. Me voici pris en jambon dans le sandwich. La tire repart. Le conducteur branche la radio. Ça joue un joli machin mandolinesque, du genre « Capri, île de rêve ». On pressent des citronniers, des grottes azur, et des gonzesses allongées nues sur le sable.

Moi, j'aimerais bien ça si j'avais le cœur à chantonner, mais je l'ai pas.

— Dites, les gars, je lance en anglais, vous voyagez pour quelle maison, déjà ?

Le Noir me file au plexus un coup de coude si brutal que je ne pourrai pas respirer avant dix kilomètres.

Tu sais que je me mets à regretter le père Aldo, mine de rien ?

Quand je pense que j'ai pas pu m'envoyer en planeur avec sa petite-fille !

Le mauvais sort, ça existe, tu sais.

Imagine une allée de palmiers un peu jaunâtres. Tout au bout, y'a une maison Médicis, dans les tons ocre-rose. Le tout sur une éminence plus riante que le Père Joseph[1]. Molto flores. En buissons : des gazibouilles cloaqueux, des torpéduches grenouillères, des aléas multiples, des pontamoussons écarlates, des bivulves vaginelles caduques, et encore d'autres… Un pur enchantement.

La pompe vient se ranger devant la porte principale. On déboule. Ça ressemble plus à l'Espagne qu'à l'Italie, à cause du patio et de la piscine. Un gros mec malsain, chauve par contumace (il se fait raser ce qui reste), vêtu d'un bermuda orange, à fleurs blanches et de longs poils presque blancs, se balance dans un rocking-chair, exactement comme dans un film B. On a eu le souci de la reconstitution au point de poser un grand verre de scotch près de lui.

Par contre, où ça diffère, c'est que dans les films B, ce genre de personnage est le chef, alors qu'ici mes kidnappeurs se soucient autant de lui que du rajustement de l'allocation aux vieillards. On longe la piscine, puis on pénètre dans une grande pièce nue dont le fond est une glace.

1. Lequel était une éminence grise, je le précise pour le tas d'incultes qui se fourvoient céans.

Des agrès et un épais tapis-brosse indiquent qu'il s'agit d'une salle de gymnastique. D'ailleurs, une dame s'entraîne aux anneaux. Elle a un maillot-blanc-une-pièce et un turban blanc. Je la vois mal car elle me tourne le dos, mais elle ne doit pas être de la première fraîcheur si j'en crois ce que je distingue dans le miroir du fond. Sa bidoche fait des plis aux cuisses et dans le dos, comme le goudron par grande chaleur.

Les trois lascars s'arrêtent. Ils semblent respecter l'exercice de la dame. Celle-ci réussit un retournement qui ne manque pas de souplesse et se reçoit fort bien, les bras écartés, comme une gymnaste participant à un concours.

— O.K., nasille l'oiseau.

Elle laisse retomber ses bras et s'approche en coltinant sa cellulite. J'éprouve une impression de déjà vu. Certain d'avoir rencontré cette momie antérieurement. Tu sais qu'elle va sur ses septante ans, mémère ? Malgré son ravalement, les carats sont là, tous présents à l'appel. Elle a eu beau se farder au pistolet, ne lui manque pas un mois de nourrice.

Sa bouche craquelée, ses narines luisantes, ses paupières batraciennes, enfoncées, sa peau qui pend aux endroits charnus, tout la trahit. Elle peut faire de l'exercice, du régime et marcher aux produits Carrita, pour se gommer l'irréparable outrage, tintin !

Où diantre l'ai-je déjà rencontrée ?

Et puis ça me revient.

Sur des écrans. Elle était actrice. Pas le tout grand vedettariat, non, le rôle secondaire, mais que tu retrouves à tout bout de champ. Elle jouait les amies d'enfance, les belles-sœurs, les logeuses. Son blaze ? Un prénom en « a », un nom en « hon ». Gloria Machinchon, ou assimilé.

Elle a un regard bleu-vert, pénétrant, pas gentil.

C'est ce regard mauvais qui a dû limiter sa carrière, l'empêcher d'accéder aux grands emplois qui exigent des acteurs sympathiques. Sinon, elle avait du talent, la mère.

Je me la rappelle dans *La grand-mère de Dracula*, elle jouait la châtelaine et elle effrayait davantage que Dracula.

Je lui souris.

— Très honoré de vous connaître, madame. J'ignorais ce que vous étiez devenue depuis que le cinéma vous a quittée. Je ne savais pas que vous vous étiez reconvertie dans le gangstérisme.

Ma réplique accroît la vilaine lueur qui brille dans ses prunelles enfoncées.

— Occupez-vous de cet enfant de salaud, lance-t-elle à ses guerriers.

Ils s'occupent de moi.

Alors, espère, ça ne traîne pas. M'est survenu bien des avatars depuis que je fais carrière dans la castagne. J'en ai rencontré des vilains, des mauvais, des teigneux, des faisandés, des sadiques, des fumiers de tout poil. J'en ai effacé des horions, des massacrades, des coups bas. J'en ai connu des situations désespérées, effarantes, épouvantables. J'ai vu l'horreur en face. Ma peau, je l'ai risquée tant et plus, et plus que tant ! On m'a souvent baisé par surprise. Pris de court. Entourloupé canaille. Des prises fulgurantes, si tu savais combien on m'en a placées ! Tudieu, la merde ! Des qui te laissent pas le temps de piger. Des que tu te retrouves neutralisé comme une tranche de rumsteack sur un billot de boucher…

Mais dans le cas présent, je pense que ça dépasse tout en promptitude. D'accord, ils sont trois. N'empêche que sans un synchronisme absolu, ça ne serait pas aussi efficace. Ils doivent répéter pendant leurs moments d'inaction, ces gredins. S'entraîner à mort. Faire des gammes, quoi.

Un grouillement de piranhas. Lequel me ceinture ? Lequel me passe une boucle de menotte à la cheville gauche ? Lequel me fait pirouetter ? Lequel passe l'autre extrémité du cabriolet à l'un des anneaux dont se servait la vioque ? Je ne sais pas. Je m'en fous. Le temps de compter jusqu'à trois, parole ! Pas plus, je jure. Jusqu'à trois : un, deux, trois ! Me v'là suspendu par un pied, la tête en bas. Je vois le monde à l'envers. Un monde pas très choucard : la vieille actrice, les trois tordus assassins. L'extrémité de mes doigts affleure à peine le sol. Pas moyen de prendre appui.

Et tu crois qu'ils me tiennent quitte, ces ordures ?

Penses-tu, Toto, c'est à présent que les festivités démarrent. C'est le Noir qui m'entreprend en premier, d'un coup de pied dans la poitrine. Le souffle stoppé, je pars à balancer. Le Jaune s'est filé de l'autre côté, et il me refoule en me shootant les meules. Je vais de plus en plus haut. Tout tourne. Ma jambe gauche doit s'allonger car j'ai l'impression qu'on me l'arrache. Ai-je arraché des pattes aux mouches, autrefois ? N'en ai pas souvenance. Ma cruauté devait s'exercer autrement, car les mouches me dégoûtaient.

Le troisième : l'oiseau, trouve un jeu pour lui. Il se place à bonne distance, et chaque fois que mon mouvement pendulaire amène ma frime à hauteur de sa ceinture, il me file un crochet. J'en morfle à la mâchoire, à la tempe, sur l'oreille, sur le crâne, partout. Un au cou, si je te disais, le plus douloureux. Mon corps, lentement, se disloque. Pauvre Ravaillac, qui fut écartelé ; pauvre Damien…

Je me disperse en pièces, lambeaux, morcifs… Ce parpaing qui me donne envie de dégobiller mon cœur, tu penses qu'il m'est arrivé dans les roustons ? Ma cheville doit enfler, éclater. Je vais me désosser. Me dépiauter tout. Faudra qu'ils nettoient la salle de gymnastique à grand jet.

Et pourtant, mon entendement s'obstine à fonctionner. Preuve que ma pensée vacille moins que mon corps. Ils ne veulent pas me buter tout de suite, sinon ils m'auraient refroidi en même temps que la pauvre petite Thérésa et que son arrière-grand-dabe.

Je maudis le Vieux. Son plan à la con, à la noix, à la gomme, à la chiasse, à la mords-moi-le-nœud, à la va-te-faire-mettre ! Son plan de chef sénile. Son plan d'enfoiré mondain ! Son plan pour bandes dessinées d'écolier.

Tout cela pour rien. Pour la peau ! Pour rire.

T'entends, gueule de bite ? Pour RIRE !

Pauvre carcasse contractée, mutilée, torturée, dont chaque pore appréhende la seconde qui va suivre ; dont chaque cellule souffre. Pauvre chair que trop j'ai nourrie et qu'on martyrise. Plus jamais de homards à la nage, de truites au bleu, de cuisses de grenouilles…

Plus jamais de pigeonneaux étouffés.

Et puis, d'abord, tel que c'est parti, plus jamais rien, hein ? Tout en moi est souffrance. Nausée, agonie, perdition. Je naufrage à l'intérieur de moi-même. M'auto-ensevelis. Je suis ma mort et mon cimetière.

Les carnes immondes ! Qu'attendent-ils de moi ? Que je parle ? Pour leur dire quoi ? À moins qu'ils ne se vengent d'une chose que j'ignore encore ? Ces diaboliques usent d'un procédé nouveau pour moi : *ils me torturent avant de me questionner* ! Ils ne me laissent pas le temps d'organiser ma résistance. Non, sans perdre une seconde, ils me réduisent à l'état de loque. Ils tuent mon énergie, annihilent mon courage.

D'un balancement l'autre, d'un gnon l'autre, d'une meurtrissure l'autre, j'ai le temps d'entrevoir la vieille, dans sa petite tenue de gym, qui contemple la scène sans émotion.

Le temps que tout cela dure ? mon pauvre vieux, excuse-moi, j'ai oublié de déclencher le chrono.

Quand ils en ont leur claque, des claques ; que je les ai fatigués par mon inertie obligatoire, ils s'arrêtent. Je les entends qui respirent fort, par le nez. Je les sens qui puent la sueur. Je les vois se masser, qui le poing, qui le genou.

Ma balancerie continue en décrescendant. Voici qu'enfin j'immobilise et me mets à pendre comme une chauve-souris, le jour.

Tout mon être est en feu. Je ruisselle : sueur et sang. Ça me bourdonne de toute part : le crâne, la poitrine, le bide.

La mémé passe un peignoir de bain dans les tons ocres. Elle claque des doigts pour je ne sais quoi. Vite, le Jap va quérir un tabouret de métal qu'il pose près de moi.

— Ici, miss Linda ? il demande.

Le nom de la vieille me revient : Linda Benson.

Elle s'assoit près de moi. Je vois sa bouille à l'envers, ce qui ne l'arrange pas. On croirait le masque mortuaire d'une guenon. L'âge, c'est ce qu'il y a de plus dégueulasse en ce monde. De moins tolérable.

— Vous pouvez parler, commissaire ? elle me demande.

— Naturellement, clapoté-je, je vais en profiter pour vous signaler que, quand on vous regarde à l'envers, on s'aperçoit des imperfections de votre râtelier. Vous avez tort de chipoter sur la prothèse dentaire, miss Benson, à votre âge elle est capitale.

L'oiseau s'avance, furax (peut-être veut-il cacher son hilarité).

— Je crois qu'il n'a pas encore compris, miss Linda, dit-il.

Elle fait un geste effaceur avec la main.

— Laissez !

Puis, à moi, sans s'émouvoir.

— Vous savez qui nous sommes ?

— Vous, oui, j'ai vu certains de vos films quand j'étais petit.

— Et eux ?

— J'ai eu l'occasion de constater qu'ils sont de parfaits tueurs à gages et des chourineurs de première force.

— On a déjà entendu parler du « Code Z », en France ?

Là, elle me marque un penalty imparable. J'en reste comme un parapluie accroché à une patère noire. Le « Code Z » ! Tu parles, Jules. La plus terrible organisation secrète de ces dernières années. Ayant recruté les tueurs les plus chevronnés de la planète et tous les bons agents secrets en rupture de réseau, elle a constitué une petite armée de l'ombre, implacable, capable de tout et s'y livrant.

Cette armée collabore avec les services de renseignements des grandes nations, lorsque ceux-ci essuient un échec, ou hésitent à accomplir certaines missions par trop salissantes. Les mercenaires de l'espionnage des temps nouveaux, voilà ce que sont les gens du « Code Z ».

La chose qui me surprend le plus, dans cette révélation, c'est de trouver une vieille actrice à la tête d'une section.

— Oui, madame, on connaît, bredouillé-je. Et vous faites quoi, au sein de cette honorable association de malfaiteurs, le ménage ou la comptabilité ?

Elle quitte son tabouret, rajuste la ceinture de son peignoir et déclare :

— Nous parlerons lorsque vous serez sérieux.

Elle a un grand geste, pareil à celui de Napoléon posant pour le Pont d'Arcole.

Les gars, sauf le Noir, sortent sur ses talons.

Le sang bouillonne de plus en plus fort dans ma tête. Une cataracte.

Vais-je pouvoir endurer ce supplice longtemps encore ?

Des vertiges, des vapeurs m'emparent. Ma jambe gauche doit mesurer au moins deux mètres, à présent. Comment se fait-il que je ne traîne pas par terre ?

J'attends encore un brin.

Puis je décide que, non vraiment, plutôt la mort… Et je fais semblant de m'évanouir.

C'est pas duraille à imiter, l'homme inconscient, dans mon état.

S'apercevant que j'ai perdu connaissance, le Noir va héler sur le pas de la porte. Miss Linda et sa clique reviennent, sans se presser. J'ai droit à un seau d'eau revigorant. Pourtant, je continue de feindre l'évanouissement. Cela les incitera peut-être à me désuspendre ?

Eh bien non. L'oiseau se contente de me cramponner sous les ailes et de me soulever, de manière à chasser le sang de mon cerveau.

Je m'obstine. La vieille vient soulever mes paupières. Elle a les mains froides. Elle porte à présent une robe imprimée, genre Hermès, que ça représente des têtes de bourrins.

— Il truque, dit-elle. Allez chercher le nécessaire.

C'est le Japonoche qui s'y rend. L'oiseau me tient toujours à l'équerre et, si ça ne soulage pas ma jambe, du moins cela dissipe le torrent de sang qui déferle dans ma tête.

Le matériel ! De quoi s'agit-il, encore ?

Par l'imperceptible fente de mes paupières, je vois le Jaune revenir avec une grosse boîte d'acajou ressemblant à un coffret humidificateur pour cigares. Il la pose à terre, l'ouvre. Me semble retapisser des cadrans, des fils électriques, des ventouses de caoutchouc noir. On me coiffe d'un casque en plastique à armature métallique. Le Jap s'affaire sur la vilaine boîte. Lui, c'est le technicien du groupe. Le petit bricoleur maison. Il branche des fiches, me place des ventouses sur la poitrine et aux poignets. Tu crois qu'il va me payer un électrocardiogramme ?

Un petit sifflement retentit, léger, impertinent, comme celui de mon compteur quand je coursais la valise volée par Donato à l'aéroport de Catane.

Mille picotements partent à travers ma chair endolorie. Comme si une caravane de fourmis m'investissaient. Ça me chatouille un peu. C'est à la fois soulageant et désagréable, à l'instar (disent mes confrères) de certains massages électriques.

Tout à coup, une voix m'atteint, par les écouteurs placés à l'intérieur du casque. La voix de Linda Benson, mais réverbérée, présente au point que j'ai la sensation de me parler à moi-même. Cette voix arrive directement à mon cerveau, sans emprunter le chemin de mon sens auditif. Elle se forme en moi. M'accapare. J'essaie de lutter contre elle. En vain. Elle se substitue à ma volonté. À mon intelligence, même ! Elle devient un aspect de mon individu. Sa dernière manifestation cohérente. Si tu piges pas, fais semblant et continue, va y avoir de l'action dans pas longtemps.

— Cher ami, vous me recevez bien, n'est-ce pas ?

— Oui.

— Tant mieux. Vous allez me parler, cela vous soulagera. Ensuite, vous vous sentirez bien, vous aurez un bon lit, très doux, dans une chambre très fraîche. On vous donnera à boire des choses exquises. D'accord ?

— Oui, oui, d'accord.

Prononcé-je réellement les réponses, ou me contenté-je de les penser ? Je dois fatalement les articuler puisqu'une conversation s'organise.

— Je vous aime beaucoup, vous savez, commissaire. Et vous aussi vous m'aimez beaucoup. Voilà pourquoi on n'a rien de caché l'un pour l'autre. On doit tout se dire. On doit s'aider…

C'est tout juste si, quelque part, dans l'arrière-salle de ma gamberge, subsiste un certain état d'alerte. Tout juste si un sentiment de méfiance m'avertit qu'on me berne. Tout juste si ma putain de conscience professionnelle regimbe encore pour tenter de ne pas céder aux paroles chatoyantes du serpent.

Mais, malgré cette infime veilleuse, je sais que je suis vaincu et que je vais tout dire.

TOUT !

Alors je dis tout, mon pauvre.

On est des flics.

On est des bœufs.

On est parfois des saints.

Mais, pire que tout cela : on est des hommes. Le hic ! Des hommes. Tu ne peux rien contre. C'est la maronnade assurée. L'enc… sur facture.

Quand je pense qu'une insulte d'homme consiste à lancer à un antagoniste : « T'es pas un homme ! » Alors qu'au contraire, l'injure serait de le traiter d'homme. Que peut-il y avoir de pire dans la hiérarchie flétrissante, hmm ? Mais je te sens qui insurge, pauvre clapoteur ! Misérable ergoteur ! Pommade, tu veux que je dise une bonne fois ? Eh ben, t'es un homme, mon gars !

— Quand avez-vous retrouvé la valise, et qu'en avez-vous fait ?

— Je n'ai pas retrouvé la valise. Quelqu'un l'a volée.

— Qui ?

— Je l'ignore. Les Siciliens m'accusaient alors que je n'y suis pour rien. *Et d'ailleurs, je me moque de cette valise.*

Imperturbable, la voix de la vieille femme, avec ce nasillement yankee que des cours de diction n'ont jamais atténué.

— Pourquoi vous moquez-vous de cette valise ?

— *Parce qu'elle ne contient rien qui puisse nous intéresser, vous et moi.*

— Qu'en savez-vous, commissaire ?

— *Quelqu'un de chez nous avait réussi à intercepter les documents avant qu'elle ne soit volée.*

Merde, proteste mon moignon de conscience, ça y est : tu t'es lamentablement affalé, San-A. Tout est fichu. Ta mission est anéantie. Tu viens de faire cocu le Vieux.

Il y a une légère période de silence. Les autres se sont rapprochés. Ils regardent Linda Benson avec des mines de rats malades.

La voix reprend, avec un frémissement angoissé.

— Si cela est, pourquoi êtes-vous venu en Sicile pour tenter de la retrouver, commissaire ?

— *Afin de donner le change*, répond ce connard de commissaire. *Mes chefs ont pensé que d'autres s'y intéresseraient et finiraient par découvrir que l'homme volé était suivi, ce jour-là. En remuant tout Catane pour récupérer l'attaché-case, nous voulions donner à croire que nous n'avions pas les documents, puisque nous les cherchions. C. Q. F. D. !*

Et voilà comment, moralement, professionnellement, on fait faillite, mon lapin.

C'est la déchéance. J'ai été eu ! Dans les grandes longueurs !

Le fameux Santantonio s'est mis à table.

De bel appétit.

Il en a croqué à belles chailles, le veau !

Miss Linda Benson arrache mon casque et le tend au Jap.

— Tenez, rangez ça, on n'en a plus besoin.

— Vous croyez qu'il a dit la vérité, miss Linda ? demande l'oiseau.

— Naturellement. Et pour tout dire, je subodorais plus ou moins quelque chose de ce genre, à la manière dont il se comportait. On aurait dit qu'il tenait à ce que le monde entier sache qu'il cherchait cette mallette…

Elle regarde le Jap remiser ses appareils, avec des mouvements menus, précis.

Je me balance à nouveau. Tu te rappelles des photos montrant le Duce et sa gonzesse accrochés à un étal de boucher. Eh bien je ressemble à ça, figure-toi.

— Alors, qu'est-ce qu'on en fait ? interroge le Noir.

Elle a un léger claquement de langue agacé.

— Un mort, bien sûr, que pourrait-on en faire d'autre, maintenant.

Y'a le gros mec que je t'ai raconté, oui : l'otarie qui se prélassait au bord de la piscine dans son bermuda orange, il se pointe en assurant qu'il a une idée. Il explique gentiment comme quoi il a entendu Linda ordonner ma mise à mort, et alors il pense qu'il serait con de m'équarrir sottement, sans qu'on en tire profit à rigolade. Lui, c'est le marrant de la bande. M'est avis qu'il doit rester en marge des affaires proprement dites, et cancreler béatement en éclusant du bourbon et en faisant friser ses poils de bide au soleil. D'après la suite de la converse, j'apprends qu'il est le frangin de la mère Benson. Il doit la maquereauter sur les bords, en grand frelot veuf ou célibataire, moins fortuné mais bien utile pour ouvrir les bouteilles à table, balancer des conneries quand un ange passe et trouver les langoustes les plus fraîches chez le poissonnier.

Bon, il raconte un projet impayable. Tu vas voir si c'est gonflant, une idée pareille, à tel point qu'on pourrait la faire breveter. Selon Césarin, faut me descendre dans le stand de tir du sous-sol. M'installer sur une chaise, elle-même posée sur des vieux journaux pour protéger le sol des éclaboussures ; ensuite de quoi, on tend un grand drap en écran entre moi et eux. Chacun tire au jugé à travers la toile et le premier qui me fait éclater la tronche a gagné. Les impacts au corps ne comptent pas (sauf pour le fils unique et préféré de Félicie, bien entendu).

Les hommes, même quand ils sont tueurs à gages, restent des enfants. Tu les verrais applaudir et lancer des z'« hip hip pipe hura », t'en serais remué comme de la pâte de guimauve chez un confiseur forain.

La liesse. Ah ! liesse-moi rigoler ! Linda considère son petit monde avec indulgence. Elle annonce qu'elle va câbler à qui de droit pendant que ses chérubins prendront du bon temps.

Et alors les préparatifs s'organisent.

On devine que le tir a de l'importance pour ces messieurs. C'est leur hobbie, leur gagne-pain, surtout. Mais eux, ils joignent le plaisir à l'utile. Faut voir le stand, la manière qu'il est équipé.

À l'École Nationale Supérieure de Police on ne trouve pas mieux. Les murs sont insonorisés, l'éclairage est indirect, les râteliers d'armes formidement pourvus. Chouette achalandage, *indeed* ! Des flingues de tous calibres, aux canons bleus comme des aigues-marines, aux crosses ciselées, aux lunettes montées par Lissac. Des fusils mitrailleurs, robustes, énergiques ; des revolvers, des pistolets en quantité. Même quelques mitraillettes très élégantes, pliables, pouvant se porter sous un complet d'été ou avec du tweed. Un tout superbe arsenal.

Ces tristes sires me ligotent dans un lourd fauteuil de jardin, en fonte tarabiscotée. Pendant ce temps, l'habile Japonais, assisté du frangin à Linda, cloue le bord d'un drap sur une longue tringle de bois qu'il suspend au plafond grâce aux gorges ménagées pour le luminaire. Le gros bermudé annonce ensuite qu'il va me déplacer, sans que les autres voient ma position, de manière que le hasard joue son rôle de farceur. Quand ce sera à lui de flinguer, l'un de ces messieurs procédera de même. Bien conçu, hein ? C'est le genre G.O., le frangin. Il sait bouter-en-train. Trouve ces petites astuces mutines qui ajoutent du piment aux jeux traditionnels.

Après, il pousse la farandole jusqu'à tirer à la courte paille pour qu'on détermine l'ordre de la mitraillade. Quant à lui, modeste, il s'octroie d'office la dernière place. Son privilège, c'est l'invention. En soi, elle constitue déjà une victoire inaliénable (qui est-ce qui vient de dire Hénin-Liétard, là, dans les rangs ? Un gars de ch' Nord ? Un peu de tenue, siouplaît !). Car, pour en revenir à mon propos d'un peu plus haut (ou d'un peu plus bas, si le présent paragraphe débute une page), le mec qui anime une société est un monarque. L'homme qui a une trouvaille affirme sa suprématie, et c'est quoi d'autre, le bonheur du bipède pensant, sinon dominer les petits potes ?

C'est l'oiseau qui gagne le droit de me défourailler dessus en premier. Ils ont droit à trois balles chacun. Correct, non ?

Un qui se retient d'éternuer, voire de respirer, c'est ton San-A. vénéré, camarade. Comment qu'il les a moites, le chérubin ! À quel point il regrette de ne pas être resté devant son Dubonnet, tu le sauras jamais. Je pense à des gnares installés, gaule en pogne, sur une berge de la Vienne, à mater leur flotteur. Et je me dis que ça, oui, c'est le pied superbe. Y'a des moments de l'existence, et celui-ci en est un, où tu ne peux comprendre l'importance qu'elle revêt, la pêche à la ligne. Combien je voudrais m'écraser des moustiques sur la frite. Et puis me laisser arpenter par des caravanes de mutines fourmis, ces scouts des insectes, en quête d'un trou du cul susceptible de servir d'entrepôt.

— Quand tu voudras, Jim ! dit le frangin de Linda à l'oiseau.

Je serre les dents, les miches, les doigts, tout ce qui est serrable, quoi. Crispable. J' sais pas où passe mon raisin, toujours est-il qu'il ne m'en reste plus chouchouille dans les pipe-lines. Du froid me vient, d'en haut, d'en bas. Je sens mes ratiches poreuses comme de la pierre ponce (dirait Pilate). Un immense trou à la place de l'estomac. Un peu comme un qui se vomit.

Une détonation claque. Un trou perfore le drap à un bon mètre de moi. S'il virgule le reste du potage dans cette région, ma santé fera un peu de rabe. Mais j' t'en file ! La seconde bastos m'érafle le genou. Parole, l'étoffe de mon futiau se met à friser à cet endroit ! Encore un poil à gauche et je dérouillerai la troisième prune dans les côtelettes.

Non. Son troisième impact est aussi mauvais que le premier. Le frelot vient visionner le résultat, un peu comme le tenancier d'une baraque foraine s'approche pour examiner ton carton de prouesses.

— Zéro, annonce-t-il. À toi, Jérémy.

Jérémy, c'est le Noir. Râleur, l'oiseau fait observer que ça va devenir de plus en plus fastoche, vu que les perforations du drap indiquent aux flingueurs suivants où il ne faut pas tirer. L'objection est admise par le gros sac et cézigue vient me déplacer afin de brouiller les brêmouzes.

Moi, tu me connais ? Je voudrais essayer quelque chose pour mon futur, je lui dois bien ça. L'impossible, selon mes bonnes habitudes. Mais ils m'ont ligotaillé de telle sorte : jambes, torse et bras, que je suis soudé à ce fauteuil comme un académicien qu'on aurait oublié de desservir après la séance du dictionnaire, le serait au sien.

C'est comment, déjà, l'acte de contrition ? Et puis qu'importe. Pourquoi contrition d'abord ? C'est l'acte de suffisance que je serais en droit de psalmodier. Je me rabats sur l'acte de contraction et j'attends la suite en faisant valoir, in petto, au Seigneur que je n'ai pas mérité ce sort funeste et qu'Il serait bien aimable de donner des ordres en conséquence à mon destin pour le forcer à modifier sa trajectoire.

Écoute, quand tu penses que pour téléphoner de la République aux Gobelins, il te faut parfois des heures, et que là, le bon Dieu, je l'obtiens du premier coup. Et pourtant, dis, tu Le fais pas au cadran, et l'inter est sidéral. J'Y ai pas plutôt causé que les choses prennent une tournure curieuse. Au lieu de la quetsche isolée que j'appréhende, v'là que retentit une salve complète. Un vrai rosaire !

Je mate le drap. Il ne comporte pas un trou supplémentaire, à croire que le flingueur a craché au plaftard.

Mais que signifient ces cris qui me parviennent. Ces gémissements, ces geignades ?

Quelques coups de feu isolés ramènent le silence complet, comme le font les coups de grâce.

Après quoi, un pas s'approche de mon réduit, une main décidée écarte le drap. Je me trouve en présence d'un malabar blond, beau gosse, à la mâchoire carrée et au regard de porcelaine. Il a, en guise de bâton de vieillesse, une mitraillette fumante qu'il tient à bout de bras par sa crosse évidée.

Il me considère d'un œil inquiet, comme s'il redoutait de me trouver endommagé. Comprenant que je suis indemne, il a un hochement de tête satisfait et vient me délier.

— Vous avez fait l'entrée la plus remarquable de ma carrière, lui dis-je. Je ne sais pas qui vous êtes, mais je suis prêt à vous signer un certificat pour l'attester.

À tout hasard, j'ai parlé en anglais, langue diplomatique, comme tu ne peux l'ignorer.

Le beau blond du square Montholon renifle.

— On dirait ! répond-il dans le même idiome, et avec une telle absence d'accent étranger à celui-ci qu'on peut en déduire qu'il l'emploie depuis le sein maternel.

Je suis tellement engourdi par le traitement saucissonnesque des Linda Benson's boys que je reste un moment sans pouvoir m'arracher au fauteuil. C'est le blond qui m'aide. J'exécute quelques pas de robot penchant ; le noble sang de mes aïeux se remet à circuler dans mes veines altières.

Cette vision, mamma mia !

Pêle-mêle, les quatre z'hommes gisent sur le sol, sanglants, sans gland, sanglés dans la mort. Troués pire que des tickets de métro dans leur corbeille qu'on doit les jeter pour laisser ces lieux aussi propres qu'on les a trouvés. Fracassés, éclatés, vidés, énucléés, massacrés, décervelés.

Bonne bourre aux femmes de ménage !

Mon sauveur enjambe ces carcasses et me fait signe de le suivre, ce que j'empresse. On grimpe au reste-chaussé. Là, se trouvent deux autres gars en compagnie de Linda. Ces messieurs sont un tantisoit plus âgés que le blond. Y'a un rouquin éclaboussé, avec un nez en issue de tromblon, et puis un type cuivré, à l'œil plus mort que ceux des sardines en boîte (lesquelles son étêtées, je m'amuse à te le rappeler).

Le cuivré tient la mère Benson en joue, négligemment. Il est perché sur le coin de la table, le flinguche posé sur son genou, mais prêt à lui distribuer ses titres de voyage pour Luciferland. L'ancienne actrice est assise dans un fauteuil de cuir. Sous son maquillage, on lit la peur, comme on lisait la sainteté sous celui du cardinal Daniélou.

Le blond ne dit rien, mais s'approche de la mémé. Il tire de sa poche une recharge pour sa mitraillette, l'enclenche dans l'arme dont il dirige le canon vers le ventre de la vieille femelle.

Elle murmure, comme dans ses meilleurs rôles :

— Vous n'allez pas tirer sur une femme, garçon ?

— Si, fait laconiquement le beau blond en larguant sa camelote.

Ça se passe très bien, sans chichis, entre gens de bonne compagnie. La mère Machin morfle sa série gagnante dans un tas de bidules que si je connaissais mieux l'anatomie je pourrais te causer, mais quoi, ma culture n'est pas universelle, hein ? On ne peut pas écrire comme j'écris, faire l'amour comme je le fais, et en plus être professeur de droit romain à la Faculté de Médecine, non ! Faut en laisser un peu aux autres.

Linda, là, sous mes beaux yeux écarquillés, rend une âme qui n'avait plus l'éclat du neuf. Elle est tassée dans son fauteuil, sur la béance de son bide en charpie. Couvant sa mort comme une dame enceinte son embryon d'homme, avec une figure plus vieillotte qu'au temps de son vivant, plissée soleil, rabougrise. Pas joyce, la pauvre personne. Cette fois, le « Code Z » est en grand deuil.

Les deux autres n'ont pas réagi. Simplement, le cuivré a enfouillé son jeu désormais inutile.

L'autre, le blond carotte, se racle la gorge.

Il désigne au nettoyeur d'étrangers un magnétophone. Mon copain, l'ange gardien, opine. Son accessoiriste pousse la commande et bientôt j'entends ma confession à Linda à propos de la valise. Le blond prête une oreille attentive, comme un mélomane assistant à un concert de M. Georges Prêtre.

Puis il me dit :

— C'est vrai, tout ça ?

Pris entre l'Arve et la Corse, moi, je chique le gars dubitatif. Jouissant à nouveau de mes facultés, je ne puis retrahir le Dabuche. Alors, j'opte pour une solution en colimaçon. Un clin d'œil. Tu sais ? À la « non, mais pour qui me prends-tu ! ».

Mes petits camarades n'insistent pas. Le rouillé prélève la bobine sur l'appareil et la glisse dans sa poche.

— On pourrait se retirer, non ? suggère le blond.

J'admets qu'en effet, on pourrait.

Et puis alors, ils ont une tomobile, là dehors. Bleue, américaine, avec des phares à paupières. On s'y entasse à la va-comme-je-te-fourre. La vie n'est qu'une continuité. Qui a dit un recommencement ? Commencement zobanche ! Qu'est-ce que t'as déjà vu recommencer, toi, à part ta feuille d'impôts ? Et encore : la somme change chaque fois.

Je pense qu'hier, des gus siciliens m'ont embarqué dans une guinde. Et puis ce matin, les archers défunts de la défunte maman Linda. Et à présent, ces inconnus dont la bienveillance à mon endroit me laisse songeur.

— C'est indiscret de vous demander qui vous êtes, bien sûr ? j'hasarde à l'intention du blond.

Tu sais ce qu'il me répond ?

— Pfff…

Nature. Pffff… avec une moue désabusée, comme si ce qu'ils sont n'avait pas de signification, comme s'il en avait plus ou moins honte.

À quoi bon insister ? Un type, ça parle quand ça veut, surtout lorsqu'il est à trois contre un avec plein d'armes de précision, dûment graissées, et dont la garantie court encore.

Je me contente d'admirer le paysage. Ce qu'on calanche en Sicile ! T'as fais le compte ? Non ? Ben vas-y, moi j'ai la cosse.

J'aimerais savoir ce qu'est devenu mon cher Béru.

On roule bientôt plein gaz sur une route dégagée. De temps à autre, on double un attelage paysan. Des types aux gueules burinées font des bras d'honneur en réponse au klaxon de notre carrosse. Quand on atteint un charmant village, au bord de la mer, le conducteur (c'est le rouquin) va se ranger dans le port. Un canot à moteur se dandine à l'amarre comme un canard qui vient de trouver un trognon de pain détrempé dans sa mare.

Le blond et le cuivré descendent.

Le blond se tourne vers moi.

— Vous venez, vieux ?

— Où allons-nous ?

— En mer.

Je quitte la voiture.

— Et si je refusais de vous accompagner ? demandé-je.

Il hausse les épaules.

— Pourquoi refuseriez-vous ?

C'est vrai, ça : pourquoi je refuserais ?

*

Le barlu bat, comme on dit dans les pages maritimes des romans *cheap* (comme c'est le cas présent) pavillon panamien, ce qui, t'en conviens, ne me renseigne nullement sur sa nationalité fondamentale. C'est un barlu assez moche, mi-yacht, mi-cargo. Il aurait besoin de peinture, et aussi d'être refait. On le sent délabré, poussif, pas loin de la casse. Encore une tempête et il ira au Ris-Orangis des rafiots. Ce machin, selon moi, il ne sert plus qu'à la contrebande. M'étonnerait qu'il eût traversé l'Atlantique au (long) cours de ces trente dernières années, ou alors c'était sur le pont d'un porte-avions.

Un mec vaguement déguisé en capitaine, mal rasé

et d'aspect débraillé, nous regarde radiner, accoudé au bastingage.

L'échelle de machinchose est descendue. On grimpe à bord. Le pseudo-officier n'a pas bronché, pas plus que tu ne te mets en frais dans un jardin public lorsque le balayeur remue les feuilles mortes pour mimer du Prévert.

Nous gagnons une sorte d'espèce d'habitacle, au centre du barlu. C'est vitré en verre teinté et on ne voit rien de l'extérieur.

Eh ben, mon vieux, c'est dommage. Quelle surprise ! Dès que t'as franchi le seuil tu crois rêver. V'là que tu déboules dans un luxueux salon, pas grand, mais admirablement décoré. C'est même raffiné, dans le genre. Moquette claire, épaisse, tapis de Chiraz, murs tendus de velours grège avec deux Vassarély exécutés par les enfants des écoles ou les petites infirmes de la fondation Dunœud tellement qu'ils ont l'air vrais. Les fauteuils sont profonds. Les quelques meubles bateaux, anglais-dix-neuvième, et le personnage à tempes grises qui nous attend en éclusant un scotch, ressemble à un armateur de Jules Verne.

Je siffle, admirativement.

— Mazette, que je dégoise, v'là un bâtiment qui cache bien son jeu. Si les machines correspondent à ce salon, votre barcasse doit se comporter comme un hors-bord.

— Elles correspondent, assure le blondinet.

En américain courant, il met le personnage à rouflaquettes au courant des péripéties que toi tu sais déjà. Ensuite, le cuivré lui fait écouter la bande du magnétophone sur un appareil habilement camouflé, qui comporte la stéréo, la télé, l'eau chaude et la table de multiplication.

L'homme écoute en buvant trois autres wiskies. Sa

biberonnanche se lit sur ses pommettes où elle a tissé une fine toile d'araignée violette.

Lorsque le silence est revenu, il pose son verre, joint ses dix doigts, par paquets de cinq, et déclare :

— Très intéressant.

Puis, à moi, d'une voix neutre.

— Vous êtes le commissaire San-Antonio ?

— Entièrement. Vous me connaissez ?

— Plus ou moins, oui. Que faut-il penser de ces déclarations ? On vous avait drogué, n'est-ce pas ?

— Oui, mais…

Mon « oui, mais » pêche à la traîne. C'est un *oui* tout mou, suivi d'un *mais* tout bête.

Il me stoppe d'un geste prompt.

Ce type, il a beau vider des bouteilles pleines, il conserve la tête froide. À part le mètre étalon déposé au pavillon de Breteuil, il ne doit rien y avoir de plus précis que lui.

— J'ai l'impression, murmure-t-il, que vous ne savez pas trop pour le compte de qui vous voyagez. Vos supérieurs vous ont chargé d'une mission apparemment sommaire, mais qui pourtant vous dépasse. Je reconnais bien là cette foutue marotte française qui consiste à toujours en dire trop ou pas assez. L'esprit cartésien, quoi. On se refuse à considérer un agent comme un simple rouage, alors on lui fournit un minimum d'explication pour satisfaire son orgueil. Et naturellement, cela fausse tout. Il se croit détenteur de la vérité et roule les mécaniques. Mais rien n'est plus dangereux qu'une partie de vérité.

Il se tait.

— À qui ai-je l'honneur de devoir ce brillant exposé ? lui demandé-je.

Il hausse les épaules.

— Comme je ne suis pas Français, j'ai le choix entre

deux éventualités, commissaire San-Antonio : ou bien tout vous dire, ou bien tout vous taire.

— Personnellement je suis à fond pour la première.

— En l'occurrence, moi aussi. Vous voulez un whisky ?

— Après la vérité, c'est la chose qui m'intéresse le plus.

Il rit, me sert lui-même ; sans pleurer la marchandise. C'est de la dose travailleur de force.

— Pas de glace ?

— C'est secondaire.

— Moi, je n'en mets jamais, l'eau est si polluante.

Il adresse un signe à ses deux acolytes. Le blond et le cuivré nous quittent avec un maximum de discrétion. Ils se retirent comme la mer, à marée basse, sans qu'il y paraisse. À un moment donné ils ne sont plus là, et c'est tout.

— Je dirige une branche des services secrets américains, secteur Méditerranéen.

— Mes compliments.

— Pour bien piger, il faut parler clairement et tout reprendre depuis le début…

— J'aimerais infiniment.

— Alors résumez la situation, vous-même, et ensuite je rectifierai.

— Volontiers…

Je bois la gorgée propitiatoire, celle qui te ramone les muqueuses et te lubrifie la gamberge.

— Un agent de l'Est est passé à votre solde.

— Exact.

— Il devait opérer un gros coup en vous livrant des documents d'une extrême importance, mais dont, personnellement, je ne sais rien.

— Premier point d'ignorance, je vous éclairerai là-dessus, San-Antonio, continuez.

— Les Services de renseignements français, mis au courant, ont tenté d'intercepter lesdits documents. Un de nos agents, dont j'ignore tout, également…

— Je vous parlerai de lui aussi, ensuite ?

— … est parvenu à chouraver ces documents en cours de voyage.

— Juste !

— C'est alors qu'à l'escale de Catane s'est situé un incident cocasse : l'agent double a eu son attaché-case dérobé par un voleur professionnel.

— Exact.

— Notre propre agent nous a remis les documents. Les responsables français ont alors décidé de brouiller un peu le jeu, par mesure de sécurité, et, pour blanchir leur homme, m'ont envoyé ici avec mission d'essayer de récupérer ostensiblement cette charognerie de valise. Et déjà, pas mal de gens sont morts pour cet attaché-case qui ne vaut pas plus de vingt dollars à l'heure actuelle.

— Rigoureusement faux, laisse tomber mon interlocuteur avant de drainer dix centilitres d'alcool pur jusqu'à son tube digestif.

— Qu'est-ce qui est faux ?

— Que la valise ne vaille plus rien. Moi, je vais vous reprendre l'histoire en remplaçant les cases vides ou fausses par la vérité, O.K. ?

— Tout ce qu'il y a de plus O.K., boss !

— Bien, tout d'abord, les documents. Ils sont relatifs à une mystérieuse base que les copains russes et leurs satellites aménagent dans la région méditerranéenne. Un truc expérimental, au plan purement scientifique. Il s'y prépare des machins pas piqués des vers, mon vieux, susceptibles de révolutionner l'humanité.

Un petit ricanement m'échappe.

— Je lis ça dans « *Ici Paris* », au moins une fois

par mois. C'est un de ces moutons à cinq pattes dont le populo est friand.

Il hoche la tête.

— Le moment arrive où les moutons à cinq pattes vont se mettre à marcher, San-Antonio. Et comme ils auront cinq pattes, ils iront plus vite que les autres. Le truc inventé par les Russes a trait à une déviation de l'espèce.

— Pourquoi sont-ils obligés de venir faire ça dans la région méditerranéenne, c'est pas suffisamment grand, la Russie ?

L'homme aux favoris gris hausse les épaules.

— Comme disait ce professeur sur lequel un autre professeur venait de cracher : c'est leur problème, pas le mien !

— Bon, d'accord, base expérimentale, d'ordre scientifique, ayant pour objectif une déviation de l'espèce humaine, ensuite ?

— L'agent double nous alerte et promet de nous céder un dossier sur cette base. Les services secrets français apprennent la chose. Flairant la bonne affaire, ils branchent sur notre bonhomme un type de première grandeur, un dénommé Jean La Baule ; en le priant de dérober coûte que coûte les documents pendant leur transfert. La Baule réussit sa mission. Il dérobe les documents en question… *et nous les remet*, car cet homme travaille en réalité pour nous, et fait partie du noyautage Ouest-Europe. Ce qu'il donne aux Français, c'est des secrets de pacotille, fournis par nous.

Une moche sueur à basse température me serpente depuis la nuque jusqu'à la régulière.

— Pourquoi me racontez-vous cela, boss ? Vous brûlez votre gars ou alors vous avez l'intention de me neutraliser définitivement, comme on dit avec élégance dans votre job ?

Il sourit.

— Vous avez entendu parler de l'aéroport de Roissy en France, mon cher ? Hier, on a retrouvé La Baule la gorge tranchée dans les cabinets flambant neufs de ce magistral aéroport. Pour le brûler, maintenant, il faudrait un crématorium !

Il rit.

Il boit.

— On continue ?

— Faites.

— Ce que vos chefs ont omis de vous préciser en vous expédiant ici, c'est qu'ils ne voulaient donner le change qu'à nous autres, Ricains, à propos de cette valise. En réalité, leur plan consistait à négocier la restitution des documents à l'U.R.S.S. en échange de certains avantages d'ordre nucléaire, car à Paris, on en a assez de faire partir à Mururoa des pétards moins spectaculaires que ceux du 14-Juillet. Question de prestige. On a besoin d'un boum, si j'ose dire, chez vous.

Là, il se place la lampée du siècle. Un demi-glass de grand-mère. Gloup ! S'il ne lui pousse pas des étincelles dans le caberlot, c'est que celui-ci marche à transistor.

— Drôle de salade, ronché-je.

— Russe, pouffe mon vis-à-vis. Vous suivez le labyrinthe, cher ? La France vole à un agent double des documents russes qu'il allait livrer aux Amerloques. Mais l'agent français travaille pour les Américains et remet à ceux-ci le produit de son vol. Il fournit aux françouzes des machins très secondaires que vos éminents chefs, triomphalement, s'empressent de restituer aux Russes.

Je rigole.

— J'imagine la frime des Ruscoffs.

— Pendant que vous y êtes, imaginez également celle des Américains, mon vieux, car les documents étaient bidons.

Parvenu à ce point de racontage, faudrait marquer un temps mort, comme je préconise parfois, mon chou bleu. Que tu reprennes tes pauvres esprits surmenés. T'es là, je te déméninge avec mes récits de corne-cul. T'en perds la boussole, le latin, et ce qu'est pire, l'appétit. Ça embrouille à telle allure que tu vas plus savoir qui est qui d'ici cinq minutes. T'as une brèche dans la chambre noire. Tu fissures de la pensarde. Tu te crois dans Tintin, et encore, je déconne : Tintin, c'est facile à suivre.

Le mieux, tu sais quoi ? Je sirote mon glass, sans me presser, au petit trot de la glotte. Il est comme la bite dégustée par Marie-Chantal : il a un goût. Bon : c'est pas du scotch, mais du bourbon. Donc, c'est plus doux, moins chatoyant, selon moi.

— *Four Roses*, jette mon terlocuteur, comme s'il suivait pas à pas ma pensée. Pour un buveur de cognac, ça n'est pas le pied, évidemment.

En tout cas c'est le sien, vu qu'il recharge ses batteries. Je me décide à enchaîner.

— En somme, quoi ? je hasarde.

— En somme, nous valsons en plein bal des dupes, San-Antonio. Tout le monde feinte, double, baise tout le monde. À ne plus savoir où nous en sommes, ni ce que nous cherchons. Le tout sur un fond de massacre. Les vilains du « Code Z » travaillaient pour les Russes, ce qui tendrait à laisser croire que ces pauvres gens ont bel et bien perdu leurs sacrés documents, à moins évidemment qu'il s'agisse aussi d'une ruse à grand spectacle destinée à nous égarer. Que sont les documents devenus ? comme le chanteraient vos vieux poètes. Qui les détient ? Qui a récupéré la valise ? Vous ?

Le regard qu'il porte alors sur ma personne achèverait de faire basculer la tour de Pise sur un monceau d'appareils photographiques japonais.

— Non, pas moi.

— Alors pourquoi tous ces gens sont-ils persuadés que vous la détenez ? Il n'y a pas de fumée sans feu, bon ami. Les Siciliens, qui ont flairé la bonne affaire, croient ferme que vous l'avez récupérée, et les copains du « Code Z » également. Pour ma part, je vais vous dire…

— Disez, boss, disez !

— Je ne suis pas certain que vous l'ayez, mais je pense que vous êtes bien placé pour l'avoir ?

— Expliquez-vous, ça m'intéresse…

Il va pour, seulement, tu sais quoi ? Le capitaine pour bateau pirate aperçu à l'arrivée radine en trombe dans le salon.

— La police portuaire italienne ! annonce-t-il. Leur vedette pique droit sur nous.

— Et alors, nous sommes en règle, non ? objecte mon hôte.

— Lui aussi ? demande, en me désignant, le gros sac déguisé en officier de marine.

— Moi aussi, certes, fais-je, mais n'oublions pas, cher boss, qu'ici la maffia est souveraine et… qu'elle me recherche.

— Well, well ! rétorque pertinemment l'homme aux favoris gris frisés. Malcom, conduisez notre ami dans la planque si vous en avez le temps.

L'officier de marine m'adresse un hochement de menton comminatoire. Je le suis. On dévale dans la coursive. Il m'entraîne au pas de charge jusqu'à la cabine du fond.

Je regarde le logement, surpris. Une planque, ça ? Elle est sèchement meublée de l'essentiel, à savoir d'un lit et d'une penderie fermée par un rideau. Deux hublots l'éclairent. C'est alors que mes sens hallucinent, camarade. Magine-toi que le commandant Malcom fonce droit au hublot situé le plus près de la poupe. Il biche la poignée de cuivre, tire un bon coup. Le hublot s'ouvre, avec ses rivets, ses boulons et tout. Il s'agit en fait d'une trappe verticale. Au lieu de la mer que je voyais danser le long des golfes clairs, une seconde auparavant, j'ai plus qu'un trou sombre. Et alors, tu vas comprendre, c'est du travail d'illusionniste : derrière le hublot, on a aménagé un système optique dans un gros conduit coudé, comme pour un périscope. Si bien que la mer, mon pote, elle est pas juste derrière le hublot, mais un peu plus à droite. En face, c'est effectivement une cachette sombre, prise dans la courbure de la poupe. Oh, y'a pas de quoi s'y installer avec sa femme et sa belle-mère. Mais quoi, un julot normalement constitué peut y tenir. Le commandant m'aide à m'insinuer dans le goulet et il referme le hublot, ce qui m'oblige à me tasser sur mes cannes, biscotte l'appareillage optique qui en mène large. Un peu diabolique sur les bords, hein ? Là, espère, c'est vraiment la planque idéale, sans discussion. N'importe quelle pomme pénétrant dans cette cabine, je la mets au défi d'y flairer du louche. Il sondera le plancher, le plafond, les cloisons internes, mais jamais la coque du barlu, du moment qu'il voit la mer derrière. Chapeau, ces Ricains, quand ils se mettent la cervelle en position de suractivité, on peut leur faire confiance quant au résultat.

Me reste plus que d'attendre la fin de l'alerte, en espérant pour mon futal qu'aucune envie de licebroquer ne me prendra.

Dans ma guitoune, la vie est contractée jusqu'à sa plus simple, mais plus belle expression : moi. Il m'est impossible : d'y jouer au tennis, d'y embroquer une fille, ni de m'y faire une réussite, à l'instar de notre bon de Gaulle qui est mort juste après qu'il en eut fait une (à propos, on n'a jamais su s'il l'avait réussie ?).

Je respire à un trou gros comme une pièce de deux francs percé dans la paroi. Cet orifice me permet de visionner la petite rade, le port au loin, avec ses pêcheurs raccommodant leurs filets. Mon bide émet des glouglous désespérés, car la faim me tenaille. Mais il n'est point l'heure de l'omelette au lard, fiston.

Je perçois un martèlement à bord. Des pas font vibrer la coursive. Il y a des appels, des heurts. À un moment donné, j'entends nettement qu'on explore la cabine par laquelle j'ai accédé à la cachette. Et puis un claquement de porte. Du temps s'écoule. Je réfléchis à tout ce que m'a révélé Favoris-frisés. Ça me fait songer aux histoires à épisodes de mon enfance, que j'achetais sous forme de petites livraisons, chaque semaine à la papeterie-mercerie-journaux de notre quartier. Il y flottait, dans cette boutique, une odeur inoubliable, que je cherche en vain, ne retrouve plus. Une odeur qui m'a donné envie d'écrire. L'odeur de mon enfance. L'odeur des Pieds Nickelés, mes maîtres. Mes seuls maîtres d'à tout jamais. Quel sac d'embrouilles, je ne le redirai jamais assez : agents doubles, voire triples. Documents volés au voleur. Échangés, perdus… Valise truquée ? De l'écume de roman d'espionnage. Du brouet de feuilleton. Du mêli de mêlo. Personne n'y retrouve plus les siens. Tout le monde a trahi sa mission, y compris ton San-A. qui, parce qu'il était chargé d'une mission bidon de dissuasion, ne se fait pas tirer la sourde oreille pour jacter, se raconter en long en large, la pomme véreuse ! Et mon cher grand absent, mon Béru, pendant ce temps, dis, gueule de Zob ? Tu le situes où, en quel état ? En quel triste état ?

Brèfle, je commence à vieillir dans mon trou. Décidément, ma claustrophobie en prend pour son algarade ! Sépulcre, cercueil, oubliette, rien n'y manque.

Une pétarade de moteur naval me réconforte. Ces

messieurs argousins s'en retournent bouffer la polenta, bredouilles. Fectivement, leur vedette traverse mon champ de vision et va mourir dans les confins.

Des crampes m'arrachent les muscles. Vivement la délivrance. Depuis combien de temps je moisis dans mon trou ? Plus d'une demi-heure, sûr ! Qu'est-ce qu'ils attendent, les amis Ricains, pour venir me délivrer ? Du moment que l'alerte est passée ? Je mijote encore, mort d'impatience. Et pour lors, le doute me point. Je me dis : « Et s'ils avaient décidé de te laisser crever dans ce trou, San-A. ? Après tout, maintenant que t'as craché ce que tu savais, ils n'ont plus besoin de toi. Ici, t'es gênant, à preuve : ils ont dû te planquer. Du temps qu'ils y sont, ils vont te laisser crever gentiment dans ton tuyau. Plus tard, en mer, ils n'auront qu'à te faire cadeau aux requins. »

Lorsque des idées pareilles t'assaillent et que tu te trouves dans ma posture actuelle, je te mets au défi de ne pas perdre la boussole. Me voilà en effervescence. Je remue à en faire éclater la coque du rafiot. À deux mains, après des tortillades d'homme serpent, j'empoigne le gros coude de l'appareil optique et je le pousse en avant. Dieu soit… Mais non, pourquoi « loué » ? L'essentiel est qu'Il soit.

Et Il est.

Puisque le hublot s'ouvre. Tu comprends, il ne comporte pas de système de verrouillage. Une forte pression en assure la fermeture hermétique grâce à une combinaison de ventouse.

Donc, en poussant fort, je parviens à l'ouvrir.

Le circus, les contorsions, les reptations, les efforts pour m'arracher du trou, je préfère pas te les relater. D'abord parce que t'en as rien à branler, égoïste comme je te connais, ensuite parce que c'est bien suffisant de les vivre que s'il faut remâcher tout ça, quoi, merde, on y passerait sa jeunesse, et alors y t' reste quoi, quand tu l'as gaspillée, ta jeunesse, dis, diarrhée ? T'as l'air malin, branlant entre deux cannes, entre deux déconnages, entre deux rabâchages d'écroulé gâtoche. Vidé de ta substance. Et vidé par les autres, naturellement, ces fumières d'abeilles pompeuses qui t'écrèment tout ton pollen, foutre y compris, bordel ! Foutre y compris. Elles recrachent même pas. Glaoup ! Tout : le suc, le sucre, l'albumine, ces salopiottes. Pour ensuite laisser la place toute froide aux asticots qui t'en finissent. Te pratiquent l'ultime contrôle antidopinge avant de te mettre en fagot ! Chéris aztèques. Mon rêve, tu sais quoi ? Qu'on vienne me ramasser les asticots dans le sépulcre, un jour, pour la pêche. J'aimerais partir dans le matin frileux à côté des casse-graines. Me laisser embrocher par bestioles interposées sur les mignons hameçons. Venez tous à la cueillette, amis de la joyeuse gaule. Prélevez les bloches dans la région de mes burnes, ils seront plus gras, plus vigoureux et peut-être auront-ils, eux aussi, les yeux bleus. Tu peux pas savoir combien c'est irrésistible pour un goujon, des asticots à zyeux bleus.

Me voici extrait de la cache.

Plus chiffonné que la bergère qui garde ses troupeaux pendant les grandes manœuvres militaires. J'ouvre la porte de la cabine assez précautionneusement, vu que l'attitude de mes « sauveurs » ne me dit rien qui vaille la peine qu'on le peigne en doré.

Je file un bel œil curieux dans la coursive. Mon sang ne fait qu'un tour, mais alors de toute beauté. Même le Tour de France a moins d'allure que ce tour que fait mon sang, alors tu vois.

Un, dont le sang ne fait plus de tour du tout, par contre, c'est le brave captain Malcom. Tu le verrais gésir à rond ventre sur la moquette râpée, le visage dans sa casquette pleine de sang, sa cervelle posée à côté de lui, tu ne pourrais pas imaginer que ce monsieur a été vivant y'a pas longtemps. En tout cas, la vie, il a totalement oublié la manière de s'en servir.

Pressentant du louche, comme dirait Béru, j'enjambe ce « navigateur solidaire », et me dirige vers l'escalier. Mon pôvre ! Tu sais quoi, encore ? Le cuivré ? Je l'aperçois, dans une cabine dont la lourde est restée béante, à la renverse, ses membres décrivant une croix de Saint-André. Lui, il a effacé une louche de potage en plein poitrail. Et de deux. Je commence à me dire que les collègues ricains furent bien inspirés en me placardant. Ce faisant, tu veux parier qu'ils m'ont sauvé la vie ?

Je me mets à explorer les cabines. Dans une seconde, je trouve deux hommes d'équipage foudroyés pendant qu'ils jouaient aux cartes. L'un d'eux tient encore un brelan à pleines mains.

Dans l'escadrin menant au pont, il y a le cadavre du beau blond, décédé d'une balle dans la nuque.

Ce carnage ! Tu sais que la Saint-Barthélemy, en comparaison, n'a été qu'une partie de colin-maillard ?

Mister Favoris-frisés est toujours dans son fauteuil, avec un trou gros commak à la place de l'œil droit. Et puis, pour finir le lot, deux autres matafs en maillot rayé sont mortibus dans le poste de pilotage. En tout, huit personnages en quête de fossoyeurs. Tableau de chasse impressionnant.

Travail soigné, ratissage express. C'est sûrement pas des policiers siciliens qui ont opéré ce coup de main. Pour scrafer huit malabars, eux-mêmes armés, et qui n'exercent pas la profession de bibliothécaire dans une sous-préfecture, crois-z'en *my old* expérience, mais faut un commando sérieusement entraîné. D'accord, les autres n'étaient pas sur la défensive, croyant avoir affaire à des fonctionnaires officiels, cependant, je note qu'aucun des morts ne conserve dans l'au-delà la moindre attitude indiquant qu'il amorça un mouvement de défense. L'opération a été rudement menée. Nettoyage rapide. Deuil express, comme disent les teinturiers. Note que, de nos jours, pour ce qui est du deuil, ils en font leur deuil. Le noir se perd. De plus en plus, les veuves et les orphelins abandonnent sa bannière. Bientôt, tout comme à La Nouvelle-Orléans, on dansera le jerk ou la bamboula, ou le tralamonpaf aux enterrements. Foin de crêpes, on fera des crêpes, comme à la chandeleur. Moi, je préfère. La mort, c'est pas un cérémonial, mais tout le contraire. On ne fait pas monter la bière : on la fait descendre. Pourquoi marquer d'une pierre noire le jour où l'on commence à t'oublier ? Ah ! qu'il soit le plus-comme-les-autres possible, celui de ma glissade. Je ne le souhaite pas solstice de juin bien que je sois cancer, mais solstice de décembre ; le plus court possible, comprends-tu ? Que vite une première nuit passe sur mon absence pour en faire vraiment une définitive absence. Je veux un minimum de planches, de terre, de gens, de fleurs, d'encens, de pleurs, de noir. Oh oui, oh oui, par grande pitié et suppliance, très peu de gens. Ils m'auront tellement fait chier au temps de mes jours et parfois de mes nuits. Qu'ils s'abstiennent donc, ce beau jour-là. Qu'ils m'en fassent cadeau, de ma dernière balade en surface. Pas la peine, surtout, qu'ils se découvrent sur mon passage ; je ne leur répondrais pas. J'aurai enfin le courage de ce que je pense et, dans ma boîte, je serai moins mort que méprisant.

Or, pour donc, me voici maître d'un bateau chargé de morts. Tu ne trouves pas ça farce, toi ? Qu'est-ce que je pourrais te superlater ? D'aberrant, tiens donc ! Que ça se dit beaucoup de nos jours, aberrant. Dans n'importe quelle circonstance, à tout propos, pour exprimer ce qui te chante : le beau, le moche, le bien, le mal, tes opinions politiques et tes aperçus sur l'art. dans le fond, exister socialement n'est pas difficile. Il y faut une panoplie. Une poignée de mots-clés, quelques idées toutes faites, mais qui paraissent hardies, un brin d'impertinence, ta connerie lie le tout. C'est la béchamel universelle. Le fond de sauce de la turpitude humaine.

Donc, situation aberrante pour le cher Santantonio, seul à bord, comme un enfant de mutin, et bien emmerdavé de l'être. Ne sachant à quel cadavre se dévouer. Hésitant entre la proue et la poupe, bâbord et tribord, rester ou filer.

Coupé de tout, même de l'espérance. Blousé, bité, perdu. Je me convoque pour un conseil des sinistres restreint. Et je décide d'affronter les nécessités de cette pauvre vie dans leur ordre d'importance.

Primo : j'ai faim. Alors, vouère ise the cambuse ?

*

Quand t'as l'estom' rembourré, tu considères les choses avec davantage de sérénité que lorsqu'il fait bravo. Moi, après une boîte de 125 grammes de caviar de la Cassepied (comme dit Béru) et un demi-poulet froid, le tout arrosé d'une bouteille de brut frappée à bloc, je me sens redevenu Tarzan, mitigé Zorro, avec un soupçon de James Bond, bref, pour te résumer ça en un mot composé : San-Antonio.

Je décide d'attendre la noye avant de m'esbigner.

Pour passer le temps, j'explore le barlu de la cave au grenier, comme on dit dans la marine ; mais mes bons Ricains sont des gens de grande prudence car je ne découvre d'insolite à bord que des armes. De guerre las (pourquoi lasse, je ne suis pas de la pédale ?) je cramponne un matelas dans une cabine pour aller m'étendre dans la guitoune du radio.

C'est à ce genre de détail que tu vois le professionnel. D'aucuns seraient allés se zoner dans un coin douillet. Moi, que nenni. Aux aguets, toujours.

J'essaie de ne plus penser. C'est diff, tu sais, de s'abstraire lorsqu'on a le chou qui ronfle à six mille tours. Un vrai gyroscope, mon cerveau. Un de ces quatre soirs, tu vas me voir m'élever au-dessus de la ville, comme un hélicoptère. Bien droit, les mains jointes. Le jour de l'Ascension, nouvelle manière. L'irrésistible ascension de San-Antonio. En l'air, en l'air, tout le monde aviateur ! que disaient les patrons de manèges. Rien que par la giration de mes pensées. Tu m'imagines ? Un soir, à Roland Garros, dans la lumière des projecteurs ? Pfffroutttt ! Bonsoir, m'sieurs-dames.

À force de penser que je n'arriverai jamais à ne plus penser, je finis par m'endormir.

Un grésillement caractéristique.

J'ouvre les deux yeux à la fois. Car, mon pauvre gars, les auteurs qui te racontent qu'ils commencent par ouvrir un œil sont des fieffés menteurs qu'il faut plus leur acheter les livres sinon ça rime à quoi de payer pour se faire berlurer alors que t'as de grands écrivains, et je fais exprès de ne pas me citer, qui ont un tel souci de la vérité que s'ils avaient vingt-cinq centimètres de talent en moins, leur carrière résisterait pas. Non ? Je me mets à genoux d'abord. Ça, oui. L'imploration spontanée, sous-cutanée, et les talons sous cultannés aussi, du temps que ça se trouve.

Me relève en plein.

M'approche de la table aux appareils.

Coiffe le casque, pousse le tarabusteur d'opacité conjugale à inclination salpingiste, trémouille l'admission syndromagnétique, et décalotte le glandium triphasé.

« Apple appelle Newton » répète monocordement une voix surnasillée. « Apple appelle Newton. »

La pensée m'effleure que j'ignore le blase du barlu, n'ayant point eu l'occasion de le lire depuis le canot. Cependant, dans les steppes de la pensée san-antoniaise, se forme la déduction que mon barlu pourrait très bien se nommer Newton, ce qui justifierait l'appel d'une pomme.

Alors, moi, avec un aplomb de sans-filiste, je déclare, en exagérant mon nasillement pour que ça fasse plus américain :

— Ici, Newton ! Ici, Newton !

Sur fond de cinquième symphonie, naturellement.

La voix tombée des éthers reprend :

— Message pour Jupiter, message pour Jupiter. Notez.

— Prêt à noter, répond l'infaillible San-Antonio.

L'homme de l'espace se met à articuler :

— *Dix par dix, stop. Trois cent soixante-cinq, stop. Deux mille livres, stop. N'a pas toujours été génisse, stop. Bain quatre, stop. Extrême urgence. Terminé.* Veuillez répéter.

Je répète docilement.

L'autre dit O.K., puis interrompt le contact.

J'intervertis alors le potentiel d'inflation à conjonctivite écrémée. Et je me mets à potasser le message.

Y'a du rébus, là-dedans. Mais ce que je t'ai pas dit, non tu vas voir, prends une chaise et délace tes souliers, c'est que ce message m'a été virgulé en français.

Et c'est cela qui me donne à flairer son aspect rébus. Sinon, l'autre me l'aurait passé en angloche, non ? Pourquoi changer de langue ? Il causait anglais avant de dicter et il a repris l'anglais à partir de « Bain quatre ». Si y'a un chose que je suis doué, comme dirait le secrétaire perpétuel de l'agadémie, dont la main est affligée, je suppose, du mouvement de même nature, c'est bien les charades et autres devinettes pour noces et banquets.

Je me regarde droit au fond des yeux, comme si je serais la France, et je me déclare tout net ce qui va suivre et dont je t'engage à noter l'esprit de décision, indice d'une nature ferme, propre à l'individu volontaire dont, nana nanère…

San-Antonio, ce message français, tu vas donc le transcrire dans les dix minutes qui viennent, sinon plus jamais tu n'oseras te saluer quand tu te rencontreras dans la rue…

Voilà qui est parlé en homme, non ?

Alors je m'y colle.

Et ça me prend beaucoup moins de dix minutes.

« Dix par dix, égale cent. J'écris CENT.

« Trois cent soixante-cinq, c'est la durée d'une année, j'écris AN.

« Deux mille livres (à moins que ce ne soit des livres sterlinges) donnent une tonne. J'écris TONNE.

« Une qui n'a pas toujours été génisse ? Dis, ce ne serait pas Io, la fille d'Inachos ? J'écris IO. »

Et relis l'ensemble déjà obtenu.

T'as déjà maculé le résultat, pomme à l'huile ?

CENT AN TONNE IO soit, si tu veux bien que je le réintègre dans son contexte initial, comme diraient les commentateurs de radiotévé qu'ont un sens forcené de la concision : SAN-ANTONIO.

Deux minutes, il m'a fallu. Pas même. Je le humais, çui-là. Ça filouille vilain à mon propos. Je suis l'objet d'une effervescence qu'à coup sûr je ne mérite pas. Toutes les forces secrètes conjuguées sur la Méditerranée me croient en possession de choses que je ne soupçonne même pas. On ne prête qu'aux riches. Et moi, démuni, ignare, égaré quasiment, je joue les paumés pour moi tout seul. Au bénéfice exclusif de mon ange gardien. Les autres m'estiment superman, alors que je ne suis que supercon. Le peu que je savais je l'ai dit, répété… Je mendie des lambeaux de vérité. Je fais les poubelles pour essayer de piquer un trognon de tuyau pas trop pourri, une épluchure d'indication, un déchet d'hypothèse. À se fendre le pébroque, te dis-je !

Ce que je voudrais trouver aussi rapidement, c'est ce qu'est le « bain quatre ». Mais là, j'ai beau chercher, échafauder, tripatouiller ces deux mots, ils gardent leur mystère, probablement qu'ils correspondent à quèque chose de propre à ces bonnes gens et qu'il est impossible de deviner.

La noye étant tombée délicatement, je décide d'abandonner cette nécropole flottante pour gagner des lieux plus hospitaliers, comme on dit quand on cherche ses effets.

Me v'là qu'arpente la coursive.

Je visionne une dernière fois le ventre du barlu fantôme. Et je remarque que, tout comme à bord d'un paquebot de ligne, les cabines sont numérotées. Oh, il s'agit d'une simple petite plaquette ovale apposée au-dessus de la serrure et comportant un chiffre en réserve. La « 4 » est celle où fut assaisonné le cuivré. Ces mecs, si j'étais moins feignasse, j'aurais pu leur affubler un nom, tu vas me dire, mais pour l'usage que je fais d'eux, ça ne vaut pas le coup de se cailler les cellules grises, hein ?

Bien. Je passe outre. J'outrepasse.

Cabine « 4 ».

Le bain « 4 ».

Y'a une salle de bains dans cette cabine ?

Moui.

Banale, rudimentaire.

Presque tout de suite, une chose particulière m'attire l'attention. Je vais t'expliquer. Le bec verseur du robinet est très long et descend jusqu'au fond de la baignoire. C'est pas banal, tu conviens ? Je l'ouvre. Et aucun liquide ne coule. Pourtant, un chuintement retentit. On dirait que du gaz s'échappe. Et puis, attends, je t'oublie le principal : cette baignoire comporte un couvercle. En plastique blanc. Il est accroché à la cloison par un piton. Moi, ça me cigogne les esprits, cette combine. Alors, tu sais quoi ? Je vais récupérer le cuivré qu'est raide comme ma zézette dans la main d'une âme sœur et je l'installe dans la baignoire. Qu'ensuite j'ajuste le couvercle par-dessus.

La marmite norvégienne. Faut laisser mitonner à feu doux. Attendre un peu. Ou longtemps, j'ignore. Le gaz continue de siffloter dans le récipient émaillé. S'agit-il d'un gaz asphyxiant ? Cette baignoire bizarre sert-elle à liquider des contestataires ? En ce cas, c'est pas en y plaçant un gus déjà mort que j'en aurai la preuve. Alors, pourquoi tenté-je une expérience avec le cuivré ?

Histoire de passer le temps, je m'équipe. Le sol sicilien est malsain pour moi et je préfère me couvrir. En dix minutes, me voici transformé en arsenal ambulant. J'ai un pistolet mitrailleur accroché à la ceinture, deux « feux » extra-plats dans les vagues de mon bénouze, deux autres dans celles de mon veston, des calibres plus confortables, ceux-là. Je te cause pas des munitions de rechange, et, pour compléter mon équipement du parfait petit scout, je glisse dans mes chaussettes deux couteaux très effilés de la lame avec leur gaine de cuir souple. De quoi tenir un siège (et non pas un cierge, comme une vieille frappe de mes amis prédilectionne).

Je retourne à la cabine number 4.

Je soulève le couvercle, en me retenant de respirer, pour si des fois le gaz de perlimpinpin possédait des propriétés nocives.

Et je fais bien de me retenir de respirer vu que je manque d'air, tout à coup.

La baignoire est vide.

T'entends, visage de nœud ? Vide ! V.i : vi ; d.e : de ! Anéanti, le cuivré, désintégré absolument. Disparu de ce monde. Non avenu. L'oubli est plus concret qu'il ne l'est à présent. À sa place, y'a la transparence, le rien intégral. J'ai transformé sa carcasse en prototype d'absence complète et définitive. Tu te rends compte, l'importance de cette invention ? Pouvoir faire disparaître totalement un mec, sans qu'il subsiste de lui la moindre dent en or, le plus minuscule poil de derche, la plus petite boucle de ceinture ?

Mais v'là qu'un frisson rétrospectif me dévale le toboggan culier. Le message… On ordonnait ni plus ni moins à mes copains de me gommer d'urgence… Sans l'intervention du commando de choc, j'y passais. Bye-bye Sana ! On aurait jamais plus entendu parler de bibi. Félicie se serait consumée dans les attentes, sur le pas de sa porte. Son grand fiston eût été rayé de la planète, changé en air. Dis, le cuivré, sûrement que je le respire, en ce moment.

Affolé à cette perspective, je me barre du bateau fantôme.

Le canot ronronne fort dans la nuit étoilée.

J'ai l'impression que ses pétarades doivent s'entendre jusqu'à Rome. J'hésite sur la direction à adopter. Dois-je rallier le port, ou au contraire aborder dans un coin désert ? La prudence me fait pencher pour la seconde solution. En vertu de quoi, je pique sur un point escarpé de la côte.

Une petite crique me croque.

Je coupe les gaz et saute entre des rochers. Vite se remuer le panier, mon z'ami. Cette situation n'a que trop duré. Jouer les outlaws, c'est pas dans mes emplois. Je me fais l'impression du gars en cavale que le moindre bruit fait sursauter. Va falloir tenter le gros coup et pas lésiner sur mes instincts Bayard. Passer à la contre-attaque d'urgence.

Comme je parviens au sommet de la falaise, j'entends un grand cri de détresse dans le landerneau. J'aperçois, à pas cent mètres de moi, une voiture arrêtée. Une femme vient d'en jaillir et s'enfuit à toute jambes dans la nuit, aussitôt coursée par un individu qui la traite de « charogne » dans la langue du Dante (il pourrait choisir plus mal).

Cet enfoiré va la rattraper si Santantonio n'intervient pas. Mais San-Antonio intervient. Tu connais l'homme ? Tu sais tout de son chevaleresque comportement. La manière téméraire qu'il bondit quand, d'aventure, une faible créature est en danger. Tout de suite, il tire l'épée du fourreau. Un mousquetaire, je te dis. Le dernier. Après lui, finitas. T'auras plus que la tourbe malséante des bousculeurs de dames, des monopoliseurs de places assises, de ceux qui conservent leur bitos dans l'ascenseur.

La moche cohorte des vilains qui ne posent même plus leur pantalon pour limer, tellement qu'ils sont goujats et qui lisent le journal pendant qu'on les pipe.

Santonio, tu parles. Il est le tout ultime rejet de la galanterie françouise. À lui, Auvergne, ce sont les ennemis !

— Stop ! hurle-t-il.

Et de dégainer l'une de ses arquebuses.

Un coup de semonce dans les étoiles. La douille éjectée me taque sur l'oreille. L'automobiliste s'arrête de courir. Puis repart, la tête rentrée dans les épaules, mais en direction de sa pompe, cette fois. Tu le verrais la réintégrer en catastrophe. Bazu ! Démarrer comme un fou, sans seulement prendre le temps de claquer la portière. Marche arrière démente qui manque le précipiter de la falaise. Puis marche avant. Il louvoie. Sa porte claque. Je le vois décrire quelques 8 sur le chemin poussiéreux. Enfin il atteint son plein régime, comme un bananier, et disparaît.

Ne reste plus, à l'horizon, que la lumière orangée de l'Etna, voilée de fumée.

Je scrute la lande.

Ne vois personne.

— Ho ho ! chantonné-je, d'un ton rassurant.

Rien.

— Ben vous pourriez dire merci ! lancé-je, en italien d'abord, ensuite en français et enfin en anglais, que si ça te suffit pas, t'as qu'à aller chez Mister Berlitz pour le papou et le sanscrit moderne.

Au bout d'un instant, quelque chose remue derrière une touffe de cactus mal rasés. La femme réapparaît. Je la rejoins.

Dedieu ! Y'a des nanas qu'il fait bon sauver ! Cette môme, espère, mériterait d'être éclairée au projecteur. Ce que je vois d'elle me donne envie d'en savoir davantage et ce qui me déboulonne l'aorte, en priorité-double-taxe, c'est avant tout sa blondeur. Dans la pénombre, tu pourrais penser qu'elle a les cheveux blancs, cette Ninette.

Mais attention ! C'est de la grand-mère grand luxe. D'une deux-douzaines d'années environ, avec une queue de cheval (et moi donc, quand je la regarde !), un regard qui doit être vert pâle ou bleu ciel-de-printemps. Une poitrine électrisante. Un ventre admirable, recouvert d'un fin duvet blond qui scintille à la clarté lunaire comme un nani machin dans le chose trucmuche de la rosée (d'Anjou). Ici, tu mets la métaphore de ton choix ; selon tes humeurs poétiques, ton vague à l'âme, ta tension artérielle, ton bagage universitaire et la grosseur de tes testicules. Je peux causer de son ventre, à cette jouvencelle, car elle est fringuée de la manière ci-dessous : un short extrêmently short, et une liquette aux pans noués au-dessus du nombril (je devrais dire son nombrille biscotte le fin duvet scintillant). Pour terminer, des espadrilles. Mais ça, c'est pas gênant et elle peut les conserver en toute circonstance, sa voûte plantaire n'étant pas destinée à participer à mes félicités sexuelles. Note que la godasse féminine a son rôle à jouer lorsque ta partenaire porte des escarpins à talons aiguille dont elle t'éperonne les noix en bouillavant, exercice très stimulant, recommandé aux jockeys, ou bien quand elle a des bottes montantes. Mais enfin, là n'est pas la question, du moins pour l'instant, car mézigue, tu me connais ?

Passons.

— Et alors, mon trognon, j'y dis familièrement, qu'est-ce qui vous est arrivé ?

Elle murmure :

— Vous parlez anglais ?

En anglais.

— Oui, que j'y fais, dans le même idiome. Vous êtes Anglaise ?

— Non, Suédoise.

Si j'étais un auteur facile, je m'empresserais de te dire que c'est à cause de sa nationalité qu'elle m'enflamme, mais tu parles que je vas m'en garder bien, qu'ensuite on se torpille sa réputation et compromet son avenir littéraire. Et alors, c'est quoi, la vieillesse d'un romancier, s'il n'est ni membre, ni décoré, ni reçu ? La gueule rigide des z'huppés auxquels on te présente, mon neveu ! Leur haut-le-corps. La main tendue à regret, molle et moite de répulsion, et qu'ils s'hâtent de se torchonner au bénouze pour décamoter la merde qui pourrait subsister de ta dernière prestation épistolaire.

Le regard de poisson en conserve, tout rond, tout ailleurs, plein d'un méprisant cloaque. Compte qu'ils vont t'appeler cher maître, ces birbes, avec leur bouche en forme de pince à sucre. Ils font semblant de t'ignorer la carrière. Se gardent de toute allusion. Ils te préféreraient gandousier. Là, p't-être, ils consentiraient à te causer boulot. Te demanderaient au moins si ça marche, les affaires. Mais écrivailleur de calembredaines, c'est pestilentiel, dégradant. Ça rejaillit sur l'espèce entière. Tout le monde en subit les éclaboussures. Le romancier, pour être respecté, faut qu'y soye aussi homme de lettres. Bien tartant, pompeux, verbeux, docte. C'est pourquoi je cantonne dans la bienséance, tu remarqueras. Je me fais oublier le passé. Je me virginise le style en déployant les grands artifices. Pas bête, hein ? P't-être qu'un jour je serai amnistié. On me laissera mourir dans le rang, en bout de file, en bout de table, mais parmi. Je serai gracié à force d'application. Ils diront : voyez, il avait bon fond, ce Santonio. Il était récupérable. L'âge lui a dessillé les yeux. Il a compris où se trouvait la vérité. Regardez comme il suce bien, à présent. Comme il dit bien bonjour en écrivant. La manière cérémonieuse de son style. Vieille France, pratiquement. Il n'aurait écrit qu'un livre, on le mettrait à l'Académie. Et moi je déconne tandis que la sublime blondine continue de me fixer avec ses grands yeux couleur de lacs scandinaves. Mon feu l'inquiète. Je renfouille. Ça lui calme l'anxiété. Elle me narre ses mésaventures. Son blaze : Ulla Hopp ; profession : secrétaire de direction. Elle est partie en vacances en stop. Destination : Palerme. Tout a bien marché jusqu'à Messine. Elle a réussi à parcourir plus de deux mille bornes rien qu'avec trois pipes et un broutte-minou, ce qui est donné, tu admets ?

Elle a une amie qui, l'an dernier, sur le même périple, a dû se respirer seize passes complètes dont une douzaine en plein air, même qu'elle s'est planté des épines de pin dans les miches qu'ont dégénéré en abcès, te dire !

Bon, en fin de journée, un vilain l'a chargé à la sortie de Messine. Au bout de vingt bornes, il a exigé la gâterie de péage. Bon, elle n'avait rien contre, Ulla. Elle sait vivre. À son âge (en définitive elle a 25 berges), elle n'ignore pas le prix du kilomètre. Quand tu ne paies pas de ton morlingue, tu dois payer de ta personne, it is la règle du game, non ? Où ça irait, sinon ? Fort de ces conventions aussi collectives que tacites, elle accepte donc de lui décoiffer Popaul, à l'aimable tomobiliste. Il exigeait qu'une petite pompe expresse, vite-fait, à la *speed limit*. Les Ritals du sud, faut leur reconnaître qu'ils sont en manque de ce côté-là. La pipe, c'est mal vu chez les Méditerranéennes. Elle te bouffent des trucs à l'huile qui feraient dégobiller un mulot, mais des pafs, ça jamais ! Alors, tu penses, un Sudiste qui voit s'annoncer une belle Scandinave délurée, s'il s'empresse de lui faire déguster son panoche ! Bravo. Le mec déballe Coquette. Et alors, la gentille Ulla pousse un cri de terreur, d'horreur, de répulsion, de tout ce que tu voudras. Elle a cru voir une illustration de planche médicale en couleurs, chapitre des maladies vénitiennes. Il avait le chibre en déconfiture, son chauffeur. De la zobanche hautement délabrée, meurtrie par les vilaines fréquentations. Un panais qui partait en c... somme toute ! De quoi gourer un mycologue. Lui faire croire à une amanite monstrueuse et déliquescente. Un objet pareil, c'était incasable. La plus ringarde pédale, sevrée de rond depuis vingt ans, aurait refusé l'admission, prévenu la police. En guise de pompiers, c'étaient ceux de la caserne Champerret qu'il lui eût fallu, au signore, histoire de lui éteindre l'incendie.

Tu penses, l'Ulla, en matant ce champignon anatomique, sa panique, si elle a pris le dessus ! Elle s'est vue ensemencée de bubons, la pauvrette, couverte de plaques vertes, comme la carte du delta amazonien. Voir Palerme et mourir ! Comparé aux zobs sous cellophane de ses compatriotes, tu juges ? Bien aseptisés, eux-zautres, bien neutres, proprets comme des chalets suisses, pas flambards, sans initiatives, certes, mais d'une fraîcheur irréprochable. Pasteurisés, dépourvus de microbes au tout jamais. Rose pâle comme des queues de cochon, avec aussi des poils blonds, mais sans danger. Elle a dit non. Il a insisté. Plus elle regimbait, plus il voulait lui coller son sorbet framboise en digue-digue dans le clapoir. Il a dû stopper ici, en rase camberousse pour perpétrer ses violences. L'empoigner par la nuque pour la forcer d'y aller au potage. Il la traitait de chichiteuse. S'enrognait. Sa biroute gesticulait, postillonnait. Dans un sursaut, elle a réussi à sortir de l'auto, la môme. Et puis, Saint-Christophe-Antonio ou San-Christophe, l'a sauvée. Seulement le chetouillé s'est barré avec son sac tyrolien. Si bien qu'elle est à la route complètement, la chérie. Plus de fringues, d'argent, ni de papiers. Le dénuement total. Un short, un slip, une liquette, une paire de sandales, voilà tout son viatique. Et tu veux faire quoi avec ça ? Aller où ? Le consulat de Suède ? Y'en a un à Palerme, seulement ? Ses vacances sont mortibus. Finies à peine que commencées. C'est la faillite. Elle pleure.

Alors, moi, je joue mon rôle de consolateur. Du coup j'oublie que je suis traqué, noyé dans le sirop de chiasse, coupé de Béru, recherché par la maffia, les services ricains, et consorts.

J'arrondis mon bras. Le preux Sana ! Donnez-vous la peine de bicher mon aile, Mam'selle. J'ai de l'argent, du courage, et un gourdin aussi comestible que s'il sortait de chez Olida. Tant que ma main droite pourra tenir une arme et dégrafer ma braguette, vous ne risquerez rien, ne manquerez de rien et votre horoscope restera au beau fixe.

Elle en pleure de reconnaissance. Et pourtant, en Suède, à part de froid ou des films d'Ingmar Bergman, tu pleures de rien, généralement. C'est du socialisme sec, là-bas. Tout le monde souffle dans le ballon de son self-contrôle. On marche à grands pas juvéniles dans les plantes grasses bordant le littoral.

Je me dis qu'après tout, cette rencontre avec Ulla risque de m'être précieuse. J'ai besoin d'aide. Pour peu que je susse la manœuvrer adroitement.

Après tout, cette rencontre avec elle va me servir d'auxiliaire dans les endroits qui me sont prohibés... Elle va devenir mes mains d'acier, comme celles dont usent les savants pour tripatouiller des chieries radioactives dans des cages de verre.

Elle me demande qui je suis.

Je lui explique sommairement. Agent secret. France d'abord ! Scout toujours… prêt !

Joignant l'humectage à la parole, je ponctue d'une pelle avant-coureuse. À ma façon de rouler la menteuse, elle pige qu'elle n'est pas tombée sur un novice et que lorsque l'heure sera venue pour Lagardère d'aller t'à elle, il ne lui récitera pas les cours de la Bourse.

*

Mandolina est une charmante localité, lovée dans une petite baie à une certaine distance de Catane[1].

On y parvient dans la soirée, entre telle heure et telle autre ; mais à peine.

L'Albergo est encore ouverte, et des types y jouent au Tchicalamore, ce jeu typiquement sicilien, qui consiste à en prendre trois et à laisser l'autre, mais obligatoirement dans le sens de la largeur et sans changer d'atout. Un couple grassouillet le gère aimablement parmi une gonflée de marmots somnolents que personne (hormis leur propre sommeil) ne songe à envoyer se coucher. Je demande s'il y a une chambre, vu que nous sommes des jeunes mariés en panne de voiture. La dame aubergiste nous sourit sous sa belle moustache frisée et nous emmène dans un appentis voisin où se trouve aménagée une chambre luxueuse, dont les murs de pavatex sont tapissés de journaux et dont le mobilier de style se compose d'un magnifique sommier, défoncé par des rages de cul, d'une chaise dépaillée et d'une cuvette d'eau ébréchée. J'oubliais quatre clous à tête ronde de gaulois dans la cloison principale, auxquels nous suspendons nos effets et moi mes armes.

1. Ça, c'est pour te donner un exemple de l'art d'écrire pour ne rien dire.

Une bougie pour tout éclairage. Mais sa flamme dodelinante exalte fabuleusement les volumes de Ulla. Elle est d'une blondeur forcenée, cette petite mère, au point que, sur son bronzage, sa toison isocèle ressemble à un cache-sexe de satin blanc.

Je remercie avec vigueur le ciel clément de m'avoir envoyé ce ravissant sujet par les voies imprévisibles de Sa providence, et le prie d'agréer l'expression de mes sentiments respectueux. Ensuite de quoi j'éteins la bougie, non que j'aie besoin de son concours, mais parce que nos ébats risquent d'être tumultueux et qu'il me déplairait qu'un fâcheux incendie les écourtât.

Tumultueux, ils le sont.

J'ai déjà eu l'occasion de traiter du comportement plumardesque des demoiselles scandinaves dans le meilleur de mes San-Antonio[1], aussi n'y reviendrai-je que pour mon agrément personnel et la libération momentanée de mes glandes. Mais dis-toi bien, l'ami, que cette séance sera mémorable.

A priori, une dame n'a que trois manières de t'agrémenter la vie : en ôtant sa culotte, son gant ou son dentier. Et pourtant ! Et pourtant… Et pourtant… Oh ! là là ! Oh ! mon Dieu ! Que d'ingéniosité est à déployer chez une nature d'élite. Comme l'inspiration est bonne à subir. Comme la bonne volonté va loin. Comme la pudeur peut être bien neutralisée ! Comme on parvient à faire un tout avec des riens ! Comme des détails innocents s'érigent en grand savoir !

J'ai eu loisir de constater, au cours de mes années de spasmes, qu'une partenaire ardente t'apporte immanquablement du nouveau. Parfois, c'est un granité de peau que tu ignorais, parfois une émission d'ondes inconnues, d'autres fois encore des applications apparemment sans

1. Les prédictions de Nostrabérus.

rapport avec l'acte d'amour, mais qui conjuguées avec des auxiliaires classiques découvrent un étage ignoré de ta fusée porteuse. Oh oui, toutes ces belles coquines, reines magiciennes généreuses, déposent une offrande nouvelle là où ça te fait le plus plaisir.

Moi, tu n'en disconviendras pas, sinon tu prendrais ma main sur la gueule, je déteste tomber dans le scabreux. Une solide éducation à base de catholicisme bien infiniment précieux pour qui doit évoluer dans une société nantie : le sens de la retenue.

Je me retiens donc.

C'est dommage et douloureux comme un besoin de se gratter insatisfait, mais je me retiens.

Car si je ne me retenais pas, rien ne pourrait me retenir. Et alors je me retiendrais plus, comprends-tu ?

Tu imagines, un grand écrivain bourgeois qui ne se retient plus. Qui écrit sous lui ? Sans seulement s'excuser. Putain, ce chantier que cela donnerait.

Donc, jouissant (comme une vache) de ce sens de la retenue propre aux individus évolués, je ne t'apprendrai d'Ulla qu'une chose : elle est contractile.

Toutes les femmes, me diras-tu ? Oui, mais je te répondrai « plus ou moins ». Chez la plupart, ça reste modeste, même si elles mettent tous leurs efforts à l'être. Dans le cas d'Ulla, sa contraction est intense. T'as déjà vu une solide fermière traire une solide vache ? Eh ben voilà. Ça ! *Like this*, comme disent les étudiants français qui apprennent l'anglais. Kif-kif pareil. Tu peux pas te figurer, comme sensation, ce que ce mouvement peut donner. T'as l'impression d'avoir engagé ton polux dans une moulinette électrique. T'es positivement happé. On dirait qu'on te l'embarque dans une essoreuse, qu'on te la tréfile, qu'on veut plus te la rendre ; qu'elle est perdue corps (c'est le cas d'y dire) et biens. Que tes deux petites compagnes vont disparaître itou, engloutir à jamais. Tu paniques, tu dépêches de te foutre à marée basse. Tu reprends tes billes pour rentrer chez toi. Pas de ça lisette ! Et puis, irrésistiblement, le frifri de la mère Ulla te réinsère dans son diabolique circuit. T'emmène aux abîmes. T'absorbe comme le boa absorbe son rat : par la tête. Tu repars, tu te rallonges. Cette fois, ce sera la bonne. On te reverra plus. C'est pas seulement tes philippines qui vont se barrer en sucette, mais tout toi. Tu fais adieu de la main, t'envoies des baisers à la ronde. Tu te mets en V, comme de Gaulle, que j'avais toujours l'impression que l'estrade lui cédait sous le poids, au pauvre. Tu te remplis les poumons d'air salubre, t'en fais une forte provision. Un stock. Tu te dis que ça pourra toujours servir. Et t'es tout surpris de pouvoir revenir sur tes premières positions, intact. T'ébroues sur la berge dorée de sa chaglaglatte. T'en reveux. Ça devient indispensable à ton équilibre psychique. Tu retournes à l'happage. Tu frises les voluptés. Joues avec. Roulette russe de l'amour en pâmade. Jouira-t-y, jouira-t-y pas ? Elle t'extrait de toi-même, la Ulla. Te fait pressentir ce qu'est le destin du suppositoire. On dure le plaisir tant que ça peut. C'est elle qui craque du sensoriel, en premier. Qui déclare forfait. « Oooooh Yéééééééé », elle crie. Et puis tout se relâche. Finies les contractions abyssales. Tu te retrouves tout con, tout désorganisé, vadrouilleur, pataugeur. Tu t'arranges bien mal que tant pour t'organiser un panard de secours… au pied levé. Le genre petit fade pique-nique à emporter. La défoutranche au plus juste. Le rabais de l'extase. Sous cellophane. Trois pour le prix d'un. La nouvelle race de magasin ! Tu lâches ton lest en catastrophe. Emballage perdu ! La cargaison à la mer ! Tu finis en solitaire. T'as l'impression d'être le dernier marcheur de Strasbourg-Paris, çui qu'arrive quand tout le monde est rentré chez soi et qui finit pour dire de finir, et aussi parce qu'il a pas d'argent sur lui pour prendre l'autobus. Bon, si ça devait réitérer, Ulla et moi, faudrait que je m'organise. Que je passe outre mon sens des convenances, ou plutôt que je passe devant. Pas attendre la dame, pas trop. C'est une gonzesse sur laquelle tu dois coûte que coûte t'aligner pour en tirer la quinte essence. Avec elle, si on met pas les montres à l'heure, on va au désordre. À la dislocation du cortège avant l'arrivée. Elle est comme les Ferrari, Ulla : c'est dans la minutie du réglage que résident les performances.

Au petit jour, j'hésite à lui remettre le couvert. Des bruits m'ont réveillé de bonne heure. Celui des pêcheurs de retour de la sardine et du merluchard. Je l'admire à la lumière du jour. Un lot de grande qualité, espère. Une pureté de lignes, de traits, de volumes. Une couleur de peau et une couleur de cheveux bouleversantes. Tout compte fait, je préfère ne pas l'entreprendre maintenant. J'ai autre chose à foutre, si je puis me permettre. Et ça urge.

Je me lève et, négligeant le broc d'eau croupie avec ses mouches mortes d'hydrocution, je vais me toiletter à la pompe de la courette. L'albergargotier est déjà debout, en ceinture de flanelle. Je lui explique qu'il me faudrait un véhicule pour suppléer le mien, défaillant. Il fait la grimace. J'insiste. Il fait la moue.

Je lui propose du fric. Il fait risette. Brèfle, une plombe plus tard, on quitte Mandolina, Ulla et mézigue, au volant d'une petite charrette sicilienne traînée par un mulet du nom de Pomponito.

*

Tu sais que pour un mulet il est assez fringant, Pomponito ? Il trottine sur la route blanche, yop yop… Ulla somnole à mon côté, la tête contre mon épaule. En voilà une qui prend la vie comme elle vient. Pour peu que t'aies pas une zézette en déconfiture (de groseille) à lui proposer, elle te suit sans demander d'explications.

Coiffé d'une vieille casquette chouravée dans l'appentis de l'aubergiste et avec ma barbe poussante, mes harnais fripés, je peux, dans la foulée (et sur la charrette) passer pour un naturel du pays.

Rien de tel que le trot d'un mulet pour t'inciter à la méditation et permettre le développement de tes pensées. Ce qui tue l'intelligence, aux heures de ce jourd'hui, c'est la vitesse. L'homme n'a pas le temps de s'installer dans ses pensées. Il ne peut plus réfléchir. Il agit en puisant dans ses réflexes sans les renouveler en énergie ciboulotarde. Alors, fatalement, les réflexes s'émoussent et périclitent. On finit par vivre par saccades, comme des braques, comme des branques.

Moi, sur cette route paisible, pleine d'odeurs d'été, derrière le fion de mon mulet, avec cette jolie gosseline endormie contre ma hanche, je vois venir le futur à petite allure choucarde. Et pour le coup il me paraît simple et tranquille. Je me règle la lorgnette vie à ma vue, tu piges ?

Je gamberge en souplesse, dans le moelleux d'une cervelle qui va au trot de mulet.

Je me dis ceci : « Les chefs ricains ont donné l'ordre aux gars du barbu de t'anéantir. Pourquoi ? *Parce qu'ils venaient d'apprendre que tu ne pouvais rien pour eux.* Cela, ils l'ignoraient le matin même puisque le commando du bord est venu te délivrer à grand renfort d'hécatombes. Alors, qu'est-ce qui a pu se produire, entre l'instant où on t'a délivré du "Code Z" et celui où la radio du bord a transmis cet ordre codé ? Eh bien, simplement ceci, compagnon : les *big chiefs* de Favoris-frisés et consorts ont mis la main sur les fameux documents ; ou du moins ont appris que je ne les possédais pas.

Dès lors, pourquoi me liquider, puisque, simplement j'étais devenu inutile ? Ce n'est pas tellement grave d'être inutile.

Eh bien : j'étais inutile, mais dangereux, parce que je savais des choses sur ce bigntz. On tue beaucoup dans cette affaire, sans hésiter, en série. On tue parce que tous les protagonistes ont le souci d'effacer les traces de l'opération, qu'ils appartiennent à un bord ou à un autre. N'importe le clan, il faut laisser place nette.

Et je continue de démouliner ma moulinette.

De tisser ma toile.

Avant d'atteindre Catane, je réveille Ulla.

— Vous savez conduire un bolide comme celui-ci, chérie ? demandé-je en lui tendant les rênes.

Ça l'amuse.

Les petites filles sans cervelle, un rien les fait pouffer. La v'là qui se met à driver Pomponito en gloussant de joie. Et le mulet, bonne pâte, ou galant animal, se met à galoper à hybride abattu.

*

— Vous avez tout bien pigé, mon petit ange ?

— Parfaitement bien.

— En ce cas bonne bourre, moi je vous attends ici. Vous saurez retrouver ?

Elle opine et je saute de la carriole.

C'est un endroit peinard que celui où je viens de descendre. Isolé. Une masure en ruine, sans toit ni loi, envahie par les ronces. La nature, quand elle reprend le dessus, elle est féroce et commet des dégâts irréparables. La fermette de jadis n'est plus qu'un énorme monticule recouvert de plantes plus ou moins rampantes et épineuses. Toutefois, il reste un vide dans le milieu, sous un reliquat de charpente en ruine. Un coin ombreux, frissonnant de lézards, comme écrivaient les dames du Fémina à l'époque où elles écrivaient.

Je m'arrange un coin pour attendre.

Se préparer des forces, quand on le peut. Déconnecter son petit système pour soulager le compteur.

Je ne dors pas.

Je pense.

C'est donc te dire si je suis !

*

Le grincement de la carriole dont les essieux rêvent d'huile chaque fois qu'ils passent devant un olivier. Et puis un hennissement joyeux de Ponponito. Cet animal, je te jure qu'il en tient pour mézigue. On est en sympathie, les deux.

Je coule un œil prudent sur le dehors. Le soleil est à vif. La campagne miroite dans la chaleur, comme si elle était mouillée. Elle est mouillée de lumière. Belle dans ses tons ocre… La terre, les plantes…

Bravo pour Ulla, elle est parvenue à lui mettre la main dessus, à le convaincre. Et elle me le ramène sans histoire, dans la gentille carriole aux ridelles ouvragées et peintes.

J'attends qu'ils soient parvenus à hauteur de la masure. Et alors je sors, un feu à chaque main, exactement comme y'a lieu de pratiquer dans les vouesternes de bonne tradition.

En m'apercevant, Donato Convolvolo pousse un juron destiné à sa compagne. Comme c'est du sicilien pur fruit, je pige seulement le sens général de la déclaration, et il me semble que ça ne doit pas être extrêmement courtois.

— Lève les pattes, Azor, et saute de cette charrette, l'interromps-je, au moindre geste je te tire tellement de bastos dans les jambes qu'elles ressembleront ensuite à celles d'un escargot.

Il se résigne.

Pas de grand cœur, certes, mais avec la conviction profonde de ne pouvoir agir autrement.

Il me toise d'un œil méprisant.

— Surtout ne fais pas ton snob, Donato ; le snobisme, c'est pas autre chose que de la timidité. Viens, approche sans rechigner. Depuis le début, je te répète que je ne te veux pas de mal, seulement tu n'en fais qu'à ta tête et tu compromets tout, comme un chien fou qui renverse son écuelle de lait.

Il consent deux pas dans ma direction ; j'en opère deux autres dans la sienne, l'oblige à pirouetter afin d'ausculter ses vagues, récupère le ya monumental qu'elles recelaient pour en enrichir mon arsenal.

— Asseyons-nous, maintenant et bavardons, mon fils.

Il opte pour une attitude hermétique. Le côté : je n'ai rien à vous dire, je vous ignore, et quoi que vous fassiez je vous compisse l'honneur. Mais moi, franchement, ça ne m'impressionne pas. J'ai des arguments. Faut toujours en avoir, c'est le meilleur matériel de dissuasion et de persuasion qui existe, l'argument, quand il est en bon état.

Ulla a attaché le mulet à un arbrisseau, dans un rond d'ombre. Le faux bourrin bat des oreilles pour chasser les mouches. De temps à autre il piaffe. Ça produit un bruit rond, sec, de branchage brisé. La chaleur devient insistante. Je contemple Aldo. Il essaie de soutenir mon regard, puis finit par détourner les yeux. Ulla s'assied sur un tronçon de poutre fusé. Ses cuisses, mon pauvre ami, tu les verrais, tu ne penserais plus à ton tiers provisionnel. Je m'arrache à la félicité de l'instant. Les moments de rémission, tu les vis à l'improviste, toujours. Il ne sert de rien de vouloir les organiser car ils sont imprévisibles. C'est une harmonie de tes glandes, de tes pensées et de l'ambiance. Un accord général si précaire qu'il s'effrite sitôt que tu l'as réalisé.

— Eh bien, grogne Donato, vous vouliez me dire quoi ?

Bon, ça, l'impatience. Elle dénote une faiblesse à exploiter.

— Tu sais ce qu'est devenue ta frangine, Donato ?

Là, j'ai mis juste. Ses yeux se font pointus.

Il ne répond rien.

— Tu le sais ou tu ne le sais pas ?

Un haussement d'épaules. Vague. Selon moi, il se doute du destin de la môme mais préfère n'en pas parler.

Je désigne l'Etna, posé sur l'île, droit devant nous, avec ses pentes noires et ses vapeurs blanchâtres tout au sommet, comme un monstrueux rond de fumée tiré d'un cigare géant.

— Oui, elle est là-haut. Tu aurais vu ce valdingue affreux. C'est un vieux fumier, le père Cesarini. À mon avis, il manque d'humour et prend l'honneur trop au sérieux. Le sens de l'honneur, c'est une plaie de l'humanité, je me demande s'il n'est pas préférable de n'en pas avoir du tout.

Il m'a écouté.

A regardé l'Etna et s'est signé. Il se gaffait du coup, mais n'en était pas sûr. Je viens de lui confirmer le décès prématuré de sa frelotte. Un coup de buis sur la noix ! Un coup de flou. Si je te disais qu'il a des larmes aux yeux, le Donato ?

Je laisse filer du silence. Ulla, qui ne jacte pas très bien le rital, se désintéresse de la converse et tresse trois tiges de fleurs déjà sèches, de ces fleurs du sud, si sobres qu'elles ont l'air artificielles, même quand elles sont sur pied.

— Vois-tu, Donato, je n'aurais qu'un mot à dire au dom pour que tu ailles rejoindre ta sister, là-haut. Et c'est pas Haroun Tazieff qui pourra aller te récupérer avec son slip d'amiante et ses lunettes de soleil en choseblic renforcé.

La menace le distrait de sa peine.

Il froncelessourcile[1] et sa bouche s'écarte pour une muette interrogation.

— Ça concerne la valise, toujours et encore, mon biquet. La valise *for ever.* Je vais te rappeler ton comportement après ma visite chez toi, fils. Tel que je l'ai reconstitué dans ma magistrale cervelle à force de réflexions. Tu sais, dans mon job, faut savoir rassembler des puzzles. Tu essaies d'emboîter les petites pièces biscornues. Une fois, mille fois, jusqu'à ce que ça cadre… Et ça finit par cadrer. Le tout est de ne pas se décourager.

« Après que je t'ai eu quitté, tu as compris qu'une seule possibilité s'offrait à toi : tout aller déballer à Cesarini, le big boss de la maffia dans ce secteur. Alors tu t'es donné un coup de peigne et tu as mis ton tricot de corps de cérémonie pour te présenter à l'audience du dom. Et puis ton regard a accroché la mallette que je t'avais laissée. Et alors, une idée de voyou a germé sous tes beaux cheveux bruns, mon lapin. Tu savais que le vol avait été exécuté par Populi, puisque ce digne homme était de service à l'aéroport ce jour en question. Tu t'es dit, petit futé, textuellement ceci : “Et si j'allais chez le baron troquer l'attaché-case dérobé contre celui-ci ? En opérant en douceur, personne ne serait au courant de la substitution. Une fois l'échange effectué, je planque la vraie valise, puis je cours chez Cesarini histoire de le mettre au courant de tout, sauf évidemment de ma

1. Du verbe froncelessourciler (premier groupe).

petite feinte. Ainsi, je suis à couvert et, avec un peu de chance et beaucoup de prudence, je risque de tirer un somptueux profit de cette valise qui déplace des agents secrets. »

Je m'amuse à souffler dans le canon de mon feu, à la manière des cow-boys désœuvrés.

— Qu'en penses-tu, Donato ? Surtout ne proteste pas ; avant de t'envoyer quérir par cette merveilleuse sirène, je suis passé chez Populi et j'ai questionné son crétin, il a reconnu avoir reçu ta visite une heure environ après celle que je t'ai faite. Il prétend que tu avais un sac de toile dans le dos. Et il paraîtrait que tu l'as envoyé t'acheter des cigarettes, afin de rester seul dans l'entrepôt. Exact ?

Le silence est le plus éloquent des acquiescements, car si souvent il ne suffit pas de nier pour convaincre les autres de son innocence, il suffit par contre de ne rien dire pour prouver sa culpabilité.

— Tu penses bien que si Cesarini apprend ça, tu peux aller écrire la date d'aujourd'hui en face de celle de ta naissance sur votre caveau de famille. Tu as opéré cette substitution au bon moment, c'est-à-dire juste avant que ne se déclenche une gigantesque chasse à courre pour récupérer la valise. Beaucoup de gens se sont mis à la vouloir. On a volé celle que je t'avais confiée et que tu avais troquée contre la bonne, ce qui, soit dit en passant, vaut de sérieux ennuis au pauvre Vittorio-Emanuele. Au cours de ces dernières heures, tu as dû être l'objet de pas mal de visites tracassières. On t'a proposé une telle somme que tu as fini par traiter avec certaines gens, juste ? Comme ça se déroulait en grand secret garanti, tu ne craignais donc rien de la maffia. Et tu pouvais palper la grosse galette.

Je fais tourner mon arme autour de mon index

(après avoir pris soin de bloquer le cran de sûreté, je te rassure).

Il est tout maussade, Donato. Véry beaucoup ennuyé. Au moment qu'il accède à la fortune, voilà qu'un dégourdi lui scie la branche. Il souhaite que je tombe foudroyé par les soins de son saint patron, ou autre. Je suis un grain de sable gros comme le rocher de Cancale dans sa mignonne affure. Un sale vilain, briseur de belle cabane. Il allait partir, s'expatrier en Sardaigne, y acheter une villa, un bateau, de l'ambre solaire. Et puis tu vois comme la vie est stupide, *indeed!* Sa grosse maman aurait eu tout le confort : le butane, des bas à varices. Grand-père était assuré de toucher son perlot préféré et sa boutanche de picrate empaillée. Et alors, moi, Sana, comme un horrible poulardin, je me dresse, avec la vérité en guise de bannière. Halte-là !

Mais il n'est pas encore quitte.

— Vois-tu, Chérubin, je vais pousser mon raisonnement jusque dans ses derniers retranchements…

Dehors, le mulet hennit mélancoliquement. Il cracherait pas sur un picotin, cézigue. Merde, où je vais lui dégauchir ça ? C'est beau, la traction animale, mais ils ne vendent pas d'avoine, chez Agip ni chez Shell !

— Connaissant les méthodes des gens avec qui tu as traité, mon petit loup, je peux t'assurer d'une chose, c'est que si tu leur avais refilé la camelote complète, tu ne serais plus en vie. Ma conclusion est que tu as conservé une partie du pactole par-devers toi, car t'es un garçon rusé, donc prudent. Tu as compris qu'en lâchant tout le bonheur tu risquerais ta peau et serais sans défense. Quelles dispositions as-tu adoptées, Donato ?

Pour toute réponse, il glaviote à vingt centimètres de mes tiges.

— Ça n'est pas une explication, fais-je froidement.

Je sens que ça va se terminer chez papa Cesarini, cette petite odyssée.

Le Sicilien me fixe et t'as l'impression, à force d'intensité, que son regard s'éclaircit, devient glaciaire.

— Si on va chez Cesarini, c'est vous qu'il commencera par zigouiller, promet-il.

Ce qui, dans le fond, n'est pas aussi con que bien des bouquins que j'ai lus cet été et qui figuraient sur la liste des bêtes célèbres.

— Tu crois que j'irais te livrer moi-même, connard ?

Il ricane :

— Si c'est ma mort que vous voulez, vous avez un pétard grand comme ça entre les doigts ; vous avez peur de vous en servir ou bien il est déchargé ?

Courageux, le mec. Le v'là qui opère un dérapage contrôlé et renverse la situation. Il a pigé qu'on était dans l'impasse. Faut que je manœuvre différemment.

Ulla a fini de tricoter ses trois brins d'herbe, ce qui donne une mignonne tresse dont je vois pas bien ce qu'on pourrait fiche, mais quoi, les choses doivent-elles absolument être utiles ? Elle bâille. Cette converse l'ennuie. Elle est pas venue en Sicile de si loin pour regarder deux bonshommes se chamailler dans une langue qu'elle ne parle pas. Elle a envie de langoustines, cette langouste, et de chianti, et d'émotions sensorielles bioutifoules, et de se dorer la blondeur au gai soleil méditerranéen.

Je coule une main ravageuse par le décolleté de sa limouille. Ulla, les soutiens-loloches, connaît pas ! Elle sait même pas que ça a existé. Faut dire qu'avec une carène pareille, elle a pas besoin d'étais. C'est du produit suédois garanti vingt ans, main-d'œuvre et pièces de rechange comprises.

— Donato, tu sais pas ?

Son z'œil passe une vitesse inférieure. On y voit

poindre de la curiosité ; encore empaquetée, bien sûr, mais facile à déballer.

Je m'y emploie.

— On a besoin l'un de l'autre, mon gars, comme la fourchette a besoin du couteau face à une entrecôte. On devrait fonder une petite S.A.R.L., toi et moi. Nos intérêts sont complémentaires mais ne se chevauchent pas, ce qui est primordial dans une association. Qu'est-ce qui t'intéresse ? Le fric et la santé. Qu'est-ce qui m'intéresse ? Les documents et la récupération de mon gros copain. Alors pourquoi on ne se prêterait pas mutuellement aide et assistance ? Je te demande quoi ? De jouer franco avec bibi. Une fois en possession du dossier, je définirai la meilleure façon de procéder pour qu'on s'en tire au mieux tous les deux. Ta situation n'est pas brillante, tu sais. Tu vas voir ce carnaval, avant bientôt. Tu as affaire à une tripotée d'agents secrets prêts à tout et l'accomplissant : des Ricains, des Russes, d'autres encore, le gratin international, mon pote. Plus tes petits amis d'ici qui ne sont pas les moins méchants puisqu'ils ont déjà lessivé ta sœur pour une vétille. Moi, je suis en retrait de tout ça, tu le sens bien. Français, donc frangin de race. Les sisters latines, t'as entendu causer, quoi, merde ! Bon, tu veux que je fasse un geste ?

San-Antonio, je te jure, par moments, il comporte comme un insensé. À se demander si son cerveau ne roulerait pas sur la jante. Tu sais quoi il fait, le beau commissaire ? Il bascule le chargeur de son feu, montre à Donato comme il est dûment garni de vraies prunes bien fraîches, le remet en place et glisse le sulfatant dans la poche du Sicilien.

Tout ça en le matant droit aux lotos.

— Il y a des moments, dans la vie, où il faut savoir prendre ses responsabilités, Donato. Tu ne penses pas ?

Il est interloqué.

N'ose porter la paluche à sa poche lestée.

— À présent, parlons net. Tu as traité avec qui, vieux frère, les Russes ou les Ricains ?

Il clape à vide plusieurs fois de suite, comme un chiqueur quand il vient de s'enfourner du perluche frais et qu'il lui fait prendre sa place entre sa joue et sa gencive.

Puis, dominé par la forte personnalité de qui tu sais, il s'abandonne :

— Je ne sais pas. J'ai été convoqué à l'hôtel *Verolissima* par un avocat, Me Smith. Il m'a reçu dans sa chambre. C'est un type très vieux, tout blanc, tout ridé, avec des lunettes. Il m'a remis une enveloppe pleine de dollars. Mille dollars. Il m'a dit : « Réfléchissez et apportez-moi ce que vous savez, vous en aurez cent fois plus. » Je lui ai dit que je ne voyais pas où il voulait en venir ; alors il a souri et m'a dit : « Eh bien tant pis, gardez ces mille dollars pour votre dérangement et si par hasard vous vous mettez à voir ce que je veux dire, venez me trouver. Je ne bougerai pas de là avant demain matin. »

Chouette méthode, je trouve. Comme quoi, la simplicité, quand elle est jointe au pognon, s'avère payante, non ? Si, j'ose prétendre. Un vieux monsieur, une chambre d'hôtel, du fric, quelques mots couverts…

— Et tu as réfléchi ?

— Dame…

— Tu es retourné ?

— Oui.

— Avec les documents ?

— Un feuillet seulement, pris dans le milieu de la liasse.

— Alors ?

— Il m'a demandé le reste. Je lui ai répondu que je n'avais en ma possession que cet échantillon, que le reste était en lieu sûr et qu'il ne l'aurait que plus tard, après qu'on eût versé la somme convenue dans une banque qu'on lui indiquerait. J'ai ajouté qu'on était plusieurs dans l'affaire et que si on tentait quoi que ce soit contre moi, ces documents seraient remis à d'autres acheteurs.

En somme, il a fait ce qu'il a pu, Donato. Il a échafaudé son affaire en grand garçon raisonnable, sans s'emballer.

— Et qu'a dit maître Smith ?

— Il m'a remis mille autres dollars et m'a dit que, lorsque je serais décidé, je n'aurais qu'à clouer une capsule de Coca-Cola sur ma porte et l'on me recontacterait.

— Ça s'est passé quand, cette deuxième entrevue ?

— Hier après-midi.

Donc, j'avais vu juste. Ayant, grâce au feuillet, la preuve que je ne possédais pas les documents, l'on a donné l'ordre d'en finir avec moi.

— Et le reste, Donato ?

Il sourit :

— En lieu sûr.

— Qui peut prétendre disposer d'un lieu sûr, mon ami ?

— Moi !

C'est net, bourré de certitude. M'est avis qu'il doit jouir d'une planque tout ce qu'il y a de mimi, le frère.

— Qu'attends-tu de moi ? je lui demande.

— Beaucoup d'argent, énormément d'argent. Ce n'est pas cent mille, mais cinq cent mille dollars qu'il me faudra. Alors vous allez arranger le coup en douceur, puisqu'on est associé.

— Et les autres ?

Il fait claquer ses doigts.

— Vous vous débrouillerez.

— Et s'ils s'en prennent à toi ?

— Vous me protégerez.

Y'a des moments, les gens, sans être devin, tu lis leur pensée aussi aisément qu'une publicité sur les Champs-Élysées, elle s'inscrit en caractères énormes en travers de leur bouille.

La vérité, tu sais quoi ? C'est qu'il vient de lui pousser des dents grosses comme des pioches, au Donato. Il se sent plus avec ces foutus feuillets qu'on s'arrache à prix d'or. Il veut négocier ça en grand. Partout. Les duplicater. En faire un tirage de polars pour les fourguer à tout-va, d'ici et là, de gauche à droite, à qui en veut. À la criée, il les vendra, bientôt. Les deux mille dollars lui ont chancetiqué le caviar à gamberge. Il flaire la corne d'abondance, Convolvolo. Le bath filon pétrolifère. Il se voit nanti à vie. Il aura tout ce qu'un gus de son âge, bien vigoureux, bien ardent, peut désirer : bagnoles de sport, costars grand luxe, femmes, moines, vieillards… Son existence, désormais ? Un pied permanent. Byzance sur l'évier. Ça vaut de prendre des risques, non ? De marcher sur une corde raide, avec plein de méchants en dessous à guetter ta défaillance. La griserie de l'artiche. Tu t'imagines pas l'à quel point elle est chavirante, l'odeur des bank-notes. Ça renifle pire qu'une cave après la vendange. T'es saoul de la respirer. Anesthésié. Tu te rends plus compte des dangers. Regarde autour de nous, tous ces escrocs. Les gus qui plongent en bricolant dans l'immobilier. Les banqueroutiers, les affairistes affairés ; effarés quand ça foire. Ils imaginaient pas que ce pût. Quand t'es sous hypnose t'as confiance. Beurré, tu deviens intrépide. Les héros de 14 : « Chargééééez ! À la baïonnette. » Déglingués, ils étaient, à mort, le cas d'y dire. Alors ils sussaient à l'ennemi. Se précipitaient dans la carriè-è-re pendant que leurs z'aînés les mataient à la jumelle, de loin, de très loin. L'appât du gain, la manipulation de la fraîche, idem, comme sensation. Tu es persuadé qu'il peut rien t'arriver. T'es hors d'atteinte. Tu charges !

J'éprouve un vague sentiment de pitié pour Donato. L'élan pour lui expliquer sa gourance m'empare.

— Tu as tort de tirer sur la corde, fiston. Y'en a pas d'assez forte pour résister. L'auber que tu vas pouvoir engranger avec cette combine pourra juste permettre aux tiens de t'édifier un mausolée avec des petits anges de marbre blanc. La lutte est inégale. C'est pas un petit cave comme toi, un minus chouraveur d'aéroport, un piqueur de pébroques et de Kodak qui peut se permettre d'affronter ce que notre monde compte de plus soi-soi en matière d'organisations occultes. Si tu veux mon avis, t'es déjà scié. Mort en puissance. T'aurais la carotide tranchée et tu serais seul sur une île déserte, tes chances de t'en tirer seraient mille fois meilleures. Tu peux pratiquement parler de toi au passé, pendant que tu peux parler. Quand je te regarde, j'aperçois déjà plus que ton squelette, pauvre pomme !

Soudain, mon enrognement tombe, à cause un bruit de moteur qui enfle à toute pompe.

Je risque une tronche à l'extérieur de mon espèce de grotte, et j'avise un hélicoptère peint en jaune, comme ceux qu'on utilise dans les pays de fortes cultures pour pulvériser des insecticides.

Pourquoi l'idée me vient-elle que cette machine nous est destinée ?

Donato sort pour mater.

— Rentre, nom de Dieu ! je lui glapis.

Il devient vert comme un champ de betteraves sucrières.

— Qu'est-ce que c'est ? Qu'est-ce que c'est ? il demande en paumant ses amygdales en cours d'élocution.

— Ta fête, connard, et aussi la mienne.

L'appareil descend carrément sur nous. Son vrombissement devient infernal.

Je déballe mon pistolet mitrailleur, ôte le cran de sûreté.

— Vous croyez qu'ils vont…

Une vraie lope, Convolvolo.

— Hé, dis, le bersaglier, ressaisis-toi, m'emporté-je. Je t'ai offert un beau Flaminaire, c'est le moment de t'en servir.

Mon calme le rassérène quelque peu. Il biche son feu et se met en posture défensive, embusqué derrière un enchevêtrement de toiture effondrée et de terre.

— Couchez-vous ! dis-je à ma copine Ulla, en lui désignant le fond de la caverne.

C'est pas une compliquée, la Suédoise. T'as des gonzesses, sitôt que tu leur dis quelque chose, elles veulent absolument en connaître les mobiles profonds. Elle, non. Docile, la v'là qui s'allonge sur le sol où des insectes noirs caravanent, indifférents à nos problèmes.

Le licoptère descend de plus en plus bas. C'est un petit zinc à deux places. Je me dis qu'on ne risque pas le diable, après tout. Sitôt qu'il se sera posé, si je vois un mec belliqueux se pointer vers nous, je l'étale d'une giclette. Nous sommes à l'abri tandis que les types de l'appareil sont exposés.

L'ombre de l'engin plane sur le sol galeux. Son bruit nous concasse les tympans. Donato rentre sa tête dans les épaules.

L'ombre tournique, disparaît un court moment pour revenir, plus noire, plus menaçante.

L'envie me titille de sortir pour aller faire un carton dans les pales de l'hélicoptère. Tu sais que privé d'elles, ça deviendrait un caillou. Mon honnêteté foncière me retient. Après tout, je ne connais pas les intentions des deux passagers. Certes, je ne les imagine pas cordiales, mais après tout, sait-on jamais ?…

Et alors, bon, que je te raconte tout bien…

Tandis que l'ombre se tient presque immobile devant nous, un machin tombe pile devant l'entrée de notre antre.

Ça ne fait pas beaucoup de bruit. Un plouf de sac de ciment chutant d'un échafaudage, tu mords ?

Aussitôt une fumée âcre se met à moutonner.

— Ils veulent nous asphyxier ! j'écrie. Filons dans la campagne.

Je fonce en premier.

Donato sur mes talons.

Le nuage est fulgurant. En deux secondes le voici gros comme le Graf Zeppelin. Je me retiens de respirer. Faut échapper à cette couche nocive, coûte que coûte… Derrière moi, Donato pousse un cri et cesse de galoper. Moi, je fonce sans renifler. Seulement, tu sais ce que c'est ? L'exercice te donne une vraie fringale d'oxygène. À la huitième enjambée, je peux plus me retenir de garder la bouche close. Cela me file un monstre vertige. Tout se gondole (sauf moi). Le plancher des vaches devient mou comme un marécage. J'arrive plus à retirer mes pâturons. Ils prennent racine. J'entends des grelots. J'ai le temps d'apercevoir le mulet qui s'écroule entre ses brancards qui se brisent. La carriole se renverse. Je tombe à genoux. Des deux poings je comprime ma poitrine. J'étouffe. Je crève. Y'a panique générale à mon bord. Démantèlement complet. Une force impitoyable me ruine, m'oblige à me coucher dans un cloaque sans nom.

À travers la fumaga, j'aperçois une forme qui s'approche. Je suis encore suffisamment conscient pour reconnaître Ulla. Ses sublimes cuicuisses dorées, sa blondeur. Seulement son beau visage, je ne peux pas l'admirer vu qu'il est caché par un masque.

À gaz !

Good night, gentlemen.

La cloche, dans le ciel qu'on voit, doucement tinte…
Et si on la teignait, cette cloche, hein ?
On pourrait dire que la cloche teinte tinte.
Et on ne serait pas plus avancé.
Ding, dong !
Premier service.
Religieux.

Je vois processionner des moines en bure brune, scalpés du plafonnier, comme sur les gravures anciennes. Les mains dans les manches, la tête inclinée sur cette terre qui les attend et dans laquelle, probable, tout comme un chiare en vacances va faire des pâtés sur la plage, ils creusent leurs tombes, à pelletées songeuses. Méditant sur l'inanité des choses, laquelle, par réaction, engendre la gloire de Dieu. Bon, je t'arrête la philosophie en eau bénite avant qu'elle tourne en eau de boudin. Plus t'approfondis, plus tu fais du home-trainer. La philosophie, ça n'est qu'un exercice qui te laisse sur place. Donc qui n'est valable qu'au plan de l'assouplissement des méninges. Et puis merde, qu'est-ce j' sus là à te causer, comme si toi et moi pouvions comprendre ce que je pense ! T'as bouffé quoi, à midi ? Une choucroute ? Elle était bonne ? Et ta nana, elle brosse bien ? Ah ! tu viens de changer ton poste de tévé ? Tu te laisses biter en couleurs, maintenant ? Bravo ! Fallait qu'un jour l'autre t'en arrives là. L'enculage en couleurs, c'est tellement mieux pour le cerveau ! Tu veux ma pensée ? Ça le lave plus blanc.

Ces gentils moinillons passent. Une vraie troupe silencieuse. Ce qui frappe, c'est leur jeunesse. Le plus vioque doit pas dépasser 35 piges. Une espèce de pépinière. Un séminaire, quoi ! Mais un vrai, là qu'on fabrique les prêtres avant leur mariage ; pas ces réunions d'étude d'à présent, comme on les appelle.

Séminaire…

Moi, y'a une huitaine d'années, je reçois une invitation de l'Escarpit de Bordeaux (et du Monde) big boss de l'Intelligencia d'Aquitaine. Un exquis, celui-là, et qui pense beaucoup plus loin que lui-même, ça se voit à son regard. Donc, vouală qu'il m'écrit pour me demander de participer à un séminaire en mon honneur. Le séminaire San-Antonio ! Messe à six plombes ! J'ai cru que j'allais quitter le désordre pour entrer dans les ordres. J' savais pas encore l'extension. Séminaire. Je m'imaginais déjà cul soutané, grimpant en chaire pour bourdalouer le bordelais. Les prédications de Nostradardus ! Je me voyais en bossueur de force ! « Mes bien chers frères, mes bien chairs fraîches… » C'est des trucs commak qui t'inculent le vocabulaire ; que t'es bien obligé de compulser ton Larousse au reçu d'une telle proposition. Peu à peu, t'apprends le langage moderne. Tu finis par dire « planning », « au plan de… », « par parenthèses » et tutti frutti. Tu causes bien, quoi ! Véry important. C'est pas avec tes fringues que tu restes dans le coup de la mode, c'est à ta jactance. L'homme suranné est celui qui s'applique à parler Pléiade. Et pourtant, les julots d'aujourd'hui se masturbent devant Proust. Enfin moi, ce que je t'en dis, c'est vraiment pour ne rien dire, tu conviens ?

Cela dit, comme on dit, tu dois te demander d'où

sortent ces moines complètement burés, dûment tondus, et préservés des taches d'humidité.

Eh ben, mon canard, ils sortent d'une porte aussi basse que romane, traversent le jardin fleuri où je me trouve (à l'intérieur d'une cage de fer qui dut être un chenil, jadis) et pénètrent dans une immense chapelle.

Moi qui opère un retour des pommes de grande classe, je les hèle :

— Hello, les *padres*, les *fratelli* !

En passant mes bras à travers les barreaux, comme un gorille réclamant des cacahouètes.

Les agitant d'implorance.

Eh ben, ma vacca, crois-moi ou va faire prendre ta température avec l'Obélisque de la Concorde, mais y'en a pas un d'eux qui m'accorde un regard.

Comme si j'étais muet, absent, non avenu.

Vu qu'il en sort toujours, l'idée me vient de les compter, à partir du grand blond qui me passe devant.

J'en dénombre 38.

Après quoi le cortège s'achève sur un plus vieux moine qui sert de voiture-balai.

Le jardin reste alors vide d'humains (si tu m'exceptes, ce qui serait un comble). Des abeilles bourdonnent. Le soleil cogne. Des fleurs, bien disciplinées par un jardinier compétent, sentent aussi bon qu'elles le peuvent dans leurs massifs bordés de buis.

J'examine ma geôle. Elle est haute d'un mètre vingt, ce qui, comme je ne suis pas le nain Piéral, m'oblige d'y demeurer assis ou agenouillé. Le sol est de ciment. Les barreaux pourraient contenir la fougue d'un rhinocéros et la porte basse ferme grâce aux soins éclairés d'une très formidable serrure.

C'est dans cette curieuse cellule que je suis revenu à vous, mes chéries. Mon attention ne se trouvant plus mobilisée par les moines, je la consacre à la serrure.

Tu vas m'objecter qu'entre un moine et une serrure, il n'existe pas de commune mesure, et j'en conviendrai volontiers ; pourtant, il se trouve que je porte à la seconde un intérêt au moins aussi soutenu qu'au premier. Certes, j'ai été fouillé. L'on m'a ôté toutes mes armes, sauf une toutefois : mon sésame, que j'avais logé dans une minuscule poche ménagée dans la couture verticale de mon pantalon.

Je feins l'immobilité et m'acagnarde contre la porte. Ma main droite, pleine de dextérité, comme son nom l'indique, se met à jouer du sésame dans le trou de la serrure, en virtuose.

Je sens obéir des clicziques dans la serrure. Je brouillave des urlupes, dégage des moulavons, fais coulisser l'argache connexe.

À cet instant, un fort sifflement métallique retentit dans le jardin. Je reconnais en ce bruit, le branchement d'un haut-parleur. Un organe féminin s'élève dans la paix virgilienne du lieu.

— Oui, c'est cela, monsieur le commissaire, ouvrez votre porte et venez nous rejoindre dans la chapelle.

Puis le silence.

Il est toujours très désagréable de passer pour un con, même vis-à-vis d'une poignée d'abeilles affairées. Je suis plus marri que l'immaculée conception. Tu juges d'une organisation, Gaston ? Il doit être truffé de caméras, le couvent. Drôle de boutique, mon révérend.

Sans plus me cacher, je délourde le chenil et sors dans le jardin. Un panorama prodigieux m'attend. Je découvre que je réside dans un monastère situé au sommet d'un éperon rocheux dressé dans la mer. Un gigantesque récif, pour te dire. Et il est vraisemblable que la terre végétale du jardin a été amenée ici avec les pierres ayant servi à bâtir l'édifice. Aussi loin que la vue puisse porter, c'est la grande bleue, vraiment, authentiquement bleue. Tu crois que les abeilles se sont pointées ici toutes seules ou bien qu'on les y a installées ?

La voix du haut-parleur résonne à nouveau :

— Venez vite, commissaire, vous admirerez le panorama plus tard…

J'ai beau mater autour de moi, je ne distingue aucun objectif.

Soumis, je me dirige vers la chapelle.

Il y a tout d'abord une première porte, bon.

Et puis alors, ça forme comme un tambour d'église. Tu sais ? Je continue d'ouvrir les lourdes qui s'interposent. Cela me permet de déboucher (drôle d'expression : tu me vois réellement déboucher, avec une ventouse de caoutchouc, à manche ou un tire-bouchon ?) dans l'église.

Tu sais, la cathédrale de Chartres ?

Ça !

Mais sans autel, et puis avec le sol garni d'un épais tapis de corde.

Les moinillons se sont déburés et ont accroché leurs robes à des portemanteaux fixés aux murs, sous les vitraux représentant la vie édifiante de saint Nichemard-le-Pieux. On le voit aux différentes périodes de sa mission terrestre : quand il était pêcheur et que ça bichait, et puis quand il a été visité par l'archange Vazymou, lequel lui a préconisé d'affréter un bateau de guerre pour aller faire le siège de Saint Throppée. On voit tout bien, en couleurs ensoleillées : sur les remparts, l'escalade, les gus avec des chaudrons d'huile Lesieur bouillante que les assiégeants profitaient pour se faire des frites. On voit saint Nichemard guérissant la blennorragie du prince Couldu, distribuant des boîtes de conserves aux enfants déshérités, lavant les pieds aux culs-de-jatte, débouchant l'évier de sa concierge, tartinant le caviar de son bienfaiteur, le connétable Potzobanche et lui taillant une pipe dans du bois de sycomore. On le voit quand il va à la selle, pour pourfendre les hérétiques, et aussi au cours de la vingt-deuxième croisade, devant le bureau d'El Al de Jérusalem. Complet, je te dis. Cela bonni, c'est pas les vitraux, le plus surprenant. Oh youyouille, que non ! Où t'as du fadinge dans la pensarde, c'est quand tu vois les moines en action.

Et pas des actions de grâce !

En maillot rouge, ils suivent un entraînement de paras, les mecs, sous la houlette du plus âgé qui fermait la marche et qu'a une frime terrible, sans les vêtements qui lui servaient d'auto. Tu te rappelles le général Massu ? Oui, celui qui ressemblait à un casse-noisettes. Eh ben, lui !

En presque pareil.

Un peu plus pire, tout de même, mais à peine. Il pousse d'abominables cris, ce gus. À s'arracher le corgnolon, la luette, les amygdales et les cordes vocales. En plus, la voûte romane réverbère. Si bien qu'il est impossible de savoir en quelle langue il gueule. D'ailleurs, ce genre d'ordres est apatride. C'est Brutale-lande, le pays d'origine.

Les ci-devant moines, maintenant, ils ressemblent plutôt à des bonzes, mais ça doit venir de leurs cailloux rasés sur le dessus.

Les exercices auxquels ils se livrent fileraient la diarrhée verte à des dobermanns écumants. La beuglante qu'ils poussent en les accomplissant ressemble à un tonnerre. Ils ont chacun devant soi un billot de bois. Dessus est posée une bûche. Au commandement du chef, ces frénétiques fendent la bûche du tranchant de la main. Et ce ne sont pas des bûches en chocolat !

Hagard, je m'amorce un mouvement de recul. Tout cela est si impressionnant, si terrific. Crois pas surtout que je tourne mauviette, mais franchement, tu serais à ma place, faudrait te mettre une serpillière entre les jambes pour prévenir des catastrophes. Tu relâcherais des muscles inférieurs, gars. Péterais des durites. Éclaterais des joints. Un manchot ferait du trapèze pour échapper à ce spectacle, s'enfuir, façon Tarzan, de liane en liane.

Une main se pose sur mon bras. Je découvre alors la môme Ulla près de moi… Elle porte une combinaison blanche, légère. Le vêtement comporte une seule poche, entre les seins. Un petit appareil également blanc en émerge. Elle a modifié sa coiffure. Ses beaux cheveux de lin sont tirés et plaqués à l'aide d'un serre-tête d'écaille.

— Suivez-moi, dit-elle, ici on ne s'entend pas.

On traverse la vaste nef jusqu'au chœur. Je t'ai déjà révélé qu'il n'existait plus d'autel dans cette église, il a été remplacé par une cage d'ascenseur, très vaste, en acier chromé, drôlement anachronique dans cet édifice pur roman.

Ma compagne ouvre la porte coulissante.

— Entrez !

Je pénètre dans une cabine aux parois métallisées. Je constate, à ma vive surprise (mais je ne suis plus à une stupeur près dans cette affaire), que le tableau de commande s'assortit de six boutons numérotés. Y'aurait-il six étages dans le sol ?

Elle appuie sur le troisième.

La cabine plonge.

— Je suppose que vous n'êtes pas plus Suédoise que je suis Pékinois ? dis-je en lui votant un sourire qui s'efforce.

Elle hausse les épaules.

— Vous vous trompez, je suis Suédoise.

— Et vous travaillez pour qui ?

Elle hausse ses ravissantes épaules.

— Travailler, cela veut dire quoi ?

— En tout cas, bravo pour la feinte du viol, sur la falaise, je m'y suis laissé prendre comme un garnement.

— On surveillait le bateau à la jumelle pour voir si quelqu'un allait s'y rendre, au contraire, on vous en a vu partir, ce qui nous a beaucoup surpris car nos hommes l'avaient fouillé entièrement.

— Les armateurs ont aménagé une planque formidable à bord.

— En effet.

L'ascenseur s'immobilise.

Dommage. J'aurais aimé que ce tête-à-tête se poursuive, j'ai tellement de questions à poser.

Nous déboulons dans une sorte de hall aux murs d'acier largement éclairé par des lampes incorporées dans le plafond. La jeune fille me conduit à une porte sans loquets ni serrures, mais qui s'ouvre automatiquement à notre approche. Elle la franchit, certaine que je vais la suivre.

Je la suis.

C'est un burlingue.

Ultra-moderne et d'une simplicité… monacale. Un grand bureau d'acier chargé d'appareils dont l'utilité n'apparaît pas spontanément, et puis quelques chaises de plastique transparent. Rien sur les murs, rien d'autre au sol qu'un revêtement de caoutchouc.

— Dites donc, la crypte du monastère, c'est les Galeries Lafayette, non ?

Ça la fait ricaner, Ulla.

— Vous avez des bases de comparaison à l'échelle de votre petit cerveau, San-Antonio.

Elle me désigne un siège et prend place derrière le bureau. Cette table ressemble plutôt à une régie de télévision. Elle est garnie d'une foule de touches de couleurs différentes, de cliquets, de boutons moletés. La môme entreprend de manipuler ce bigntz et alors, réellement, ça se met à devenir passionnant. Dans un premier temps, un panneau d'acier coulisse au mur du fond, démasquant un écran de verre de deux mètres sur deux environ. La seconde phase de l'opération éclaire l'écran.

— Je vais vous expliquer, dit-elle.

Sa manœuvre suivante amène une image. Laquelle représente Donato assis dans une sorte de chaise électrique, avec plein d'électrodes appliquées sur sa tronche. Il est ligoté, apparemment inconscient, avec le nez pincé et les joues creuses. On dirait un mannequin de cire.

— Opération vide-cervelle ? fais-je froidement.

— Pas exactement. Figurez-vous que nous essuyons un échec, ce qui est moins rare qu'on ne croit. Notre spécialiste prétend qu'il y a chez cet individu un blocage du subconscient consécutif au fait qu'il avait préalablement organisé une version des événements et se l'était en somme si fortement imprimée dans l'esprit qu'il la restitue automatiquement. En bref, il ne dira pas la vérité en état d'inconscience, comprenez-vous ? Sa volonté est montée sur boucle, il répète inlassablement son mensonge, comme un disque rayé.

— Et, bien entendu, vous vouliez savoir ce qu'il a fait de la valise ?

— Bien entendu ! Alors, c'est à ce stade que vous intervenez, Sans-Antonio. Nous vous avons amené ici seulement en vue de ce cas particulier, car nous sommes des gens prévoyants. Vous étiez notre poire pour la soif.

— Votre soif est grande et la poire est grosse, soupiré-je. Mais que puis-je faire ?

— Vous aviez commencé de capter la confiance de Convolvolo, nul doute que vous parveniez à l'accoucher complètement.

— Erreur, ma chère. Donato s'adressait à moi comme

au représentant d'un pays susceptible de lui proposer également beaucoup d'argent. Vous avez vu à quel point c'est un garçon cupide ? Au lieu de le médicamenter, il fallait lui proposer des dollars…

— Nous l'avons fait.

— Il a refusé ?

— Oui, car il est prisonnier. Il a exigé avant toute chose sa liberté.

— Alors il convenait de la lui donner. Du moins pour commencer.

— Impossible.

— Pourquoi ?

— Parce qu'il est venu ici.

Elle me fixe. Je frémis. En somme, la ravissante donzelle est en train de m'expliquer qu'un étranger connaissant le monastère ne peut plus en sortir vivant.

— Diable, mon futur branle au manche, on dirait ?

— Pas nécessairement, un homme de votre valeur peut se convertir à une grande cause.

Est-elle sincère ou bluffe-t-elle pour me décider à jouer son jeu ?

Je décide de voir venir.

— Pour en revenir à votre préoccupation, douce Ulla, je reste convaincu que vous auriez eu plus de chances de retrouver la valise en laissant cet imbécile de Sicilien dans son élément naturel.

Elle se justifie comme si elle référait à son supérieur.

— Nous devions agir vite. Dans l'autre cas, il eût fallu ruser, et puis il y a « les autres » qui nous talonnent. En ce moment même, sachant que Convolvolo détient la valise, ils doivent remuer toute la Sicile pour essayer de mettre la main dessus.

Je ne réponds rien.

Réfléchis.

Les gens manquent de psychologie. Ainsi, la bande

à Ulla n'a pas une notion réelle du tempérament italien. Au lieu de s'embarquer dans un kidnapping et d'user de méthodes scientifiques, ces gnafs auraient obtenu un résultat immédiat en appliquant un revolver sur la nuque de Mme Convolvolo mère, en présence de son fils, et en réclamant la valise contre la cervelle de la mamma.

Ulla murmure doucement :

— San-Antonio…

— Tendre amie ?

— Je crois que vous pouvez nous faire gagner du temps. On va vous boucler avec votre ami Donato. Essayez de lui arracher les vers du nez.

— Faut-il que je me mette également à bêler pour davantage ressembler à un mouton ?

— Vous savez que l'heure n'est plus aux démonstrations d'honneur, San-Antonio ?

— L'heure est toujours à l'expression la plus haute de sa personnalité, demoiselle Ulla. En outre, je sais pertinemment ce qu'il advient des peaux de bananes après qu'on ait mangé la chair qui se trouvait à l'intérieur. Si j'avais six ans d'âge, vous pourriez me promettre la vie sauve en échange de mes bons et loyaux services. Mais dans le cas présent, vous ne possédez aucune monnaie d'échange, si ce n'est la torture, la classique, l'éternelle, la bonne vieille torture. Or, réfléchissez : elle représente pour moi l'unique prolongation de vie envisageable puisque, tant que je résisterai à vos sévices, je reculerai l'instant fatidique où vous n'aurez plus besoin de moi.

« Or, vous êtes très pressés, dites-vous ? Et "ceux d'en face" aussi. En outre, s'ils ont découvert le traitement infligé à leur équipe du bateau, ils vont mettre les bouchées doubles et ces bouchées doubles seront des bouchées d'ogre, mon Ulla… Alors, moi, que voulez-vous, je reste sur mon quant-à-moi et m'en remets aux soins éclairés de la Providence. Cela peut vous sembler puéril et d'un romantisme éculé, je sais bien. Mais chacun ses recettes. Il y a des gens qui guérissent grâce aux sulfamides et d'autres qui doivent leur salut à l'eau de Lourdes ; bien que je reconnaisse que les premiers sont en plus grand nombre, je ne puis nier la réalité des seconds. Là où la chimie est impuissante, le psychique gagne la partie, quelquefois… »

Si elle ne bâille pas, c'est uniquement par une sorte de respect humain, afin de ne pas sembler conventionnelle. Car, tu sais bien qu'au ciné, la belle tortionnaire, ou César, ou le gus qui joue Himler, se décrochent la mâchoire chaque fois qu'on leur parle le langage de la raison et surtout celui de la pitié.

— Vous dites des choses passionnantes, San-Antonio ; seulement je vous ai expliqué que le temps nous pressait. Alors, voilà…

Elle a un geste coquet, du tranchant de la main, pour rectifier sa mèche blonde.

— Il faut que d'ici deux heures vous ayez percé le secret de Convolvolo. Deux heures, pas davantage…

— Sinon ?

Elle fronce les sourcils.

— Pardon ?

— Ce genre d'exhortation s'accompagne immanquablement d'une menace. On dit « Il faut que vous fassiez cela, sinon vous aurez la tête arrachée », non ?

— Exact.

— Alors, Ulla bien-aimée, sinon, quoi ?

La fuligineuse blonde lève la main pour m'intimer de patienter et tourbricotte ses manettes, bitougnaux, clapouillards et autres stimbulingues.

— Sinon, ça… fait-elle.

L'image de Donato s'anéantit sur l'écran. Une autre lui succède. Brouillée au départ, compacte, filandreuse.

Mais qui s'étale et se précise pour donner, tu sais quoi ? Bérurier.

T'esgourdes, dis, Beethoven ?

Roulez, tambours. Grondez, tonnerre. Éjaculez, singes lubriques. J'ai bien dit et je répète : Bé-ru-rier.

Mais tu le verrais en situation, le gros…

Attends, on va tourner la page pour se donner un peu d'oxygène, y'a pas le feu, si ?

Magine-toi sa majesté, toute nue.

Et à quatre pattes.

C'est du spectacle, non ?

Mais cela ne constitue pas le principal du pittoresque, pas plus que le pittoresque du principal.

Y'a pire.

Ou mieux, le selon comment que tu prends les choses.

Donc, Alexandre-Benoît est à quatre pattes, dis-je, mais dans une sorte de bauge, en compagnie d'un cochon aussi gros que lui et peut-être aussi gras. Le porc se frotte à lui, tendrement, et Bérurier lui rend ses caresses, non pas de la main, mais de la joue. En bref, les deux personnages semblent être au mieux.

Je regarde Ulla, interloqué.

Elle est pince-sans-rire, la gosse, car tu sais ce qu'elle me dit ?

Elle me déclare le plus sérieusement du monde :

— Rassurez-vous, ce goret est une truie, il n'est pas question de libérer des instincts contre nature. Je ne crois pas que l'accouplement puisse avoir lieu avant un mois, car votre auxiliaire commence seulement le traitement, toujours est-il qu'il a déjà des élans de tendresse, comme vous pouvez le constater.

Tout bredouilleur, comme une Anglaise de la High qui sort du couvent, je commence par le commencement :

— Mais comment se fait-il qu'il soit ici ?

Ulla hoche la tête.

— Mystère facile à élucider, mon cher. L'autre nuit, nous surveillions la maison de Dom Cesarini où l'on avait amené le baron Populi qui nous intéressait pour les raisons que vous devinez. Le fait que ce filou soit retenu prisonnier par ses amis nous donnait à espérer qu'il possédait encore l'attaché-case. Aussi, lorsque Cesarini et lui sont repartis, dans la nuit, en compagnie de quelques hommes, dont ce M. Bérurier, les avons-nous… interceptés. Courte échauffourée au cours de laquelle Cesarini et ses sbires ont trouvé la mort.

Mort, Cesarini ! Voilà donc pourquoi il n'avait pas reparu au matin, lorsque sa petite-fille m'a apporté le caoua chez le grand vioque !

— Nous avons embarqué Populi et votre type, mon cher. Un interrogatoire poussé, très poussé, nous a permis de constater que ni l'un ni l'autre ne pouvait nous renseigner. Alors, nous les avons amenés ici pour qu'ils participent à nos expériences.

— Quelles expériences ?

La promptitude et aussi la naïveté de ma question semblent la déconcerter. Puis elle se décide et le fait qu'elle me dise la vérité me renseigne sur mon avenir. *Dorénavant, je ne sortirai plus d'ici.*

— Dans cette base camouflée, certains savants étudient une mutation de l'espèce humaine. Je ne veux pas m'étendre sur une aussi grave question, puisque le temps nous presse ; sachez seulement que ces chercheurs sont en train d'opérer un croisement de l'homme avec l'animal afin de réaliser chez ce dernier une promotion spirituelle. Ils partent du principe que chaque humain ressemble à un animal donné. Par un procédé qu'ils ont mis au point, ils parviennent à accentuer extraordinairement ce mimétisme au point que le sujet traité finit par s'identifier à la bête qui lui sert de modèle. Vous allez voir…

Une nouvelle image remplace la pitoyable scène de Bérurier flirtant avec sa truie.

Elle nous découvre, dans une grande cage, deux formes insolites. L'une est un grand singe, l'autre quelque chose de moins précis mais qui ressemble à un singe.

Ulla grossit sur l'individu en question. Un grand malaise me biche. Cet être qui bascule dans la nuit animale est terrorisant. Tu retiens ton souffle, à considérer son formidable système pileux, son nez dont la camardise finit par se confondre avec la bombure du front, ses petits yeux clignotants, ses oreilles en conques, sa bouche proéminente dont les lèvres sont promptes à découvrir la denture. Mais ce qui surtout impressionne, c'est la longueur des bras. Ses mains atteignent le niveau de ses mollets. Et les doigts se recroquevillent comme ceux des arthritiques.

Ulla règle son appareil jusqu'au très gros plan. Elle capte alors des yeux éteints, sans conscience, qui regardent autour d'eux sans s'arrêter à la notion des objets.

La jeune fille passe ensuite sur la guenon. Le mimétisme est hallucinant. Indiscutablement, déjà, ces deux êtres sont unis par des caractéristiques fondamentales.

— Stupéfiant, n'est-ce pas ?

Ma parole, elle en est fière, comme une bonne petite ménagère est fière de la tourte aux quetsches qu'elle vient de cuisiner.

— Mais attendez, enchaîne-t-elle, ce n'est pas le plus beau. Le chef-d'œuvre de ces messieurs, c'est un basset artésien. J'espère qu'on n'est pas en train de le toiletter…

Elle manœuvre son satanesque fourbi.

Gros plan sur une écuelle.

Un homme-chien bouffe (j'ai cherché, y'a pas d'autres termes adéquats) une solide pâtée, à même le plat.

Et tu peux me croire, gentil mec de mes chères deux, qu'il est déjà plus chien qu'homme, cet homme-chien-là.

Dedieu, ce monstre. Imagine-toi un truc, ou un machin, comme tu voudras, qui est allongé de corps, et dont la position horizontale paraît définitivement acquise, au point que lorsqu'il se dresse sur les antérieures pour quémander un susucre, ça doit tout de suite faire numéro de cirque. Les pattes de devant sont arquées. La tête a le modelé d'un gros marteau. Les oreilles très longues pendent. Le museau galochard est ponctué d'un appendice sombre qui, un jour, aura le noir brillant d'une truffe de médor en parfaite santé. Tout le corps est couvert de poils blonds, durs et ras. Ne manque à cet animhomme qu'une queue fouetteuse pour compléter son identification avec un basset artésien.

Il dévore son Canigou en faisant ronron, le brave toutou. Il a des grains de riz, plein les babouches[1], quand il s'interrompt de bâfrer, c'est pour se torchonner les labiales avec une langue qui rendrait follingues un régiment de gougnes.

Soudain, la porte de la cage s'ouvre, et un mec en blouse blanche fait entrer une chienne.

Basset artésien, *elle aussi* !

Elle se précipite en jappant de joie sur le clébhomme, lequel, montrant par là que son comportement animal l'emporte sur son comportement humain, abandonne sa pâtée pour venir renifler le prose de l'arrivante. Jamais tu verras un homme procéder pareil. Le jules attablé,

1. Ici, le mot babouche n'a rien à voir avec les pantoufles de cuir d'origine persane que tu sais. Il est l'heureuse union des termes babine et bouche. Mariage de raison, en l'occurrence.

Professeur Godemich (Faculté d'Otto, dit Dac)

quand il s'empiffre, tu peux lui amener la plus sensas demoiselle, c'est tout juste s'il soulèvera son cul de sa chaise pour la saluer. Et encore seulement, dans le cas où le quidam que je fais état est un gentleman.

Après une sérieuse partie de reniflade, empreinte de volupté, le monstre se met à escalader la clébarde en balançant du braque et alors, cette fois c'est le comportement humain qui domine, puisqu'il se la fait en levrette.

Pudique, Ulla coupe le contact.

— Alors, convaincu ? elle me demande.

— Abasourdi.

— Votre ami, quant à lui, deviendra un homme-porc. Ce n'est pas fait pour vous surprendre, n'est-ce pas ?

Que dire ?

Je me détourne, le mental ravagé. Béru, tel qu'en lui-même. Enfin ! Accédant à son destin tracé dans la nuit de sa vie comme une ligne jaune sur le noir goudron d'une nationale. Béru arrivant à bon porc, somme toute. Béru forniquant avec des dames truies. Béru parcourant sa vallée d'auges. Devenant monstre pour de bon, après n'avoir été si longtemps que monstrueux. Béru achevant sa route à quatre pattes derrière le fessier jambonneux d'une gorette. Béru procréant des vivures obscures, insanes, à groins, avec la queue en tire-bouchon et les oreilles en œillères. Ah, sort cruel ! Ah, louche dégénérescence ! Ah, dévaloir olidesque ! Abîme sans fond des plus noirs instincts ! Cochonnerie universelle ! Qui vivra « verrat ».

Je me dresse sur mes deux poings appuyés au bureau, comme un coq sur son tas de…

Un coq !

Voilà le sort qui m'est peut-être promis sur l'ordinateur monstrueux de ces gens sans âme. Moi, le poulet de charme, je deviendrai coq ! Leurs basses œuvres me transmuteront en roi de basse-cour. Tu veux parier? Merde, moi qui me sentais si heureux d'être mammifère, comme ça, instinctivement. Moi qui éprouvais je ne sais quel sentiment fraternel pour tout ce qui est primate, insectivore, chéiroptère, carnassier, ongulé, rongeur, marsupial, édenté, monotrème et même, tu m'entends ? oui, même cétacé. Moi, San-Antonio, je ressens pour la baleine et autre cachalot une confuse tendresse que l'oiseau aux plumes les plus enchanteresses ne m'inspire pas.

Elle est satisfaite de ma commotion, Ulla. C'est bon signe. On martèle le cuivre pour le mieux modeler. L'homme choqué devient osier, quand même il semblait cœur de chêne.

La gueuse reprend la parole.

— Mais je suppose, dit-elle, que vous le préférez porc plutôt que mort ? Vous savez, c'est heureux, un cochon. Ça se roule dans son fumier avec délectation. Ça mange et ça fornique sans relâche. Et puis, la mort que nous réserverions à votre ami ne serait guère enviable. Aucun désespéré n'en voudrait. Car savez-vous ce que nous lui ferions ? Nous le donnerions à dévorer à des… vous savez quoi ? À des gorets, mon cher, ni plus ni moins. Nos chercheurs lui ont inoculé des hormones de porc. D'emblée, pour un véritable cochon, il est assimilé à la race porcine. Or, en quelle situation se trouve-t-il présentement ?

Elle repasse l'antenne à Béru. Toujours en cajoleries avec sa compagne de détention.

— Voyez : il est en compagnie d'une truie en chaleur. Si on lâche un mâle avec cet aimable couple, il se jettera sur M. Bérurier et le dévorera tout cru. Nous avons de forts beaux spécimens, ici. Des bêtes de concours pesant le triple de votre ami. Alors, acceptez-vous d'accoucher Donato Convolvolo ?

Je hoche le chef (depuis qu'il est interdit de le branler en public [1]).

— Douce camarade, si je parvenais à percer son secret, cela ferait sûrement progresser vos intérêts, mais en tout cas pas les miens…

Ulla retrouve son sourire.

Et il ne me dit rien qui vaille. Cette fille n'appartient pas à la catégorie des gens qui pensent avec des béquilles, espère un peu. Ses décisions, elle les prend pas après avoir consulté Mme Soleil.

Elle appuie sur un bitougnard gladoché de couleur grise.

— Dispositif « C » ! dit-elle.

That's all.

Elle se tourne vers l'écran où Béru continue de mamourer avec sa cochonne. Le temps de compter jusqu'à je sais pas combien, mais d'une seule main et une porte s'ouvre dans la porcherie. Plus exactely, c'est un panneau qui coulisse. Dedieu de vingt gu, tu verrais débouler ce monstre, tu serais obligé de changer de slip avant la fin de l'émission.

De quoi faire rêver les ministres de l'Agriculture au Marché Commun (qui est plutôt une Foire commune). Un bestiau gros comme un lion. Avec une tronche patibulaire. Pourtant, a priori, ce serait plutôt sympa, un cochon, non ? Débonnaire, je trouve. Cocasse. Appétissant puisque tout est bon dedans. T'aimerais pas être cochon, toi, dans le fond ? Te savoir entièrement comestible : tes bras, ton cul, ta tronche, tes claouis et même tes rouages à tubulure. Franchement, un porc, ça

1. Et vous voudriez que l'on décerne à San-Antonio le Grand Prix de l'Académie Française ?

Maurice Genevoix

connaît une fin édifiante. Après celle de Jeanne d'Arc, j'en sais pas de plus nette.

Bon, c'est pas le tout.

Tu vas voir si c'est du lard ou du cochon, amigo.

Le verrat renifle sa donzelle. Il se dit que y'a bon radada. Il paraît un instant tout joyce à l'idée de pointer. Il se promet de reluire comme un homme ; se sent devenir presque aussi cochon. Et puis, il découvre Béru, alors sa jalousie est instantanée. Un vrai bonhomme, je te répète ! Il se met pas en boule, étant donné qu'il y est déjà, non, il entre en fureur comme ton intelligence en hibernation. Se précipite sur le Gros, le culbute dans la paille souillée.

Savante dans la vilenie, Ulla coupe l'image.

Le sens du suspense, compte sur elle ! On a des leçons à lui prendre, nous tous, polardeux merdouillards, tisseurs de mots de la fin, pénélopes en burnous mouillés de sueur.

— Pour la dernière fois, acceptez-vous ma proposition, San-Antonio ?

— En échange de quoi ?

Elle me fixe pleins phares.

— En échange de rien, grand imbécile. En échange de notre bon plaisir. Obtenez un résultat et nous verrons…

— Mais… Mon amie, il faut…

Elle rebitougne le scarpin chipolateur.

— Stoppez le dispositif « C ».

C… comme cochon.

Ton San-Antonio surmené exhale un soupir qui ferait choir d'un seul coup toutes les pommes de Normandie.

Dont moi !

Si une chambre sans fenêtres et dûment verrouillée peut être appelée « cellule », alors me voici dans une cellule en compagnie de Donato. Mais cellule confortable.

Il est un peu hagard consécutivement au traitement qu'il vient de subir, le frelot de la malheureuse vulcanisée.

Ses lèvres blanches remuent pour des mots indécis. Son regard semble ne pas me reconnaître.

J'attends que ça se tasse.

M'est avis qu'on doit nous observer attentivement, et nous écouter de même, bien que je n'aperçoive autour de nous ni micro ni caméra. Ils se sont admirablement équipés dans cet ancien monastère, ces messieurs-dames.

Ils continuent de jouer le jeu. D'où ces paras en robe de bure qui, dévotionneusement arpentent le jardin monacal ; pour d'éventuelles photos aériennes, probable. Ils constituent la couvrante. Mais ce que vous ne voyez pas en magasin, vous le trouverez à l'intérieur.

À tous les étages, des rayons singuliers.

Que j'aimerais visiter. Assurer un reportage sur cette caverne infernale, interviewer les monstres qui s'y mijotent, crois-moi-z'en, ce doit être passionnant.

*

— Tu vas mieux, fils ?

Les cercles concentriques de son regard se rassemblent. Une lueur d'intelligence point en ses prunelles.

— C'est vous ?

— Tu vois…

Bon, va falloir l'entreprendre. Le poulet devenu mouton : fable !

Il mate ce qui nous entoure. Une pièce tapissée en paille de riz de couleur… paille. Des meubles fonctionnels, plutôt modernes. Aux murs, des reproductions photographiques représentant des compositions florales.

— Souffres-tu, Donato ?

— Non, mais j'ai la gueule de bois.

— Qu'est-ce qu'ils t'ont fait ?

— Je ne sais pas. Je ne me souviens de rien.

— Tu as parlé ?

Il bondit. Bon Dieu, il ne songeait pas à cette éventualité ! Sa vadrouille dans le sirop l'anéantit. Il ignore tout de son coma. Pendant un certain laps de temps, il a été absent du monde et qui pis est, de lui-même.

Il a besoin de se raccrocher à une espérance, comme tous les hommes en danger.

— Vous croyez ?

— Tu verras bien.

— Comment ça, je verrai ?

— Comme ils veulent à tout prix savoir, si tu n'as rien dit, ils t'entreprendront de nouveau, et cela jusqu'à ce que tu te mettes à table.

Ça lui jaillit spontanément, farouchement du plus profond de l'âme :

— Je ne dirai rien, c'est impossible !

— Avec eux, tout est possible.

— C'est quoi, ces gens-là ?

— Peut-être des Ruskofs, mais je n'en suis pas certain. Je peux même ajouter pour ta gouvernante (comme dirait mon pauvre Béru) que je doute de plus en plus qu'il s'agisse de Soviétiques. À présent que je connais la nature des recherches entreprises ici, je ne vois pas pourquoi les Popofs prendraient le risque de camoufler un ancien monastère méditerranéen pour y pratiquer des expériences qu'ils auraient tout le loisir de réaliser sur leur immense territoire, non ? Soyons logique.

Un silence. Donato a du cloaque entre les mandibules. Rien de plus fâcheux pour l'haleine que les médicamentations.

— Tu devrais bien réfléchir à la situation, Donato.

— Bien sûr.

— S'ils sont en mesure de dénicher ta planque, tu aurais peut-être intérêt à parler.

— Ils ne la dénicheront pas.

— Tu sais, en ce bas monde, aucune cachette n'est inviolable.

— La mienne, si.

— Crois-tu pouvoir résister à la torture ?

— Oui.

— Aux piqûres amoliantes ?

Il secoue la tête.

— Ils ont commencé par là. Alors si je n'ai rien dit, je ne dirai plus jamais rien.

Je me penche à son oreille, décidé à tenter un coup.

— Fais gaffe, bonhomme, on nous voit et on nous écoute. Si on doit se dire des choses délicates, il faut se les chuchoter à l'esgourde. Tu piges ?

Cette patate a la réaction du mec à qui on gueule attention : il sursaute et regarde autour de lui.

Je place ma bafle contre sa bouche. Le voilà qui bredouille :

— Vous êtes certain qu'on est observés ?

Je me remets dans la position émettrice :

— T'es paralysé de la coiffe pour ne pas piger une

telle évidence ! Ils nous ont mis ensemble dans l'espoir que tu te confieras à moi. Alors, motus, hein ?

Il s'écarte, l'air malheureux. On dirait un gamin déçu. Les hommes en détresse, tout de suite, ils se mettent à ressembler au môme qu'ils n'ont jamais cessé d'être. Ce qu'on nomme « le respect humain », c'est rien d'autre que le « jeu de l'adulte ».

Au bout d'un instant, il dit en se massant l'estomac :

— J'ai envie de vomir.

— Si tu veux gerber, camarade, essaie d'ouvrir cette porte peinte en blanc, c'est peut-être celle des chiches.

Il y va en titubant. La lourde obéit. Effectivement, elle donne accès à une salle de bains au sanitaire très complet.

Illico, Donato va au refile. Ses spasmes font un fracas de cataracte. Du train où il y va, je te parie qu'il va déballer sa panoplie à croque.

Ça dure cinq bonnes minutes. Des efforts à ne plus pouvoir. Rien que de les entendre, j'en ai l'estom' en portefeuille. C'est plus entraînant que la musique militaire, le bruit d'un mec qui dégueule. Communicatif. T'as envie de te mettre à l'unisson, de t'engager dans les (haut le) chœurs comme baryton.

Un fracas de verre cassé. J'interviens. Je trouve un verre à dents brisé sur le carreau, et Césarin agenouillé devant la cuvette des gogues avec un visage défait.

Il est frais comme un merlan à la poubelle, Donato. Il en a le regard, les gluantes luisances. Et il fouette l'horreur à t'en faire grincer les dents.

— Eh ben, mon pote, t'es malade à crever !

Il s'ébroue :

— J'ai froid. Je me sens glacé. Vous croyez qu'un bain, ça me réchaufferait ?

— Ça ne peut pas te faire de mal.

Courageusement, j'enjambe des flaques indescriptibles

pour atteindre la baignoire. Je règle les robicots et lui fais couler un bain bien chaud.

Il commence à se dessaper seulâbre car je n'ai pas le courage de porter la main sur ses vêtements sanieux.

Quand il est à loilpé, il se glisse dans la flotte.

— Ça va mieux ?

— On dirait, merci…

Je le laisse mariner. Toujours du temps de gagné, tu comprends ? Moi, je ne suis pas pressé.

Une fois dans la chambre, je vais m'allonger sur l'un des lits jumeaux et j'essaie de récupérer un poil. Tout ça, cette équipée, ces meurtres, ces enlèvements, ces hommes-singes ou chiens, Béru goret, les moines-paras…

Je flaire un grand mystère. Énorme.

Pourquoi une sorte de quiétude subsiste-t-elle en moi, que ma situation pourtant critique, vraisemblablement désespérée, n'entame pas ? Une confiance idiote, spontanée, de mon individu. J'ai beau mesurer la hideur de notre sort, au Gravos et à moi, je conserve une certaine sérénité. Un peu comme un homme qui se sent protégé parce qu'il se croit protégé.

Protégé par quoi ? Par qui ?

Dieu ?

Je te vois sourire. Dieu qui ? Dieu quoi ? Dieu pour quoi faire ? Les hommes, on se livre à une espèce de va-et-vient avec Lui. La lâcheté de la jeunesse nous en éloigne, mais la lâcheté de l'âge nous ramène à sa notion vague et nécessaire. J'aime pas que les jeunes croient en Dieu, c'est pas de leur âge. Ils perdent quelque chose d'irremplaçable qui est cette espèce de voyage au bout de leur âme. Ils mangent leur pain bénit le premier. N'auront plus, quand sera le temps de prendre congé, que des croûtes d'hostie à ronger. Ça les enconne d'avoir la foi. Les anémie du mental. Ça leur convient aussi mal que la fortune. T'as déjà vu quelque chose de plus pitoyable, de plus effrayant qu'un jeune riche, toi ? À l'inverse, un vieux sceptique m'incommode. J'ai l'impression que son âme finira célibataire. Car l'âme finit pour qui ne souhaite pas la prolonger au-delà de lui-même. T'imagines tout de même pas que le Barbu est plus déiste que toi, merde ! Quand tu n'en veux pas, il la remet dans son ciboire, le Tout grand. Enfin, quoi : mets-toi à sa place ?

Moi, à force de m'y mettre, je finis par roupiller pour de bon.

Un vrai chérubin, je te dis.

*

Bruit de pas.

Nombreux, violents. Des voix mauvaises.

Je tressaille ; saute à pieds joints de ma dormissure.

Ulla est irruptée dans ma pièce, en compagnie de trois paras scalpés du mamelon.

Ils ne s'intéressent pas à moi.

Foncent droit à la salle de bains. Je les entends rouscailler dans une langue inconnue de moi, mais je pense pas que ce soit de l'ursse moderne.

Curieux, désommeillé en plein, je vais jusqu'à l'encadrement. Misère !

Tu sais quoi ? Donato Convolvolo s'est tranché les veines dans son bain. L'eau est toute rouge. Et brusquement, je pige tout. Il avait pas envie de dégobiller, c'était pour prétexter seulement. Se barrer dans la salle d'eau. Son ramdam provenait des efforts accomplis pour se soulever le cœur. Il a d'abord brisé le verre à dents. Pris un morceau en douce. Il m'a dit grelotter et m'a demandé si un bain lui ferait du bien. Une fois dans l'eau, à l'abri de la baignoire, il s'est tranché les veines en douce.

Le circuit vidéo, dans la base, n'est pas en couleurs,

sinon ils se seraient aperçus, les tortionnaires que le pauvre gars se vidait de son raisin.

Maintenant, il est clamsé, Convolvolo. Exsangue dans l'eau tiède où un gros nuage pourpre filandre. Il a plus pu tenir. Son secret lui a paru plus important que sa vie. Quel étrange raisonnement ! Il a préféré les documents à sa peau…

Les sbires de la belle Ulla viennent emparer une couverture. Ils y déposent le cadavre, l'enveloppent comme dans un linceul et l'emportent. Ulla reste en ma compagnie. Elle prend place sur le bord du lit. Tu peux pas imaginer l'à quel point cette fille est splendide. Et puis y'a autre chose : telle qu'elle se tient, sa blouse blanche retroussée, je vois ses cuisses. Et il me reprend une envie d'elle que pour te la décrire tout bien, on aurait droit à la commission de censure de ceci-cela.

Je sens mon regard qui fait des « 8 ».

Elle s'en aperçoit. Moi, ça me revient dans la mémoire glandulaire, la manière que son frifri joue à l'essoreuse. Cette sensation d'être embarqué dans les rotatives d'un quotidien par le meilleur bout.

Mon zigzigplomplon se souvient des somptueuses contractions de la chagatte dorée : vzouffff tchpok, qui t'emportaient bien loin du laid rivage terre à terre, vers ces fabuleux abîmes du désir, là que la volupté se fait océane…

Hou loulère, cette trique, gente dame ! Ce mandruche à capuchon imperméabilisé. J'ai le sommet de Popaul comme un casque suisse. T'as déjà vu les casques de l'armée suisse ? Eh bien ça ! En plus dur encore. Voilà que mon soubassement prend des proportions, des dimensions, du volume.

— Vous cachez mal vos sentiments, ricane Ulla.

— Si c'était pas télévisé, je vous les prouverais volontiers.

Elle déboutonne sa blouse.

— Ce n'est plus télévisé pour l'instant.

— Vrai ?

Et puis je m'en tambourine l'occiput que mes prouesses soient ou non projetées sur écran large. Y'a des moments, tu plies ta pudeur soigneusement et tu la glisses dans ton paquetage.

Une bonne partie de tringluche, c'était de cela que j'avais besoin.

Les bonshommes, j' sais pas ce qui nous passe par les têtes, mais on a des instincts bizarres, parfois. Ainsi, le croiras-tu ? mais elle m'excite beaucoup plus, maintenant que je sais qui elle hait, que lorsque je la croyais petite touriste suédoise paumée en Sicile. Ça met du piment dans notre étreinte. Je décide de ne pas me rater l'embarquement en gondole, cette fois-ci. Faut que j'éblouisse en même temps qu'elle. J'y tiens à mon feu d'artifesses, à ma chandelle bellissime !

Surtout que j'ai bien pigé son comportement dans l'appentis de l'albergo. Elle déchausse du panard brutal, Ulla. Sans assurer son ventral. C'est le grand saut à ouverture retardée. Quand elle épanouit du pébroque, t'as plus de marge de sécurité. Faut pas différer ta propre manœuvre, sinon t'es chocolat, mec.

Ta seule vraie chance de participer au grand métinge de l'extase réside dans le synchronisme.

Je raterai pas le coche, même s'il prend la mouche. Je lui suce la roue, comme on dit puis dans la pédale. J'ai son orgasme en point de mire, à la toute somptueuse gueuse (alambic). Le quadrille des lanciers ! Elle peut pas se permettre une échappée, je suis paré pour le démarrage. Tout, de haut en bas. Ce qu'à de chouette, d'unique en amour, c'est la totale participation de son être. Mobilisation générale, gentleman. Le corps entier, de la pointe du cheveu à l'ongle du gros orteil.

L'âme complète. L'instinct, en suppléant. Y'a monstre malaxage dans la boutique cadeaux.

Et le Santonio, impec, mon julot. Le cran de sûreté relevé. Le tube lance-torpilles bourré jusqu'à la gueule, avec des réserves dans les caissons de quoi assurer un siège (si j'ose me permettre). Un bain de siège ! Un Saint Siège. Un siège et ses seins ! Un état de siège ! Un siège en bon état. Rrrran et rrran, boum, huerg, chplaffff ! La fusée volante. Allez, faut lui déclencher l'opération nettoyage. La ramoner entièrement. Zézette en survoltage, le majeur dans le prozibe (là, faut pas souffrir de rhumatismes articulaires) avec la bouche arpenteuse, omniprésente : nichemard gauche, vive Marchais ! Nichemard droit : vive Nonœil ! Et en avant marche, comme ils disent dans le génie. Et cette main gauche qui fout rien, la traîtresse ! Feignasse, va ! Où que tu peux l'employer, cette foutue chômeuse, dis, Cent ans de tonneau ? L'inaction est la mère de tous les vices. Faut d'urgence la consacrer à une tâche. Consacrer ! Attends, ça me donne une idée. Ce sera moins sacré que je souhaiterais, mais question emploi, *first* bourre, mon pote. Un gratouillis sousqueutard ! Ça te parachève drôlement une troufignard's party ! La Malibranle ! Moniche choit qui mal y penche ! La caresse complémentaire. C'est le bouquet de l'édifice. Le drapeau planté sur Fort Alamo. Taratata, tata, tatère... La paluche princière ; la pogne à Pogna, tiens donc !

Et, comblée, toutes amarres larguées, la v'là qui cambre du Sicambre et qui pousse son surprenant : « Ooooooooh Yéééééééé » d'énamouranche.

Elle m'a pas feinté. Je lui déballe ma hotte secrète en même temps.

Et puis je m'hâte de récupérer ma pleine lucidité afin de lui tirer au bouc un crochet comme le gars Cassius sait même pas qu'il en existe.

Son regard rechavire.

Elle est groggy. Flasque.

Bibi s'empresse de l'entraver avec ce qui lui tombe sous la main comme liens de fortune, ou plutôt d'infortune. Je sais : ce que je fais là est d'une monumentale bêtise. D'une inutilité flagrante. Mais un homme d'action, ça ne se refait pas, faut qu'il actionne, fût-ce pour du beurre.

Je remets de l'ordre dans ma mise et fonce à la porte.

Dans le fion, p'tit gars. Elle est fermée. Mais, je crois te l'avoir dit à la page j' me rappelle plus combien, t'as qu'à chercher, ces lourdes ne comportent ni verrous ni serrures.

Trois secondes de réflexion.

Comment a-t-elle ouvert celle de la salle de visionnement, tout à l'heure, quand elle m'y a drivé pour assister à l'animalisation de ses clients ?

Eh ben, mon canard, *elle n'a rien fait.*

Du tout !

Ça a délourdé tout seul.

Je me rabats vers le lit. Au pied d'icelui gît la blouse blanche de ma chérie. Dans la poche, je te l'ai bien dit, probablement à la même page j'sais plus combien, ce qui te prouve que je te fournis loyalement tous les éléments, mais tu es tellement bazu que tu marches à côté, se trouve un petit appareil avec un brin d'antenne. Il est à peine plus gros que ces trucs à ondes chmolles que portent les toubibs d'un hôpital afin qu'on puisse les alerter, où qu'ils se trouvent.

Je le file dans ma vague à moi et retourne à la porte.

Qui s'ouvre, oui, en effet, bravo, t'as gagné un paquet de petits sablés bretons.

Et maintenant, tu sais quoi ?

Ben, je vais te raconter la suite.

Car y'en a une !

Un long couloir désespérément blanc.

Car y'a rien de plus désespérant que du blanc tout seul. Il n'est beau que par référence à autre chose. Le Mont-Blanc parce qu'il se dresse sur le ciel, la mariée parce qu'elle se tient au côté de son noir époux et cette feuille de papier parce que j'y dépose des brimborions de chef-d'œuvre contre. Le lys comporte du jaune en son sein pour te barbouiller le pif, et la première communiante a des boutons au menton ; alors tu vois bien…

Toujours est-il qu'un univers absolument immaculé, est aussi cauchemaresque dans son genre qu'une panne d'électricité dans un tunnel sénégalais. Non ? Si ? Bon !

Personne en vue.

T'imagines la perplexité du gars ?

Cette base sur un rocher escarpé truffé de gorilles.

Ces redoutables souterrains carrelés. Ce silence de laboratoire.

Quelque part, Béru.

Mais z'où ? Il y a six étages dans les profondeurs de la base.

Faut-il commencer par prendre à gauche ou à droite ?

À la grâce de Dieu.

La première porte fera l'affaire.

Je m'y présente. Et, docile, elle coulisse. Me voici dans une grande salle garnie de rayonnages métalliques.

Une foultitude de denrées s'y empilent (pas toutes seules, mais c'est l'expression qui se dit comme ça, tu sais, j'y peux rien ; moi, la langue française, je me contente de la rectifier).

Au centre du local, est un bureau de fer peint en gris, surchargé de registres. Un assez vieux type à blouse et barbiche blanches, le nez chaussé de lunettes et les pieds de sabots, comme les chirurgiens au boulot, écrit dans un bouquin qui pourrait servir de radeau à la « Méduse » si Géricault recommençait sa décalcomanie.

Il ne lève pas le nez de son turbin. Soit parce qu'il est fané des bafles, soit parce qu'il croit à l'entrée d'un familier.

Je me dirige tranquillement vers lui, et, délicatement, lui ôte son stylo d'entre les doigts.

Surpris, il dresse sur moi un nez pointu et deux yeux myopes.

Je lui sers un sourire empreint de cordialité, puis me penche sur le registre. À ma grande sgoutgnaffure, je m'aperçois que le texte tracé là-dessus est en anglais. Ce monsieur est magasinier.

Dans le fond de la pièce, il y a un amoncellement de caisses et de ballots.

Je biche le bonhomme par l'un de ses revers et, d'une seule main (la droite d'accord, mais quand même) le décolle de sa chaise. Ensuite, je le traîne jusqu'aux marchandises non encore déballées. Là, je trouve ce que je cherchais, c'est-à-dire un coutelas à gros manche de bois et à petite lame triangulaire servant à trancher les ficelles des paquets. Parce que, c'est vrai, ça, tu remarqueras que, dans les endroits les plus modernes subsistent des objets pauvrement traditionnels car ils sont, en fin de compte, irremplaçables. Moi, des fois, je visite une usine, un atelier, une manufacture — ça me fait suer, note, mais faut bien faire plaisir aux gens qui croient vous faire plaisir —, bon, on me découvre des techniques hardies, nucléaires, des ordinateurs, des machines à ceci-cela qui démarrent et s'arrêtent toutes seules. Un monde futuriste, je te dis, eh bien immanquablement, en regardant bien, je déniche près de ces monstres la vieille petite bricole qui les complète ou les rend mieux adaptés : un couteau, un tournevis, un rectangle de carton, une cheville de bois. Dis-toi que l'I.B.M. le plus formide nécessite une pointe Bic ou un couteau suisse à un moment ou à un autre.

C'est philosophique, dans le fond, je trouve, non ?

La seule philo que je remarque, moi. Je ne suis pas comme ce confrère peu copieux et chiatoire qui me disait dédaigneusement, un jour que ses glandes l'empêchaient pas de me causer : « Je suis l'héritier de Bergson, moi. C'est comme s'il m'avait couché sur son testament. » — « Eh ben, dors bien ! » je lui ai répondu. Il m'a plus jamais adressé la parole. Y'a des gens, faut pas leur touiller les profondeurs, ça se met à sentir la merde. Ils sont bouchés de la fosse d'aisance. Alors ils n'ont plus d'aisance et la fosse est pleine.

Qu'est-ce que je te disais, juste avant de déconner ? Ah, oui : me voici au fond de l'entrepôt, un vieux type dans une main, un coutelas à lame triangulaire dans l'autre. Je me dis qu'il y a, pour le coup, conjoncture. Alors j'applique la pointe de la lame sur la pointe de sa glotte, ce qui doit ressembler à un dessin de Miro — pour moi, ce sera le roman de Miro —, et je lui chuchote textuellement le texte ci-dessous.

— Où se trouve le type qu'on est en train de transmuer en porc ?

Comme le gars n'est pas pressé de répondre, j'ajoute.

— Si tu ne parles pas immédiatement, je t'opère des amygdales par l'extérieur.

Alors comme ce qui lui reste de jours à vivre,

valablement, ne lui paraît pas négligeable, il me répond du bout des lèvres :

— Au 24 !

— Quel étage ?

— Deuxième.

Je n'ai plus rien à attendre de Césarin. Moi, tu sais quoi ? J'y file un coup de manche de couteau à la nuque. L'endroit que passent les idées d'un mec avant de se transformer en sottises. Il tombe à mes pieds comme de la farine d'un sac crevé. Je l'entrave avec la ceinture de sa blouse. Bon, puis-je compter sur un répit ? J'espère. Faut faire comme si.

Tout autre que ton bien-aimé et très gentil San-Antonio se ruerait dehors.

Seulement lui, tu penses… Ah, là là ! Il en a dans le chou. Et en telle quantité qu'il pourrait t'en revendre si tu savais t'en servir.

Au lieu de foncer en cataclysme, je prends mon temps. Furète dans le magasin. C'est toujours grisant pour un homme, un endroit où se trouvent amoncelées des denrées disparates. T'as qu'à constater le succès des super-marquettes pour comprendre. On y vient en car, en caravane, dans ces cavernes alibabeuses. Leur génie ? Le parkinge. Sans parkinge, c'était scié. Seulement, les promoteurs ont pigé qu'il fallait penser à l'essentiel : la chignole. Celui qui joue la pompe gagnante, ben il gagne, que veux-tu, n'importe les pénuries de pétrole. À partir du moment où les glandus apprennent qu'il existe un parking, ils s'y ruent, quoi qu'on fasse ou vendre à proximité. Le souci bien intense de l'époque, c'est garer sa chignole dans un bel endroit goudronné, fait pour, avec des délimitations jaunes et un sens giratoire. Alors là, il jouit à son volant, le bon fromage, quand il se gare sans problème. Y'en a, j'ai vu, qui se taquinent, se font languir. Qui changent de place rien que pour en essayer d'autres, s'en bien goinfrer du rectangle hébergeur. Ils mouillent en s'éloignant (à reculons) de voir comment qu'elle a trouvé une belle étable, bichette. Ce qu'elle est pimpante, cette chérie, dans sa mer de carrosseries luisantes. Ils se mettent à la place de leur tire. Ils la vivent à bloc (moteur). Lui prêtent leurs sens atrophiés pour complètement réaliser la félicité que peut représenter pour une 4 L ou une 204 une vraie place en diagonale. Que personne te chicanera, qu'aucun contractuel égrotant ne viendra sanctionner. Que le temps ne rendra pas caduque. Ils pourraient, ils baiseraient Bobonne, d'allégresse, là, entre les cadies de leurs six sous, sous les yeux bilieux de leur voiture. Bande d'ocs !

Donc je demeure un bout de temps dans le chmoutz.

Y pratiquant sur moi-même une alchimie que tu sauras plus tard à une page paire ou impaire (je verrai).

S'agit, à présent, de ne pas se prendre les pieds dans le suspensoir du baron.

Les ascenseurs. Y'en a un que la porte, précisément, est ouverte à mon étage. J'y pénètre. Mon index fripon va pour enfoncer la touche marquée « 2 », mais à cet instant précis, la cabine, appelée depuis ailleurs, s'enfonce. J'ai beau cigogner le bouton de mon étage convoité, rien n'y fait. Suivant l'ordre de sa programmation, la cage d'acier plonge dans celle de l'ascenseur, si tu me permets que je me permette.

Un cadran en longueur, numéroté, donne référence des étages traversés. Le « 4 » s'allume. Puis le « 5 ». Entre chacun d'eux s'écoule un laps de temps d'environ trois secondes. J'attends le « 6 », mais il ne s'allume pas au bout du bref délai nécessaire au franchissement de deux niveaux. Et l'ascenseur continue de fonctionner. La cabine descend toujours, toujours… Je me dis que c'est pas possible, qu'il s'agit *probably* d'une illusion. J'interprète comme étant une descente, une simple vibration du mécanisme. Et si j'étais en panne ? Pourtant, l'impression caractéristique du plongeon vertical continue de se propager dans mon corps. Je palpe les parois, un frisson y court, qui confirme cette sensation. Alors, je me mets à égrener les secondes, selon le système des paras bulgares. Je me récite mentalement : « Zéro, zéro, un ! Zéro, zéro, deux ! » Ainsi de suite, parce que ce procédé te permet de rester aligné sur l'intervalle des secondes.

À « zéro, zéro, cent », un vertigo terrible me trancane le Frédéric. Je me dis, in petto, tout en continuant de compter dans le coin situé à gauche de mon cerveau lorsque tu y pénètres par les trous de nez : « À raison d'un mètre seconde, je serais donc à plus de cent mètres sous terre ? »

Commotionnant, cette perspective.

Mais la croisière n'est pas achevée et je descends, descends encore, descends toujours…

« Zéro, zéro, deux cents… Zéro, zéro, deux cent cinquante… Zéro, zéro, trois cents… Zéro, zéro mes burnes ! »

Merde, fallait prévenir, j'aurais pris de quoi lire. Emporté un scrabble, des sandwiches…

Zéro, zéro…

Plus rien.

Le chiffre « 6 » s'éclaire. La cabine s'arrête. La porte s'écarte.

En face de moi, attendant le dur, y'a deux mecs en combinaison encadrant une sorte de caisson métallique à roulettes. Ils ne me prêtent pas attention et engagent leur caisson dans l'ascenseur.

Qui se referme.

Tu sais pourquoi ils ne m'ont pas fait attention, ces julots ? Je vais t'y dire, parce qu'après je risque d'oublier.

C'est rapport à mon aspect. Dans l'antre du magasinier, je m'ai modifié la personnalité, les apparences, tout.

Écoutez, les filles, promettez-moi de ne pas pleurer… Grâce à un rasoir électrique faisant aussi tondeuse, je me suis scalpé le promontoire pour me faire un *rasibus vobiscum* de moine. Et puis j'ai trouvé une tenue de para. Et aussi du *chewing-gum* pour qu'une fois mâchouillé, il me gonfle le bas des joues. Méconnaissable, je t'affirme, Sana. Je sonnerais à la porte de chez nous, Félicie pousserait le verrou et appellerait Police Secours.

Enfin, brèfle, voilà.

Je zyeute autour de moi, telle Alice au pays des merveilles. Tu sais, ça valait le coup d'écrire ce polar. J'en reviens pas. D'ailleurs, tu verras qu'un jour, j'en reviendrai plus pour de bon. Tu croiras à une blague, tu m'attendras, m'appelleras. Mais, bernoche ! Plus de Sana. Englouti pour tout à fait toujours dans une de ces histoires. Sombré. Dissous, lui qui était déjà dissolu.

Tu ne me crois pas, hein ? Eh ben tu verras, mon pote. Tu verras combien tu seras seul, alors. Tu verras…

Là qu'arrivent les ascenseurs, ça forme une espèce d'immense terre-plein, avec des wagonnets sur des voies étroites qu'aimait tellement Gide. Des tracteurs électriques tirent des vrais petits convois et les entraînent dans les profondeurs d'un tunnel bien éclairé. Les loupiotes se perdent à l'infini. Ce tunnel m'a l'air de mesurer plusieurs kilomètres, commako, à vue de blair. Mon attention se ramène à mon point de débarquement car il est toujours plus aisé d'observer ce qui est proche, pour les pauvres taupes myopes que nous sommes. Des gars au torse nu (il fait chaud ici malgré la soufflerie de la ventilation) sont en train d'habiller une sorte d'immense caverne de plaques de plomb. Je vois que c'est du plomb à la matité du métal et aux efforts déployés par les travailleurs pour coltiner, à quatre, des panneaux de petite surface.

Craignant que ma curiosité ne me fasse remarquer,

j'appuie sur le bouton d'appel des ascenseurs. Au bout d'une longue attente, une cabine m'arrive. Et cette fois elle répond à ma commande.

Ça se présente très différemment, au deuxième niveau.

En route pour le deuxième étage.

Les couloirs sont plus étroits et une grande quantité de portes s'y alignent, toutes numérotées. Des mecs en blouses blanches, à gueules de parascientifiques, passent, portant des éprouvettes ou des paperasses, sans même s'adresser un regard. C'est le domaine de la préoccupation. On sent que chacun a un gros boulot à assumer et qu'il se torche de celui du voisin. Cet état d'esprit fait mon beurre puisqu'il me permet de me déplacer sans éveiller l'attention.

J'approche la porte marquée 24.

Comme les copines, elle s'ouvre lorsque mon petit zigouigoui à antenne ne se trouve plus qu'à cinquante centimètres d'elle.

D'abord, c'est un espace nu, sorte d'antichambre meublée d'une table où sont entreposés quelques objets d'utilité courante. Cette antichambre est terminée par une grille de l'autre côté de laquelle se tient Béru. Il est tout nu, je te répète, plus gras que jamais, plus rose que toujours, avec un regard couleur de rubis fourbi, tenant contre sa poitrine velue une truie endormie.

Touchant tableau.

J'entre dans la bauge et me plante devant mon ami, bras croisés, en mettant dans mon attitude un maxi de réprobation.

— En somme, t'es franco de porc, Gros ? grommelé-je,

compte tenu de ce que l'humour ne doit jamais perdre ses droits.

À ma voix, il redresse la tête.

Le penseur de Rodin.

— Vous disez, m'sieur ? me demande le cher compagnon des mauvais jours.

Le timbre oblitéré de mon cher A.B.B. a changé. Il s'est dévalué.

— Ne m'appelle pas monsieur, j'ai l'impression que tu es ivre.

Son attention se rassemble dans ses yeux pur purin. Ses efforts, sans qu'il ait besoin d'aller à Reims, sont couronnés de succès. Miracle de l'intelligence humaine : il me reconnaît.

— J' vous demande pardon, m'sieur, ça serait toi ?

— Devinez, messire Olida.

— Dedieu, comment que t'es là ?

— Merlin l'enchanteur. Je n'ai pas eu trop de mal à y entrer, le plus dur va être pour en sortir. Mais que vois-je ! Tu as les jambes pleines de sang !

Il hoche sa hure.

— J'ai eu des mots avec un type jaloux…

— Un type jaloux ?

— T't' à l'heure. Il m'est rentré dans le lard, rapport que je fleurtais avec mademoiselle…

Il flatte le cul parfaitement rond de sa truie.

— Comment tu la trouves ? demande-t-il.

— Appétissante, conviens-je.

— Elle a quelque chose, hein ? Et puis j'adore les blondes…

Complètement cinoqué, l'Enflure. Ses cellules grises doivent ressembler à du raisin muscat séché.

— Dis donc, Gros, le « type » dont tu parles, c'était un cochon ?

— Un dégueulasse, tu veux dire. Je te lui ai filé une

de ces roustes ! Avec les dents, gars, et pourtant j'ai un flipper amovible comme tu sais. J'y ai mangé l'oreille, qu'après y ressemblait à Van Gode. On me l'aurait pas sorti des pattes, je le transformais en saucisse, ce sale *bonhomme*...

Écœuré par son démembrement mental, je réagis :

— C'est pas le tout, arrive...

— Où ?

— Ben, on va essayer quelque chose pour s'en sortir, non ?

Et tu sais ce qu'il me répond ?

— On est bien, ici.

Tu juges l'étendue du désastre, dis, Pinemolle ?

On est bien ici ! Dans une cage, sur un lit de fumier !

Je me remets de mon abasourdissage du mieux possible, et puis je sors mes crocs.

— Écoute, bougre de vieille tartine, si tu continues à crétiner, moi je vais faire un malheur. Je sens que j'ai besoin de m'offrir une crise de nerfs pour me remettre le compteur à zéro. J'en ai ma claque d'être ballotté de maffiosi en agents secrets et de gardes-chiourme en gorets.

Là-dessus, perdant toute retenue, je lui shoote un coup franc direct dans les meules.

Mister Porcinet se lève en rouscaillant.

— En tout cas, je l'emmène, dit-il.

Sa truie réveillée se met à le cajoler avec des grâces lascives de fille enamourée.

— Un amour comme le nôtre, il n'en existe pas deux, assure Bérurier qui n'est pas à une réminiscence près. Pas question qu'on se quitte, Mathilde et moi. J'ai ma vie à refaire, comprends-tu ? Des années je m'ai fait suer la bite avec une espèce de truie qui s'appelle Berthe. Des années qu'elle me rebuffe après, m'hurle des embrocations, me gâche le tempérament de ses caprices. Alors, moi, je décide qu'on va jouer « Stop ». Un changement de programme s'impose. J'arrive un âge que l'homme a besoin de savoir où qu'il en est, tu comprends ? Faut que je m'affirmasse, Mec. Que j'accomplissasse mon destin, comme on dit vulgairement. Le type qu'a pas le courage de ses sentiments, il est bon à nibe, repassé en plein. C'est un fœtus de paille dans le vent de la vie, comme j'ai lu dans un article bien torché. Pas la peine de prendre tes grands airs ni de serrer les poings, j'ai une décision arrêtée, Gars. Ce sera le départ avec Mathilde ou je reste.

Un type « qui ne s'appartient plus », tu peux quoi, contre ? Si tu détiens la recette, aboule, j'achète. Je balance dans les colères calmées par les impuissances. Ce type est une falaise, un roc, un pic, une mirandole. Et soudain, je cède. Non à son caprice, mais à la volonté du hasard. J'ai si souventes fois remarqué que le farfelu est payant. Ah oui, si souvent, subissant un sort absurde, il me fut donné (ou du moins cédé à un prix concurrentiel) de constater qu'il était le chemin le plus court pour m'échapper d'un labyrinthe.

— Venez, les amoureux ! cédé-je. Venez, le futur vous tend les bras.

On quitte la porcherie (ou la bérurerie, au choix, puisque les deux termes sont en passe — tu parles ! — de devenir aussi synonymes que con et toi).

Les couloirs.

On avance dans la formation comme ça : moi, suivi de Béru, suivi de sa truie.

Béru nu, toujours. Où veux-tu que j'aille chercher des frusques pour lui ?

On rencontre un type coiffé d'une casquette de toile blanche. Il marque une certaine surprise. Me lance une question dans cette langue inconnue de mes oreilles mais que j'ai déjà ouïe. Sans m'arrêter, je hausse les épaules, et je lui grogne un truc qui fait à peu près : « Brechemele chlong. »

Et le gars s'en satisfait.

Tu vois pas que, mine de rien, et miracle aidant, j'aie réinventé le dialecte des gens d'ici ? Et pourquoi *not*, camarade ? Parce que tu te figures qu'il n'y a que Lourdes, toi ? Lourdes où des milliers d'estropiats se précipitent par trains entiers, à longueur d'année, et où de temps en temps, le Seigneur guérit un paralysé, manière de faire chier les autres qui s'en retournent pleins de rancœur. Car y'a gourance à propos des miracles, mon Zami. Dieu ne les a pas inventés pour assurer sa gloire, mais pour tester la foi des hommes. Un qui guérit, ça lui fait une belle jambe, côté publique relation, à Dieu ; il a illico des milliers de malcontents, de bilieux, d'humiliés, de cocus, furax de n'avoir pas été choisis et qui se rentournent avec leurs malfaçons et leurs véroles, plus biscornus ou purulents que jamais, enrhumés à force de grottes, de bains glacés et autres bénédictions en plein air.

Donc, troublé par la manière que le croisé s'est satisfait de mon bredouillis, je poursuis ma marche en avant.

Où vais-je ?

Si tu pouvais me le dire, je t'offrirais un abonnement d'un an au *Chasseur Français*.

Mais tu n'ignores pas que, lorsque on ne sait pas où aller, le meilleur moyen d'y arriver, c'est de suivre son pif.

Alors je marche derrière mon nez, et devant le couple d'amoureux.

Le chouette, dans ce blaud, c'est que les portes s'ouvrent devant moi comme celles d'un aéroport.

Tomatiquement. Y'a qu'à passer. Et elles se referment sans se presser, avec une courtoisie extrême.

Bravissimo, San-Antonio.

Santonio-ci, Santonio-là. Passe par li, passe par là ! Bravo Sana, bravo sana !

— Qu'est-ce tu dis ? demande le Maflu ?

— Rien, je chante.

— Tu t'es dégauchi une nana, *toi aussi* ? en déduit-il.

— Oui, Gros. Une biche de toute beauté, avec des yeux aussi humides que le frifri.

Un cri de triomphe, je pousse. T'as jamais entendu pousser des cris de triomphe ? C'est toujours à base de voyelles. Si t'analyses, tu constates qu'elles y sont toutes incorporées. « Ahohihue. » Avec des « h » pour la ponctuation. Comatiques légers. Je connais la langue humaine. La seule vraie : le cri. Tous pareils : les Lapons, les Pygmées, les Parisiens, les Japonais… Ils se font mal ? C'est « houille » (y'en a qui l'écrivent avec des « y » et des trémas, mais ça reste « houille » phonétiquement). Ils prennent leur pied ? C'est « Aheheeeeeee ». Ils triomphent ? Tout de suite, d'un angle à l'autre de la planète (comme dit Béru) t'entends « Ahohihue ». Les dialectes ? Des simagrées. Une illusion. Du snobisme. Dans une caserne, tiens, les ordres qui retentissent sont rigoureusement semblables : italiens, anglais, allemands, françouses, boliviens, papous… Un bruit de machine qui largue sa vapeur. À nous, Denis Papin. Denis Pimpon ! Écoute : « Hayiiin… hiyn ! Rrrhiyn heyn ! » T'es d'accord ?

Une espèce de maladie de gorge. Moi je me fais fort, tu me mets devant une troupe de soldats, d'où qu'ils fussent, de te les faire manœuvrer impec, rien qu'en me raclant fort le corgnolon. D'ailleurs, t'as qu'à voir : les meilleurs adjudants sont catarrheux.

Et puis me v'là reparti en dérapage incontrôlé. J'écris sur du verglas, que veux-tu. Un jour je mettrai des semelles crêpes à ma machine ; surtout que les crêpes, hein ? Depuis qu'on se fréquente…

La motivation de ce cri de triomphe ?

Une nouvelle porte.

Elle donne sur l'extérieur. Quand je prétendais suivre mon pif, dans le fond, je trichais. Pêchais au lancer par modestie. Dans ma belle tête d'intellectuel surmené, je calculais les niveaux. J'essayais de me rappeler la hauteur du jardin là-haut, au sommet du monastère.

Je prévoyais qu'il devait y avoir quelque issue donnant sur le pied de la falaise, biscotte les bateaux. Ce genre de récif fortifié comporte un petit port, nécessairement, vu qu'avant l'hélicoptère fallait bien se démerdaver, non ? Eh ben, je l'ai trouvé, le petit port. Il est là, aimable, accueillant. Avec quelques barlus. Ne manque qu'une boutanche de pastis et de l'eau fraîche pour se croire en vacances.

Un Riva flambant neuf dansotte sur le flot bleu. Un mataf aux pieds nus, culotté Lewis et mailloté rayé, finit de le débâcher en sifflotant.

Je le hèle :

— Hé ! Chralpl chmeurg !

En ponctuant de gestes impérieux pour lui demander de nous rejoindre.

Il n'a pas un pouce de poil d'ombre de brouillon d'hésitation. La voix de son maître ! Il s'hisse sur la petite jetée et nous rejoint en patapant des palmes sur le ciment brûlant.

Parvenu à l'orée de nous, il pose une question. P't-être que je parle son patois sans l'avoir appris, simplement en le faisant exprès, en tout cas, cruelle carence, je ne le comprends pas.

Je me tire de cette ignorance, de la manière ci-dessous. J'éclate de rire en lui désignant Béru et sa truie.

Le gars les regarde et se fend itou le pébroque. Pendant quoi, moi, de toute mon énergie, je lui place un taquet au maxillaire inférieur. La vraie formidable patate. Une locomotive prend ça, elle a droit à quinze jours de congé de maladie.

Bien sûr, il devient descente de lit, notre Surcouf. La truie le renifle et se met à le lécher gourmandement. Cette caresse incongrue outre mon Béru. Il me chope le bras.

— Regarde, me dit-il : elles sont toutes pareilles. Pas z'une pour racheter l'autre.

Je profite de son amertume pour l'embarquer.

Sans madame.

Tu veux bien que je te passe nos trois heures de mer, à bord de ce coursier des flots ? La façon magistrale que je me dirige rien qu'à la boussole, et aussi grâce aux cartes marines trouvées dans la boîte fourre-tout de l'embarcation ? Ça vaut le coup de te préciser notre arrivée sur une plage calabraise et Béru cachant sa nudité avec seulement une ceinture de sauvetage ? Comme je suis sans artiche, tu sais quoi ? Je vends le Riva à un Belge en vacances qui se faisait dorer le Maneken-Pisse au soleil. Nanti de cet argent récupéré sur mes kidnappeurs, j'achète de beaux atours à Béru. Un bloudgine avec des empiècements de cuir multicolores dûment javellisé. Il me dit que les bloudgines, c'est comme les bonnes femmes : le plus duraille c'est d'y entrer la première fois. Il va mieux. Je le trouve légèrement moins cochon et il a presque oublié Mathilde. Ensuite, je téléphone au Vieux, ce qui ne me prend que douze heures d'attente, qu'on passe dans un petit établissement où le poisson est aussi frais que le chianti. J'ai un entretien détaillé et même circonstancié avec le dirluche, lequel, à l'issue du, me vote quelques félicitations qui ne tombent pas dans l'oreillette d'un sourd sans cœur. Nous arrêtons un nouveau petit plan de bataille, juste pour dire. Je me sens dans un uniforme éblouissant. Deux plombes après cette utile conversation, nous prenons le barlu assurant la liaison avec Messine.

Sicile encore, *si, signore !*

*

Parvenu à vingt mètres de la maison, on se fout à chialer, le Gros et moi.

Sans raison aucune. Cette réaction résulte du fait que la brave Mme Convolvolo est en train d'éplucher des oignons.

Son vieux père prend un bain de pieds dans la marmite où tout à l'heure, ces plantes à bulbe cuiront en compagnie de tomates et de courgettes.

Elle paraît soucieuse, dame Convolvolo, à l'intérieur de sa graisse.

— Donato n'est pas là, me lance-t-elle d'une voix tranchante, qu'à peine j'ai passé son seuil.

Elle ajoute, après s'être refait un peu d'oxygène de premier secours :

— J'en ai marre, tous ces gens qui demandent après lui depuis deux jours, et ce sacripant qui est parti hier avec une salope blonde, lui qui en raffole, et qui n'est pas rentré, qu'il va sûrement me rechoper une couchetapiana carabinée comme l'an dernier avec cette étrangère qui se disait pourtant allemande, mais que pour lui servir de leçon, il faudrait que la bibitte lui tombe du ventre, à ce saligaud, coureur de jupons, qui est pire qu'un chat de gouttière en rut, que la moitié de ce qui naît dans le quartier est sûrement de lui et l'autre moitié peut-être seulement, qu'à la longue il trouvera pas à s'établir, car il ne lui restera plus qu'une vérole à la place des génitoires et que je serai grand-mère à la Saint-Glinglin, d'autant que ma fille, la pute, a décidé de ne se marier qu'avec un vieux veuf plus tard lorsqu'elle aura perdu ses dents, ses poils et pris les quatre-vingts kilogrammes de graisse auxquels n'échappent pas les femmes de notre famille, puisque ma mère, ma grand-mère, mon arrière-grand-mère et sa défunte mère sont mortes en emportant chacune trois quintaux dans la tombe, que c'est pas une sinécure d'être aussi grosse, regardez-moi, jeune fille j'avais une taille de guêpe et puis voilà la vie, quoi, enfin tant qu'on a la santé, de nos jours, quand on a la chance d'être pauvre, on arrive à la conserver, que c'est rapport à la nourriture, plus vous mangez simple, plus vous mangez sain, moi, ce qui me perd, c'est l'huile, mais comme elle est d'olive, y'a que demi-mal, et puis quoi, j'arrive à un âge où il faut manger pour s'occuper, que j'ai plus d'homme, mon défunt étant mort, plus d'homme pour une femme en possession de ses sens, c'est dur, mais les Siciliennes sont douées pour être veuves, d'ailleurs toute l'Italie est une pépinière de veuves respectables, l'important, chez nous, c'est le sens du devoir et le respect de Dieu, que moi, côté devoir, j'ai rien à me reprocher, ç'a été dur parce que j'avais deux enfants rétifs, mais je les ai menés à bien, puisque ma fille est la meilleure putain de la région, en tout cas la plus demandée, qui se consacre aux hommes arrivés bien qu'ils bandent moins que les autres et mettent plus de temps à jouir, et mon fils est devenu un voleur professionnel de grand talent, qui n'a presque jamais de démêlés avec la police et que quand il en a c'est pour des délits mineurs, tels que coups et blessures ou viol, c'est ma consolation, ces enfants dont je me demande ce qu'ils fichent, et à propos, ma garce de fille, qu'en avez-vous fait ?

Elle récite à travers des senteurs d'oignons très intenses. Ça ne la fait même plus pleurer. La vie lui a atrophié les glandes lacrymales. Le vieux s'essuie les pinceaux à l'aide d'une serpillière. Il pète un coup et reprend sa chique qu'il avait déposée sur le bord de la table.

Une sensation de bonheur douillet se constitue, malgré la pauvreté du lieu (ou à cause d'elle) et la simplicité des gens.

Pauvre Mme Convolvolo… Elle ignore que ses enfants sont morts…

Je n'ai pas le courage de la tuer en lui assenant la vérité. Donato ne lui avait pas parlé de la fin de Lila. Alors, motus. Laissons-lui quelques jours de sursis. Mieux vaut qu'elle les espère disparus, partis en des contrées enrichisseuses…

Je sors de la fraîchecaille de ma fouille. Des billets tout neufs que mon acheteur belge n'avait même pas pliés pour ne les point abîmer et qui restent collés les uns à l'autre. J'en étale une bath pincée sur la table, autour des courgettes. Le vieux se rapproche en gargouillant de la chique, ça lui draine un filet de bave brune aux commissures. La Gravosse interrompt son épluchage. Elle me regarde.

Ne saisit pas. S'alarme, malgré sa cupidité.

— Eh bien quoi ? Eh bien, quoi ? clapote-t-elle.

— De la part de Donato, il m'a chargé de vous remettre ça.

— Je ne comprends pas…

— Un sale truc leur est arrivé, à lui et à sa sœur.

Elle pare au plus pressé, et se signe énergiquement.

— Mais quoi ? Mais quoi ?

— Vous savez, Dom Cesarini ?

— Et alors ?

— Vous connaissez la nouvelle ?

Elle acquiesce.

— Oui, il est mort.

Je baisse le ton.

— C'est Donato qui lui a fait son affaire.

Elle ne se résigne pas, mais se re-signe.

— Ne dites pas de folie, c'est impossible.

— Si.

Alors, tu sais quoi ? Elle s'écarte de la table, tombe à genoux sur le plancher infâme. La v'là qui ressemble à un énorme sac d'anthracite. Elle joint ses mains boudinées.

— Notre père qu'êtes soucieux, attaque-t-elle…

Puis, s'interrompant.

— Mais pourquoi il aurait fait une chose pareille ?

— Le dom a manqué de respect à sa sœur.

J'ai virgulé ça en l'air. Un peu chétif, l'argument, eu égard à la profession de la pseudo-victime.

— Manqué de respect ! Mais ma fille n'a pas besoin de respect puisqu'elle est pute, *signore* ! Elle suce des messieurs encore plus vieux que le dom qui était bel homme. Elle a, dans sa clientèle, un eczémateux de septante ans passés auquel elle met le doigt dans l'oignon tout en lui chatouillant le dessous des testicules avec une queue d'écureuil ; elle se fait aussi le papa du notaire qui est paralysé ; et puis le capitaine des carabiniers qui fait de l'anémie graisseuse…

Je taris ce flot objecteur.

— Le dom a giflé Lila, Donato a vu rouge. Bref, il a eu un geste malheureux. Alors nous les avons aidés à fuir à l'étranger.

Mme Convolvolo secoue sa chevelure à l'huile d'olive, agrémentée de peignes en plastique.

— Le monde ne sera pas assez grand pour qu'ils échappent à la maffia.

— Soyez sans crainte, madame, je leur ai trouvé une cachette sûre, seulement ils ne pourront vous donner de leurs nouvelles avant longtemps, par précaution, vous le comprenez ?

Elle acquiesce, vaguement rassurée.

À cause du fric étalé sur la table, elle me croit ; ne pouvant imaginer qu'un étranger lui donnerait une aussi forte somme sans contrepartie.

— Merci de ce que vous avez fait pour mes petits, amis. Merci, la Madone vous en sera reconnaissante, et un jour vous vous retrouverez assis à la droite de Dieu.

Y'a des moments, je me demande qui il peut bien avoir à sa gauche, Dieu ?

Fortifié par mon pieux mensonge qui, tout en créant des alarmes dans ce cœur de mère, lui épargne le plus ignominieux des chagrins, je passe à la partie de l'opération qui m'intéresse.

— Donato m'a, avant de me quitter, fait prêter serment, madame Convolvolo, pour que je m'engage à vous protéger…

— Me protéger ?

— Ces gens qui vous harcèlent veulent les papiers que Donato vous a confiés. Ils constituent un grave danger. Mais mon ami Alexandre-Benoît et moi-même allons nous installer ici et veiller au grain.

J'attends sa réaction.

Elle tarde.

Mais vient.

— Je ne comprends pas, pour les papiers… Donato ne m'a rien confié du tout.

Je lui souris avec incrédulité ; regarde, comme ça. Tu vois ? En dégageant ma fossette gauche et en riant de l'œil droit.

— Mais je vous le jure sur la mémoire de mon cher défunt qui est mort et aussi sur celle de ma chère mère, sur la tête de mon pauvre papa ici présent, sur la vie de mes enfants, sur la Madone que vous voyez en photographie, là, contre ce mur, sur la sainte croix, sur la tiare pontificale du Saint-Père, sur tous les saints du paradis, les anges, archanges et autres, sur le drapeau italien, sur la Sicile ma terre natale, sur le souvenir du grand Mussolini, sur ma vertu de veuve sans pension, sur…

Je l'arrête.

— Je crois que cela ira comme ça, pour la caution, madame. Je vous crois.

Car, oui, je la crois.

Et la bannière.

Mais je suis surpris. Pour moi, le suicide de Donato, c'était un acte d'amour filial. Je pensais qu'il s'était tranché les veines pour éviter de compromettre sa mère vénérée, la tenir à l'abri de ce sac d'embrouilles. Eh ben, tu vois, je me suis carré le *finger in the hole*. Bon, soit, mais en ce cas, c'est quoi la fameuse planque à ce fripon ?

T'as une idée, toi ?

Moi, je sèche comme un os de seiche au soleil d'Afrique.

Enfin, installons-nous toujours céans, nous verrons bien.

— C'est de la ratatouille que vous préparez ? demande Béru, lequel a passé la scène ci-dessus à rassembler les éléments de cette phrase à l'aide de son petit dictionnaire français-italien.

— *Si, signore.*

— Et elle accompagne quoi t'est-ce, comme viande ?

— Pas de viande, *signore.*

Bouille béruréenne…

Le Gros déclare :

— J' sais pas si que le mouton a fait son apparition en Sicile, je vas me renseigner à la boucherie de la place.

Il va et revient portant un gigot gros comme un jambon.

*

Bon, alors là, du temps passe.

Vingt-quatre plombes.

On les utilise à récupérer. Nous bénéficions d'une paix royale. Onc ne vient porter la guerre dans ce modeste foyer. Le grand-père chique et picole sans moufter. La Grosse au contraire, prolixe, nous bonnit la vie complète de toute sa dynastie et celles de ses voisins immédiats. Le gars Béru fait la tambouille avec elle. Il a oublié complètement Mathilde et se remet à manger du cochon. Moi, tu l'as compris, petit déluré, je mets à profit notre présence chez la mère Convolvolo pour explorer minutieusement sa cahute. Tout y passe, avec minutie. Tu me connais ? Je suis un fouilleur farfouilleur diabolique. J'ai le sens des planques. Pas de cachette qui puisse échapper à ma sagacité. Un vrai compteur Geiger, Sana. Et Dieu sait que ça n'est pas fastoche, dans le capharnaüm qu'est la resserre à receler.

J'usine pendant les siestes de la grosse.

Pendant ses sorties, ses bavassages dans la cour avec les autres commères du quartier. La noye aussi.

Mais rien n'y fait.

Faut-il en conclure que Donato aurait planqué les fameux papiers ailleurs que dans son antre ? Un coffre bancaire ? Une consigne ? Chez un pote ? Hum, douteux. C'était un gars assez fruste, qui ne devait avoir confiance qu'en son petit monde à lui. Pas du tout le genre banque. Un voleur professionnel, voyons !

Alors ?

Alors rien…

Je me gratte la cervelle sans en faire jaillir d'étincelle. C'est la grève du génie, mon pauvre vieux, que veux-tu. On ne peut pas être éblouissant vingt-cinq heures sur vingt-quatre, si ?

Le plus emmerdant, à vrai dire, ce sont les puces.

Un vrai élevage, chez les Convolvolo. Les bathouses,

bien dodues, d'un brun riche. Elles t'arpentent de jour, de nuit, te pompent à mort. Que t'as des cloques grosses commak. Irrassasiables, ces chiottes !

Et la seconde nuit vient.

Elle ensevelit Catane dans ses gnagnas de velours chplok qui dans la douceur de l'été chose truquemuchent j' sais pas quoi d'estrêmement poétal et fuligineux, enfin, quoi, finis de mouiller, j'arrive.

Que j'éprouve toujours des scrupules littéraires d'y aller à la tartine lénifiante.

Bref, tout de même, la nuit enchanteresse, tu vois le topo ? Comme toutes les nuits méditerranéennes. Et, pour couronner le côté film hollywoodien d'avant-guerre, avec Dorothy Lamour, une voix s'élève dans le silence, qui pour le coup cesse. Pure, cristalline, accompagnée à la mandoline. C'est si tellement féerique que je me lève de mon grabat pour visionner la source de ces angéliques modulations. Et qu'est-ce j'aperçois, au clair de lune, devant la lourde des Convolvolo ? Un énorme mec, d'au moins trois cents livres (et ces livres-là, espère, ne sont ni des sterlinges ni des Sanantonio) donnant la sérénade. Il est petit, avec des jambes arquées, une tripotée de mentons et des bras de pingouin, si courts que je me demande, quand il va licebroquer, s'il n'actionne pas la fermeture de sa braguette avec une tirette à rideaux. Les gars de la base le verraient, ils le kidnapperaient dare-dare pour en faire un éléphant. La merveilleuse voix céleste sort de ce tas de sanie. On dirait le soliste des Petits Brameurs à la Croix de Bois. Il joue de la mandoline, mais il est si gros, si gros, ce mec, que sur sa monstrueuse bedaine, l'instrument disparaît et qu'il a l'air de jouer de la cuillère à café.

Tout à coup, un volet claque contre une façade, et l'organe furax de la mère Convolvolo éclate, grondant, dominateur, torrentiel, c'est le jet du balayeur municipal refoulant dans de sombres égouts la fleurette tombée d'un bouquet.

Elle hurle qu'elle veut en écraser, que la chansonnette, c'est plus de son âge, qu'elle en a rien à branler de l'aubade de ce boudin, qu'il aille porter ses bramances dans un cabaret de nuit et pour ponctuer, elle virgule sur l'artiste le contenu de son pot de chambre qui n'est pas uniquement liquide. Un étron se file dans la mandoline, bloquant les cordes; le jus, c'est dans le clapoir que l'artiste le dérouille. C'est la fin du concert. Il suffoque. D'une voix d'eunuque, il geint comme ça que Ramella Convolvolo a un cœur de pierre pour ne pas mesurer l'étendue de son amour. Que voilà des années et quine qu'il grossit à force de passion pour elle. Il en devient obèse, le pauvre Loulou. Il aurait les bras plus longs, il se pognerait à la santé de la veuve, mais quand la nature n'y met pas du sien tu tournes paria. T'es répudié hors caste.

À la fin, comme elle le lapide avec des tomates pourries, il se casse.

Le silence redevient tu sais quoi ? Meuble.

Oui : comme aux Galeries Barbès.

Je me zone, toute dorme envolée de mes paupières.

Et voilà que j'entends soudain autre chose. Des soupirs caractéristiques, des plaintes, des trémolos, et aussi un halètement de locomotive. On se croirait dans la gare Saint-Laguche aux heures de gros trafic.

Je me lève pour vérifier. Ça émane du local voisin, celui qui sert de chambre à dame Convolvolo.

La porte ne fermant point à clé, je puis l'entrouvrir sans grand mal. Je t'ai dit que la lune brillait comme une vache ?

Bon. Et celle de Béru, donc. Je m'étonnais aussi, de point l'entendre ronfler près de moi. Tu le verrais, le Mammouth, la manière qu'il fait sa fête à notre hôtesse.

Ce coup de reluisance seigneurial ! Et il cause en bouillavant, le Somptueux. Entre deux onomatopées extatiques. Il dit à Ramella qu'elle a bien fait de virer le Tino nocturne. Qu'une nana comme elle, à ce pachyderme, ce serait été de la confiture aux pourceaux (il brûle déjà ce qu'il a naguère adoré). Et de limailler frénétique : rrran rrran, dans le bigornuche à crinière. Elle glapit que c'est inhumain à force que c'est bon, une frottée pareille. Que vive la France ! Qu'y a pas d'âge pour prendre son foot. Qu'y faut que ça dure. Elle a le temps. Jusqu'aux aurores elle veut de la tringle, Ramella. Que la cramoche lui tombe, qu'elle en ait les babines traînantes.

Le Trousseur gesticule du dargif. Le poinçonneur des Lilas, si tu pouvais mater. Son énorme prose va et vient et repart à l'attaque d'on ne sait quoi.

Et soudain, le gazier s'arrête.

— Qué ? s'inquiète la fourbie.

— Je chauffe ! dit Béru.

— Qué ?

Il lui explique tant mal que bien, qu'il est freiné dans sa passion par le bandage herniaire qu'elle porte à la suite d'une éventration. Il a le nombril à l'incandescence, de ce fait, Béru. Il endolore de l'abdomen. Dès lors, il risque de devoir abréger, ce qui serait dommage, parti comme les voilà.

Elle s'empresse de se désabretacher. Elle dételle fiévreusement, tandis qu'il lui déguste la monichette pour lui entretenir le sensoriel pendant qu'elle ôte ses harnais. C'est un parfait technicien, Alexandre-Benoît. Il connaît les fâcheuses conséquences d'un coup de fil inopportun ou d'un incident de parcours. En amour, c'est pareil qu'au Creusot : faut pas laisser s'éteindre, sinon c'est râpé. Alors il lui caramélise le baigneur consciencieusement, pendant qu'elle défait ses sangles.

Elle a tellement hâte d'en terminer, que ses salsifis embrouillent.

— Prlllend tllllllon tllllllemps, mlllllla grlllllosse ! préconise Cacanova sans cesser de la tyrolier.

Enfin elle arrive à désangler. Un coup de reins pour dégager les brides de derrière. Ça crée un afflux dans la moustache du Gros qui, un instant, se croit à la noyade et cataracte de la glotte à la recherche d'un filet d'air.

La brave femme arrache son équipement et le virgule loin d'elle, d'un geste libératoire. Le harnais me choit sur la poire. Sa Majesté remonte de la cave pour entreprendre une nouvelle figure d'embourbage.

— Scuse-moi de t' donner du travail, fifille, dit-il, après tout j'eusse pu te calcer façon lévrier Afghan, ça t'aurait évité d'escrimer.

Je décide de me retirer dans mes appartements.

C'est alors que le destin sur quoi je ne comptais plus (j'y pensais même pas, te dire !) entre en coup de vent dans ma vie.

Pour lui, le signal, c'est ma manière violente de refermer la porte sur l'accouplement des tourtereaux. En agissant ainsi, je bloque le bandage de cuir de la mère Convolvolo de telle manière qu'il éclate. Faut dire qu'elle se le trimbale depuis quinze ans et qu'il est fatigué, le pauvre. Bon, je l'écarte du pied pour fermer, et c'est pour lors que j'en vois jaillir une liasse de feuillets pliés serrés, parmi un foisonnement de crin.

La fierté du Vieux !

Tu veux que je te dise ? Elle n'est pas racontable.

Il fait la roue devant le ministre de l'Intérieur, qu'à l'époque où je te cause, c'est monsieur le Prince Poniatovski, un de mes lecteurs attentifs. Et puis y'a également présents le directeur de l'espionnage, celui du contre-espionnage, celui du contre-contre-espionnage, celui des anciennes écoutes téléphoniques, celui de la modulation de fréquence, tous je te dis, au grand et en beaux complets. Passionnés, pensionnés, vigilants. Y'en a qui béent, d'autres qui bêlent, des qu'hébètent et le ministre qui sourit cordialement, un peu fatigué par ses rafles de la nuit dernière.

Alors le Vieux fait virevolter ses manchettes. Tout en me désignant à l'admiration de ces hauteurs, tout en préconisant leur reconnaissance à mon endroit, il s'arrange pour tirer les couvrantes à lui. Il sait dire « nous » au bon moment ; laisser planer le doute dans les périodes où j'eus à me colleter avec des moments délicats, comme si c'était lui qui m'avait à distance sorti des mauvais pas. Surtout, il raconte. Or, tu ne l'ignores pas, mais une histoire appartient moins à qui l'a vécue qu'à qui (kaki) la raconte. Il en a fait son bien, sa chose, son exploit, le Tondu. Et moi, que veux-tu, j'ai beau être un collaborateur respectueux, ça me court sur la biroute, une telle attitude. Mais je la boucle, attendant la fin, la péroraison bioutifoule. Parce qu'à cet instant, je vais ajouter quelque chose. Une bricole que j'ai pas causée au Vieux, et qui va produire l'effet d'un paveton dans la vitrine d'un bijoutier.

— Ainsi donc, messieurs, cette organisation, créée par certaines factions du tiers-monde, essaie de donner à croire qu'elle est soviétique, afin de s'abriter derrière un… Heu… N'est-ce pas ? Et son but, démoniaque, monsieur le ministre, messieurs z'et chers collègues ; ces documents en font foi : transmuer l'homme en animal pour parvenir à une consommation future de la chair qui fut ci-devant humaine. Diabolique calcul. En effet, ce plan, monsieur le collègue, messieurs les chers ministres, résoudrait la crise de l'alimentation que tous les sociologues annoncent et qui paraît inéluctable. Pour élever un homme, il faut moins de place que pour élever un bœuf. On accèderait progressivement au circuit fermé idéal : l'homme mangeant de l'homme. Auto-alimentation parfaite. L'humanité remodelée pour se maintenir en circuit fermé. Et ce avec des nuances préservant les notions gastronomiques si solidement ancrées dans notre société de jouissance. Ces gens en sont au tout premier stade de leur effroyable but. Ce sont encore des balbutiements. Un de nos collaborateurs en a été un moment victime. Entrez, Bérurier !

Béru entre. S'incline, ce qui lui provoque un pet.

— Vous pouvez constater que je dis vrai, s'empresse de déclarer le Vieux, merci, vous pouvez sortir, Bérurier.

« Or donc, monsieur le ministre, mesdames, mesdemoiselles, messieurs et chers collègues, or donc, leurs projets tenant compte de l'esthétique gustatif, il avait déjà été décidé que la mutation obéirait à des classifications par nation. L'Allemand aurait le goût de porc, l'Arabe de mouton, le Belge de bœuf, l'Anglais de veau, le Français de dindon, l'Espagnol de gamba. Oui, à force de croisements louches, ces criminels envisageaient de remodeler le genre humain, de corriger le travail de Dieu, de… »

Moi, je sens que je vais craquer, à force de l'entendre donner son cours. Il se croit au Collègue de France, le Dégarni. À la Sorbonne.

— Vous permettez, monsieur le directeur ?

Stoppé en plein vol comme la soucoupe d'un tir-au-pigeon-d'argile l'est par un adroit coup de fusil, le Dabuche s'arrête avec un morceau de syllabe entre les dents.

Je n'attends pas qu'il réagisse.

Tous les assistants se sont tournés vers moi, pressentant quelque chose de mimi.

Et c'est mimi.

Juge.

— Tout ce que monsieur le directeur vient de vous exposer avec tant de brio, messieurs, n'est qu'une formidable utopie. Le plus grand coup de poudre aux yeux de l'histoire de l'espionnage. En réalité, la seule chose qui importe dans cette affaire surprenante, ce n'est pas le gigantesque laboratoire, mais le lieu géographique où il a été aménagé.

Je me tais.

Le Dirloche avale son bout de syllabe, s'étouffe, tousse.

Bienveillant, le ministre m'invite à poursuivre :

— Jactez, jactez, mon pote, me dit-il aimablement (puisqu'il me lit).

Alors Santantonio le Grand, sublime dans son exposé de la Vérité, avec des rayons de lumière qui lui échappent de partout, tel un diamant au soleil, repart. Comme il est aisé, irréfutable, convaincant. À mesure que j'explique, le Vieux recroqueville comme un escargot au four, blotti au fond de sa coquille, qu'au moment de servir t'as l'impression qu'elle est vide, la garce !

— Messieurs, je vais vous apprendre une chose. Toute cette affaire n'est qu'un bluff magistralement organisé, préparé, avec des péripéties voulues dont les développements dramatiques n'avaient pour but que d'accréditer, le moment venu, la certitude que l'ancien monastère de Blenoraggi abritait un laboratoire géant de recherches biologiques. Or, il n'en est rien. Ce laboratoire est bidon. Il a pour but de masquer la réalité. Une terrible réalité, messieurs, beaucoup plus critique que cette soi-disant transmutation de l'espèce. Comprenons la raison de ce roman d'espionnage. Car c'en fut un. L'agent double qui trahit ? Un épisode préétabli, le nez de marche de l'affaire. La fameuse valise qui allait causer tant de morts ? Du vent. Ces documents récupérés après tant et tant de dures batailles ? De la cendre à recouvrir la merde de chat ! Le kidnapping de Bérurier et le mien ? Une manœuvre diabolique pour constituer des témoins occulaires dignes de crédit. Il fallait, pour couronner le tout, qu'un homme compétent, si vous voulez bien me permettre, *ait vu* le laboratoire, qu'il pût en parler, le décrire. On ne m'a entraîné là-bas que pour m'en laisser m'évader, afin que je répande de par le monde la bonne parole. Oui, il fallait que tous les services secrets qui couraient après ces documents bidons sussent que des gens s'occupaient là-bas de remodeler l'espèce. Pourquoi ? Pourquoi, messieurs ? Mais parce que les services secrets du monde entier ne pouvaient ignorer les immenses travaux clandestinement entrepris à Blenoraggi. Et qu'il fallait fournir une explication valable. Cette effervescence risquait de ruiner les plans des occupants de l'îlot. Alors ils ont créé un faux laboratoire. Vous pensez bien qu'un laboratoire de cet ordre, aussi important qu'il fût, ne dérange pas les grandes puissances. Elles en haussent les épaules, les grandes nations de ce projet. À preuve : il y a un instant, tandis que monsieur le directeur vous en parlait, j'ai vu fleurir des sourires incrédules sur vos lèvres à tous, messieurs. Ce que ceux de l'îlot veulent est obtenu. Peu en chaut aux grandes nations que l'une d'elles constitue à grands frais, en Méditerranée, un centre de recherches où l'on s'applique à transformer quelques individus en veau ou en cochon. C'est là un délit moral, donc insignifiant pour l'intérêt des gouvernements et un crime qui n'est presque que de droit commun, donc qui ne mobilise pas leur vigilance, comprenez-vous ?

Le silence qui succède permet d'entendre craquer les pensées à l'intérieur des crânes.

Le Vieux rame un peu pour tenter de reprendre du prestige, mais il est recouvert par la vase de l'inattention générale.

— Ce que vous dites, brrrr… Oui, hum… Repose… heu… sur quoi, San-Antonio ?

— Vous allez comprendre.

Je vais prendre un rouleau de bristol sur une console et le punaise contre la porte.

— Messieurs, si vous voulez bien vous approcher…

Ils.

— Ceci est la photocopie d'une carte très ancienne que j'ai découverte à la Bibliothèque Nationale il y a moins d'une heure, après une journée complète de recherches. Elle représente la partie orientale de la Méditerranée. Ici, vous reconnaissez la Sicile, messieurs, et là, plus à droite, l'extrémité de la Calabre. L'îlot de Blenoraggi se trouve ici. Vous voyez cette minuscule tache en forme d'étoile ?

Je chope la loupe du Vieux sur son burlingue et, à tout seigneur tout donneur, je la présente au ministre.

— Voulez-vous examiner ce point, monsieur le ministre, et nous dire ce que vous constatez ?

Le prince, dont la ville est bon enfant, regarde, comme il regarde, la nuit, dans les couloirs du métro, les pièces d'identité qui lui sont soumises, cet endroit de la carte.

— L'on dirait une petite comète, déclare-t-il.

— Effectivement, monsieur le ministre. Vous avez admirablement résumé la situation, on dirait une comète. Pourquoi ? Parce que cet îlot en forme d'étoile possède une queue. Seulement, cette queue est représentée en pointillé car elle est immergée. En réalité, Blenoraggi est un très ancien volcan éteint sur lequel fut édifié le monastère au XIVe siècle. Il a conservé un puits profond de plusieurs centaines de mètres. Au fond de ce puits, messieurs, une fissure naturelle de l'écorce terrestre constitue une sorte de tunnel : la queue de la comète. Ce tunnel est situé bien au-dessous du niveau de la mer, peu profonde à cet endroit. Et c'est ce tunnel qui a motivé l'installation de ces gens à Blenoraggi. Il leur fournit une arme épouvantable, messieurs, car ils s'apprêtent à y entreposer une quantité formidable de bombes atomiques. Si bien que si un nouveau conflit mondial éclatait, il suffirait de faire péter ces bombes pour provoquer le plus grand séisme jamais enregistré depuis la nuit des temps dans cette partie du globe. Aucun vaisseau de guerre n'y résisterait. Toutes les rives du bassin méditerranéen seraient dévastées, les ports anéantis, les populations englouties. L'horreur, messieurs ! Le bout de l'horreur !

À présent, je peux me taire.

Oncques ne bouge.

Onc ne moufte.

Nul ne regarde personne. Ils sont hypnotisés par la

carte écrite en latin. Ils humidifient du pileux, tous, en se laissant aller vers des perspectives.

Pourquoi, à cet instant, repensé-je à Donato ? Ce grand filou cupide, mais qui préféra mourir plutôt que d'admettre qu'on pût porter la main sur le bandage herniaire de sa maman.

Qu'est-ce que tu veux ; les Ritals, ils sont comme ça.

Si, signore !

FIN

Un guide de lecture inédit élaboré par Raymond Milési

REMONTEZ LE FLEUVE AVEC LE COMMISSAIRE SAN-ANTONIO

La première aventure du commissaire San-Antonio est parue en 1949. Peu à peu, ce personnage au punch et à la sincérité extraordinaires a pris dans le cœur des lecteurs de tous âges une place si importante qu'on peut parler à son sujet de véritable *phénomène*. Qu'il s'agisse de son exceptionnel succès dans l'édition ou de l'enthousiasme qu'il provoque, on est en droit de le situer – et de loin – au premier rang des « héros littéraires » de notre pays.

1. Bibliographie des aventures de San-Antonio

A) La série

Jusqu'en 2002, la série était disponible dans une collection appelée « *San-Antonio* », abrégée en « S-A », avec une numérotation qui ne tenait pas compte – pour une bonne partie – de l'ordre originel des parutions.

La collection garde le même nom mais, à partir de 2003, sa numérotation va respecter l'ordre chronologique.

Dès lors, la bibliographie ci-après se consulte de la façon suivante :

- En tête apparaît le numéro « chronologique », celui qui figure sur chaque roman réimprimé *à partir de 2003*.

- Après le titre vient, entre parenthèses, la date de première publication.
- Puis est indiquée la collection d'origine (Spécial Police de 1950 à 1972 et S-A avec l'ancienne numérotation : reprises et originaux de 1973 à 2002).
- O.C. signale que le titre a été réédité dans les Œuvres Complètes, le numéro du tome étant précisé en chiffres romains.

■■■■■■■■■■■■■■■

1. RÉGLEZ-LUI SON COMPTE (1949)
   (S-A 107) – O.C. XXIV
2. LAISSEZ TOMBER LA FILLE (1950)
   Spécial-Police 11 – (S-A 43) – O.C. III
3. LES SOURIS ONT LA PEAU TENDRE (1951)
   Spécial-Police 19 – (S-A 44) – O.C. II
4. MES HOMMAGES À LA DONZELLE (1952)
   Spécial-Police 30 – (S-A 45) – O.C. X
5. DU PLOMB DANS LES TRIPES (1953)
   Spécial-Police 35 – (S-A 47) – O.C. XII
6. DES DRAGÉES SANS BAPTÊME (1953)
   Spécial-Police 38 – (S-A 48) – O.C. IV
7. DES CLIENTES POUR LA MORGUE (1953)
   Spécial-Police 40 – (S-A 49) – O.C. VI
8. DESCENDEZ-LE À LA PROCHAINE (1953)
   Spécial-Police 43 – (S-A 50) – O.C. VII
9. PASSEZ-MOI LA JOCONDE (1954)
   Spécial-Police 48 – (S-A 2) – O.C. I
10. SÉRÉNADE POUR UNE SOURIS DÉFUNTE (1954)
    Spécial-Police 52 – (S-A 3) – O.C. VIII
11. RUE DES MACCHABÉES (1954)
    Spécial-Police 57 – (S-A 4) – O.C. VIII

12. BAS LES PATTES ! (1954)
Spécial-Police 59 – (S-A 51) – O.C. XI

13. DEUIL EXPRESS (1954)
Spécial-Police 63 – (S-A 53) – O.C. IV

14. J'AI BIEN L'HONNEUR DE VOUS BUTER (1955)
Spécial-Police 67 – (S-A 54) – O.C. VIII

15. C'EST MORT ET ÇA NE SAIT PAS (1955)
Spécial-Police 71 – (S-A 55) – O.C. XIII

16. MESSIEURS LES HOMMES (1955)
Spécial-Police 76 – (S-A 56) – O.C. II

17. DU MOURON À SE FAIRE (1955)
Spécial-Police 81 – (S-A 57) – O.C. XV

18. LE FIL À COUPER LE BEURRE (1955)
Spécial-Police 85 – (S-A 58) – O.C. XI

19. FAIS GAFFE À TES OS (1956)
Spécial-Police 90 – (S-A 59) – O.C. III

20. À TUE… ET À TOI (1956)
Spécial-Police 93 – (S-A 61) – O.C. VI

21. ÇA TOURNE AU VINAIGRE (1956)
Spécial-Police 101 – (S-A 62) – O.C. IV

22. LES DOIGTS DANS LE NEZ (1956)
Spécial-Police 108 – (S-A 63) – O.C. VII

23. AU SUIVANT DE CES MESSIEURS (1957)
Spécial-Police 111 – (S-A 65) – O.C. IX

24. DES GUEULES D'ENTERREMENT (1957)
Spécial-Police 117 – (S-A 66) – O.C. IX

25. LES ANGES SE FONT PLUMER (1957)
Spécial-Police 123 – (S-A 67) – O.C. XII

26. LA TOMBOLA DES VOYOUS (1957)
Spécial-Police 129 – (S-A 68) – O.C. IV

27. J'AI PEUR DES MOUCHES (1957)
Spécial-Police 141 – (S-A 70) – O.C. I

28. LE SECRET DE POLICHINELLE (1958)
Spécial-Police 145 – (S-A 71) – O.C. III

29. DU POULET AU MENU (1958)
Spécial-Police 151 – (S-A 72) – O.C. V

30. TU VAS TRINQUER, SAN-ANTONIO (1958)
Spécial-Police 157 – (S-A 40) – O.C. V
(tout en pouvant se lire séparément, ces deux derniers romans constituent une même histoire en deux parties)

31. EN LONG, EN LARGE ET EN TRAVERS (1958)
Spécial-Police 163 – (S-A 7) – O.C. XIII

32. LA VÉRITÉ EN SALADE (1958)
Spécial-Police 173 – (S-A 8) – O.C. VI

33. PRENEZ-EN DE LA GRAINE (1959)
Spécial-Police 179 – (S-A 73) – O.C. II

34. ON T'ENVERRA DU MONDE (1959)
Spécial-Police 188 – (S-A 74) – O.C. VII

35. SAN-ANTONIO MET LE PAQUET (1959)
Spécial-Police 194 – (S-A 76) – O.C. IX

36. ENTRE LA VIE ET LA MORGUE (1959)
Spécial-Police 201 – (S-A 77) – O.C. IX

37. TOUT LE PLAISIR EST POUR MOI (1959)
Spécial-Police 207 – (S-A 9) – O.C. XIII

38. DU SIROP POUR LES GUÊPES (1960)
Spécial-Police 216 – (S-A 5) – O.C. II

39. DU BRUT POUR LES BRUTES (1960)
Spécial-Police 225 – (S-A 15) – O.C. IX

40. J'SUIS COMME ÇA (1960)
Spécial-Police 233 – (S-A 16) – O.C. VI

41. SAN-ANTONIO RENVOIE LA BALLE (1960)
Spécial-Police 238 – (S-A 78) – O.C. VII

42. BERCEUSE POUR BÉRURIER (1960)
Spécial-Police 244 – (S-A 80) – O.C. IV

43. NE MANGEZ PAS LA CONSIGNE (1961)
Spécial-Police 250 – (S-A 81) – O.C. XI

44. LA FIN DES HARICOTS (1961)
Spécial-Police 259 – (S-A 83) – O.C. X

45. Y A BON, SAN-ANTONIO (1961)
Spécial-Police 265 – (S-A 84) – O.C. VIII

46. DE « A » JUSQU'À « Z » (1961)
Spécial-Police 273 – (S-A 86) – O.C. XII

47. SAN-ANTONIO CHEZ LES MAC (1961)
Spécial-Police 281 – (S-A 18) – O.C. VII

48. FLEUR DE NAVE VINAIGRETTE (1962)
Spécial-Police 293 – (S-A 10) – O.C. I

49. MÉNAGE TES MÉNINGES (1962)
Spécial-Police 305 – (S-A 11) – O.C. IX

50. LE LOUP HABILLÉ EN GRAND-MÈRE (1962)
Spécial-Police 317 – (S-A 12) – O.C. X

51. SAN-ANTONIO CHEZ LES « GONES » (1962)
Spécial-Police 321 – (S-A 13) – O.C. V

52. SAN-ANTONIO POLKA (1963)
Spécial-Police 333 – (S-A 19) – O.C. V

53. EN PEIGNANT LA GIRAFE (1963)
Spécial-Police 343 – (S-A 14) – O.C. II

54. LE COUP DU PÈRE FRANÇOIS (1963)
Spécial-Police 358 – (S-A 21) – O.C. XI

55. LE GALA DES EMPLUMÉS (1963)
Spécial-Police 385 – (S-A 41) – O.C. V

56. VOTEZ BÉRURIER (1964)
Spécial-Police 391 – (S-A 22) – O.C. I

57. BÉRURIER AU SÉRAIL (1964)
Spécial-Police 427 – (S-A 87) – O.C. III

58. LA RATE AU COURT-BOUILLON (1965)
Spécial-Police 443 – (S-A 88) – O.C. I

59. VAS-Y BÉRU (1965)
Spécial-Police 485 – (S-A 23) – O.C. VIII

60. TANGO CHINETOQUE (1966)
Spécial-Police 511 – (S-A 24) – O.C. VI

61. SALUT, MON POPE ! (1966)
Spécial-Police 523 – (S-A 25) – O.C. X

62. MANGE, ET TAIS-TOI ! (1966)
Spécial-Police 565 – (S-A 27) – O.C. XII

63. FAUT ÊTRE LOGIQUE (1967)
Spécial-Police 577 – (S-A 28) – O.C. X

64. Y'A DE L'ACTION ! (1967)
Spécial-Police 589 – (S-A 29) – O.C. XIII

65. BÉRU CONTRE SAN-ANTONIO (1967)
Spécial-Police 613 – (S-A 31) – O.C. XII

66. L'ARCHIPEL DES MALOTRUS (1967)
Spécial-Police 631 – (S-A 32) – O.C. XI

67. ZÉRO POUR LA QUESTION (1968)
Spécial-Police 643 – (S-A 34) – O.C. XIII

68. BRAVO, DOCTEUR BÉRU (1968)
Spécial-Police 661 – (S-A 35) – O.C. XIV

69. VIVA BERTAGA (1968)
Spécial-Police 679 – (S-A 37) – O.C. XIV

70. UN ÉLÉPHANT, ÇA TROMPE (1968)
Spécial-Police 697 – (S-A 38) – O.C. XIV

71. FAUT-IL VOUS L'ENVELOPPER ? (1969)
Spécial-Police 709 – (S-A 39) – O.C. XIV

72. EN AVANT LA MOUJIK (1969)
Spécial-Police 766 – (S-A 89) – O.C. XIV

73. MA LANGUE AU CHAH (1970)
Spécial-Police 780 – (S-A 90) – O.C. XV

74. ÇA MANGE PAS DE PAIN (1970)
Spécial-Police 829 – (S-A 92) – O.C. XV

75. N'EN JETEZ PLUS ! (1971)
Spécial-Police 864 – (S-A 93) – O.C. XV

76. MOI, VOUS ME CONNAISSEZ ? (1971)
Spécial-Police 893 – (S-A 94) – O.C. XV

77. EMBALLAGE CADEAU (1972)
Spécial-Police 936 – (S-A 96) – O.C. XVI

78. APPELEZ-MOI CHÉRIE (1972)
Spécial-Police 965 – (S-A 97) – O.C. XVI

79. T'ES BEAU, TU SAIS ! (1972)
Spécial-Police 980 – (S-A 99) – O.C. XVI

80. ÇA NE S'INVENTE PAS (1973)
(S-A 1) – O.C. XVI

81. J'AI ESSAYÉ, ON PEUT (1973)
(S-A 6) – O.C. XVII

82. UN OS DANS LA NOCE (1974)
(S-A 17) – O.C. XVII

83. LES PRÉDICTIONS DE NOSTRABÉRUS (1974)
(S-A 20) – O.C. XVII

84. METS TON DOIGT OÙ J'AI MON DOIGT (1974)
(S-A 26) – O.C. XVII

85. SI, SIGNORE (1974)
(S-A 30) – O.C. XVIII

86. MAMAN, LES PETITS BATEAUX (1975)
(S-A 33) – O.C. XVIII

87. LA VIE PRIVÉE DE WALTER KLOZETT (1975)
(S-A 36) – O.C. XVIII

88. DIS BONJOUR À LA DAME (1975)
(S-A 42) – O.C. XVIII

89. CERTAINES L'AIMENT CHAUVE (1975)
(S-A 46) – O.C. XIX

90. CONCERTO POUR PORTE-JARRETELLES (1976)
(S-A 52) – O.C. XIX

91. SUCETTE BOULEVARD (1976)
(S-A 60) – O.C. XIX

92. REMETS TON SLIP, GONDOLIER (1977)
(S-A 64) – O.C. XIX

93. CHÉRIE, PASSE-MOI TES MICROBES ! (1977)
(S-A 69) – O.C. XX

94. UNE BANANE DANS L'OREILLE (1977)
(S-A 75) – O.C. XX

95. HUE, DADA ! (1977)
(S-A 79) – O.C. XX

96. VOL AU-DESSUS D'UN LIT DE COCU (1978)
(S-A 82) – O.C. XX

97. SI MA TANTE EN AVAIT (1978)
(S-A 85) – O.C. XXI

98. FAIS-MOI DES CHOSES (1978)
(S-A 91) – O.C. XXI

99. VIENS AVEC TON CIERGE (1978)
(S-A 95) – O.C. XXI

100. MON CULTE SUR LA COMMODE (1979)
(S-A 98) – O.C. XXI

101. TIRE-M'EN DEUX, C'EST POUR OFFRIR (1979)
(S-A 100) – O.C. XXII

102. À PRENDRE OU À LÉCHER (1980)
(S-A 101) – O.C. XXII

103. BAISE-BALL À LA BAULE (1980)
(S-A 102) – O.C. XXII

104. MEURS PAS, ON A DU MONDE (1980)
(S-A 103) – O.C. XXII

105. TARTE À LA CRÈME STORY (1980)
(S-A 104) – O.C. XXIII

106. ON LIQUIDE ET ON S'EN VA (1981)
(S-A 105) – O.C. XXIII

107. CHAMPAGNE POUR TOUT LE MONDE ! (1981)
(S-A 106) – O.C. XXIII

→ À partir du 108e roman ci-dessous, la numérotation affichée auparavant sur les ouvrages de la collection « *San-Antonio* » correspond à l'ordre chronologique. Le numéro actuel et le précédent sont donc identiques. Mais, pour éviter toute équivoque, nous continuons tout de même à les mentionner l'un et l'autre jusqu'au bout.

108. LA PUTE ENCHANTÉE (1982)
(S-A 108) – O.C. XXIII

109. BOUGE TON PIED QUE JE VOIE LA MER (1982)
(S-A 109) – O.C. XXIV

110. L'ANNÉE DE LA MOULE (1982)
(S-A 110) – O.C. XXIV

111. DU BOIS DONT ON FAIT LES PIPES (1982)
(S-A 111) – O.C. XXIV

112. VA DONC M'ATTENDRE CHEZ PLUMEAU (1983)
(S-A 112) – O.C. XXV

113. MORPION CIRCUS (1983)
(S-A 113) – O.C. XXV

114. REMOUILLE-MOI LA COMPRESSE (1983)
(S-A 114) – O.C. XXV

115. SI MAMAN ME VOYAIT ! (1983)
(S-A 115) – O.C. XXV

116. DES GONZESSES COMME S'IL EN PLEUVAIT (1984)
(S-A 116) – O.C. XXVI

117. LES DEUX OREILLES ET LA QUEUE (1984)
(S-A 117) – O.C. XXVI

118. PLEINS FEUX SUR LE TUTU (1984)
(S-A 118) – O.C. XXVI

119. LAISSEZ POUSSER LES ASPERGES (1984)
(S-A 119) – O.C. XXVI

120. POISON D'AVRIL ou la vie sexuelle de Lili Pute (1985)
(S-A 120) – O.C. XXVII

121. BACCHANALE CHEZ LA MÈRE TATZI (1985)
(S-A 121) – O.C. XXVII

122. DÉGUSTEZ, GOURMANDES ! (1985)
(S-A 122) – O.C. XXVII

123. PLEIN LES MOUSTACHES (1985)
(S-A 123) – O.C. XXVII

124. APRÈS VOUS S'IL EN RESTE, MONSIEUR LE PRÉSIDENT (1986)
(S-A 124) – O.C. XXVIII

125. CHAUDS, LES LAPINS ! (1986)
(S-A 125) – O.C. XXVIII

126. ALICE AU PAYS DES MERGUEZ (1986)
(S-A 126) – O.C. XXVIII

127. FAIS PAS DANS LE PORNO… (1986)
(S-A 127) – O.C. XXVIII

128. LA FÊTE DES PAIRES (1986)
(S-A 128) – O.C. XXIX

129. LE CASSE DE L'ONCLE TOM (1987)
(S-A 129) – O.C. XXIX

130. BONS BAISERS OÙ TU SAIS (1987)
(S-A 130) – O.C. XXIX

131. LE TROUILLOMÈTRE À ZÉRO (1987)
(S-A 131) – O.C. XXIX

132. CIRCULEZ ! Y A RIEN À VOIR (1987)
(S-A 132)

133. GALANTINE DE VOLAILLE POUR DAMES FRIVOLES (1987)
(S-A 133)

134. LES MORUES SE DESSALENT (1988)
(S-A 134)

135. ÇA BAIGNE DANS LE BÉTON (1988)
(S-A 135)

136. BAISSE LA PRESSION, TU ME LES GONFLES ! (1988)
(S-A 136)

137. RENIFLE, C'EST DE LA VRAIE (1988)
(S-A 137)

138. LE CRI DU MORPION (1989)
(S-A 138)

139. PAPA, ACHÈTE-MOI UNE PUTE (1989)
(S-A 139)

140. MA CAVALE AU CANADA (1989)
(S-A 140)

141. VALSEZ, POUFFIASSES (1989)
(S-A 141)

142. TARTE AUX POILS SUR COMMANDE (1989)
(S-A 142)

143. COCOTTES-MINUTE (1990)
(S-A 143)

144. PRINCESSE PATTE-EN-L'AIR (1990)
(S-A 144)

145. AU BAL DES ROMBIÈRES (1990)
(S-A 145)

146. BUFFALO BIDE (1991)
(S-A 146)

147. BOSPHORE ET FAIS RELUIRE (1991)
(S-A 147)

148. LES COCHONS SONT LÂCHÉS (1991)
(S-A 148)

149. LE HARENG PERD SES PLUMES (1991)
(S-A 149)

150. TÊTES ET SACS DE NŒUDS (1991)
(S-A 150)

151. LE SILENCE DES HOMARDS (1992)
(S-A 151)

152. Y EN AVAIT DANS LES PÂTES (1992)
(S-A 152)

153. AL CAPOTE (1992)
(S-A 153)

154. FAITES CHAUFFER LA COLLE (1993)
(S-A 154)

155. LA MATRONE DES SLEEPINGES (1993)
(S-A 155)

156. FOIRIDON À MORBAC CITY (1993)
(S-A 156)

157. ALLEZ DONC FAIRE ÇA PLUS LOIN (1993)
(S-A 157)

158. AUX FRAIS DE LA PRINCESSE (1993)
(S-A 158)

159. SAUCE TOMATE SUR CANAPÉ (1994)
(S-A 159)

160. MESDAMES VOUS AIMEZ « ÇA » (1994)
(S-A 160)

161. MAMAN, LA DAME FAIT RIEN QU'À ME FAIRE DES CHOSES (1994)
(S-A 161)

162. LES HUÎTRES ME FONT BÂILLER (1995)
(S-A 162)

163. TURLUTE GRATOS LES JOURS FÉRIÉS (1995)
(S-A 163)

164. LES EUNUQUES NE SONT JAMAIS CHAUVES (1996)
(S-A 164)

165. LE PÉTOMANE NE RÉPOND PLUS (1995)
(S-A 165)

166. T'ASSIEDS PAS SUR LE COMPTE-GOUTTES (1996)
(S-A 166)

167. DE L'ANTIGEL DANS LE CALBUTE (1996)
(S-A 167)

168. LA QUEUE EN TROMPETTE (1997)
(S-A 168)

169. GRIMPE-LA EN DANSEUSE (1997)
(S-A 169)

170. NE SOLDEZ PAS GRAND-MÈRE, ELLE BROSSE ENCORE (1997)
(S-A 170)

171. DU SABLE DANS LA VASELINE (1998)
(S-A 171)

172. CECI EST BIEN UNE PIPE (1999)
(S-A 172)

173. TREMPE TON PAIN DANS LA SOUPE (1999)
(S-A 173)

174. LÂCHE-LE, IL TIENDRA TOUT SEUL (1999)
(S-A 174)
(ces deux derniers romans sont à lire à la suite car ils constituent une seule histoire répartie en deux tomes)

175. CÉRÉALES KILLER (2001) – parution posthume
(original non numéroté : v. ci-dessous)

B) Les Hors-Collection

Neuf romans, de format plus imposant que ceux de la « série », sont parus depuis 1964. Tous les originaux aux éditions FLEUVE NOIR, forts volumes cartonnés jusqu'en 1971, puis brochés. Ces ouvrages sont de véritables feux d'artifice allumés par la verve de leur auteur. L'humour atteint souvent ici son paroxysme. Bérurier y tient une place « énorme », au point d'en être parfois la vedette !

Remarque importante : outre ces neuf volumes, de nombreux autres « Hors-Collection » – originaux ou rééditions de *Frédéric Dard* – signés San-Antonio ont été publiés depuis 1979. Ces livres remarquables, souvent bouleversants *(Faut-il tuer les petits garçons qui ont les mains sur les hanches ?, La vieille qui marchait dans la mer, Le dragon de Cracovie...)* ne concernent pas notre policier de choc et de charme. Sont mentionnés dans les « Hors-Collection » ci-dessous uniquement les romans dans lesquels figure le *Commissaire San-Antonio !*

- L'HISTOIRE DE FRANCE VUE PAR SAN-ANTONIO, 1964 – réédité en 1997 sous le titre HISTOIRE DE FRANCE
- LE STANDINGE SELON BÉRURIER, 1965 – réédité en 1999 sous le titre LE STANDINGE
- BÉRU ET CES DAMES, 1967 – réédité en 2000
- LES VACANCES DE BÉRURIER, 1969 – réédité en 2001
- BÉRU-BÉRU, 1970 – réédité en 2002
- LA SEXUALITÉ, 1971 – réédité en 2003
- LES CON, 1973 – réédité en 2004
- SI QUEUE-D'ÂNE M'ÉTAIT CONTÉ, 1976 (aventure entièrement vécue et racontée par Bérurier) – réédité en 1998 sous le titre *QUEUE D'ÂNE*
- NAPOLÉON POMMIER, 2000

→ Paru en 2001 dans un format « moyen » non numéroté, CÉRÉALES KILLER est bien le 175e roman de la série *San-Antonio.* Réédité en poche en 2003.

2. Guide thématique de la série « San-Antonio »

Les aventures de San-Antonio sont d'une telle richesse que toute tentative pour les classifier ne prêterait – au mieux – qu'à sourire si l'on devait s'en tenir là. Une mise en schéma d'une telle œuvre n'a d'intérêt que comme jalon, à dépasser d'urgence pour aller voir « sur place ». Comment rendre compte d'une explosion permanente ? Ce petit guide thématique n'est donc qu'une « approche », partielle, réductrice, observation d'une constellation par le tout petit bout de la lorgnette. San-Antonio, on ne peut le connaître qu'en le lisant, tout entier, en allant se regarder soi-même dans le miroir que nous tend cet auteur de génie, le cœur et les yeux grands ouverts.

Dans les 175 romans numérotés parus au Fleuve Noir, on peut dénombrer, en simplifiant à l'extrême, 10 types de récits différents. Bien entendu, les sujets annexes abondent ! C'est pourquoi seul a été relevé ce qu'on peut estimer comme le thème « principal » de chaque livre.

Le procédé vaut ce qu'il vaut, n'oublions pas que « simplifier c'est fausser ». Mais il permet – en gros, en très gros ! – de savoir de quoi parlent les *San-Antonio,* sur le plan « polar ». J'insiste : gardons à l'esprit que là n'est pas le plus important. *Le plus important, c'est ce qui se passe entre le lecteur et l'auteur, et qu'on ne pourra jamais classer dans telle ou telle catégorie.*

Avertissement

Comme il serait beaucoup trop long de reprendre tous les titres, seuls leurs *numéros* sont indiqués sous chaque rubrique. ATTENTION : ce sont les numéros de la collection *« San-Antonio »* référencée S-A dans la bibliographie ! En effet, les ouvrages de cette collection sont et seront encore disponibles pendant longtemps.

Néanmoins, ces numéros sont chaque fois rangés dans l'ordre chronologique des parutions, du plus ancien roman au plus récent.

A. Aventures de Guerre, ou faisant suite à la Guerre.

Pendant le conflit 39-45, San-Antonio est l'as des *Services Secrets.* Résistance, sabotages, chasse aux espions avec actions d'éclat. On plonge ici dans la « guerre secrète ».

→ S-A 107 (reprise du tout premier roman de 1949) • S-A 43 • S-A 44 • S-A 47

Dans les années d'après-guerre, le commissaire poursuit un temps son activité au parfum de contre-espionnage (espions à identifier, anciens collabos, règlements de comptes, criminels de guerre, trésors de guerre). Ce thème connaît certains prolongements, bien des années plus tard.

→ S-A 45 • S-A 50 • S-A 63 • S-A 68 • S-A 78

B. Lutte acharnée contre anciens (ou néo-)nazis

La Guerre n'est plus du tout le « motif » de ces aventures, même si l'enquête oppose en général San-Antonio à d'anciens nazis, avec un fréquent *mystère à élucider.* C'est pourquoi il était plus clair d'ouvrir une nouvelle rubrique. Les ennemis ont changé d'identité et refont surface, animés de noires intentions ; à moins qu'il s'agisse de néo-nazis, tout aussi malfaisants.

→ S-A 54 • S-A 58 • S-A 59 • S-A 38 • S-A 92 • S-A 93 • S-A 42 • S-A 123 • S-A 151

C. San-Antonio opposé à de dangereux trafiquants

Le plus souvent en mission à l'étranger, San-Antonio risque sa vie pour venir à bout d'individus ou réseaux qui s'enrichissent dans le trafic de la drogue, des armes, des diamants… Les aventures démarrent pour une autre raison puis le trafic est découvert et San-Antonio se lance dans la bagarre.

→ S-A 3 • S-A 65 • S-A 67 • S-A 18 • S-A 14 • S-A 110 • S-A 159

D. San-Antonio contre Sociétés Secrètes : un homme traqué !

De puissantes organisations ne reculent devant rien pour conquérir pouvoir et richesse : *Mafia* (affrontée par ailleurs de manière « secondaire ») ou *sociétés secrètes* asiatiques. Elles feront de notre héros un homme traqué, seul contre tous. Il ne s'en sortira qu'en déployant des trésors d'ingéniosité et de courage.

→ S-A 51 • S-A 138 • S-A 144 • S-A 160 • S-A 170 • S-A 171 • S-A 172 • S-A 173

Certains réseaux internationaux visent moins le profit que le chaos universel. San-Antonio doit alors défier lors d'aventures échevelées des groupes *terroristes* qui cherchent à dominer le monde. Frissons garantis !

→ S-A 34 • S-A 85 • S-A 103 • S-A 108

E. Aventures personnelles : épreuves physiques et morales

Meurtri dans sa chair et ses sentiments, San-Antonio doit *s'arracher à des pièges mortels.* Sa « personne » – sa famille, ses amis – est ici directement visée par des individus pervers et obstinés. Jeté aux enfers, il remonte la pente et nous partageons ses tourments. C'est sans doute la raison pour laquelle plusieurs de ces romans prennent rang de *chefs-d'œuvre.* Bien souvent, le lecteur en sort laminé par les émotions éprouvées, ayant tout vécu de l'intérieur !

→ S-A 61 • S-A 70 • S-A 86 • S-A 27 • S-A 97 • S-A 36 • S-A 111 • S-A 122 • S-A 131 • S-A 132 • S-A 139 • S-A 140 • S-A 174 • 175

F. À la poursuite de voleurs ou de meurtriers

Pour autant, on peut rarement parler de polars « classiques ». Ce sont clairement des *enquêtes,* mais à la manière (forte) de San-Antonio !

• Enquêtes « centrées » sur le vol ou l'escroquerie

Les meurtres n'y manquent pas, mais l'affaire tourne toujours autour d'un vol (parfois chantage, ou fausse monnaie…). Peu à peu, l'étau se resserre autour des malfaiteurs, que San-Antonio, aux méthodes « risquées », finit par ramener dans ses filets grâce à son cerveau, ses poings et ses adjoints.

→ S-A 2 • S-A 62 • S-A 73 • S-A 80 • S-A 10 • S-A 25 • S-A 90 • S-A 113 • S-A 149

• Enquêtes « centrées » sur le meurtre

À l'inverse, ces aventures ont le meurtre pour fil conducteur. San-Antonio doit démêler l'écheveau et mettre la main sur le coupable, en échappant bien des fois à la mort. Vol et chantage sont encore d'actualité, mais au second plan.

→ S-A 55 • S-A 8 • S-A 76 • S-A 9 • S-A 5 • S-A 81 • S-A 83 • S-A 84 • S-A 41 • S-A 22 • S-A 23 • S-A 28 •

S-A 35 • S-A 94 • S-A 17 • S-A 26 • S-A 60 • S-A 100 • S-A 116 • S-A 127 • S-A 128 • S-A 129 • S-A 133 • S-A 135 • S-A 137 • S-A 143 • S-A 145 • S-A 152 • S-A 161 • S-A 163

- **(Variante) Vols ou meurtres dans le cadre d'une même famille**

→ S-A 4 • S-A 7 • S-A 74 • S-A 46 • S-A 91 • S-A 114 • S-A 141 • S-A 148 • S-A 154 • S-A 165

G. Affaires d'enlèvements

Double but à cette *poursuite impitoyable* : retrouver les ravisseurs et préserver les victimes !

→ S-A 56 (porté à l'écran sous le titre *Sale temps pour les mouches*) • S-A 16 • S-A 13 • S-A 19 • S-A 39 • S-A 52 • S-A 118 • S-A 125 • S-A 126 • S-A 136 • S-A 158

H. Attentats ou complots contre hauts personnages

Chaque récit tourne autour d'un attentat – visant souvent la sécurité d'un état – que San-Antonio doit à tout prix empêcher, à moins qu'il n'ait pour mission de… l'organiser au service de la France !

→ • S-A 48 • S-A 77 • S-A 11 • S-A 21 • S-A 88 • S-A 96 • S-A 33 • S-A 95 • S-A 98 • S-A 102 • S-A 106 • S-A 109 • S-A 120 • S-A 124 • S-A 130

I. Une aiguille dans une botte de foin !

À partir d'indices minuscules, San-Antonio doit *mettre la main sur un individu, une invention, un document* d'un intérêt capital. Chien de chasse infatigable, héroïque, il ira parfois au bout du monde pour dénicher sa proie.

→ S-A 49 • S-A 53 • S-A 57 • S-A 66 • S-A 71 • S-A 72 • S-A 40 • S-A 15 • S-A 12 • S-A 87 • S-A 24 • S-A 29 • S-A 31 • S-A 37 • S-A 89 • S-A 20 • S-A 30 • S-A 69 • S-A 75 • S-A 79 • S-A 82 • S-A 101 • S-A 104 • S-A 105 • S-A 112 • S-A 115 • S-A 117 • S-A 119 • S-A 121 • S-A 134 • S-A 142 • S-A 146 • S-A 147 • S-A 150 • S-A 153 • S-A 156 • S-A 157 • S-A 164 • S-A 166 • S-A 167

J. Aventures aux thèmes entremêlés

Quelques récits n'ont pris place – en priorité du moins – dans aucune des rubriques précédentes. Pour ceux-là, le choix aurait été artificiel car aucun des motifs ne se détache du lot : ils s'ajoutent ou s'insèrent l'un dans l'autre. La caractéristique est donc ici *l'accumulation des thèmes.*

→ S-A 32 • S-A 99 • S-A 1 • S-A 6 • S-A 64 • S-A 155 • S-A 162 • S-A 168 • S-A 169

SANS OUBLIER…

Voilà donc répartis en thèmes simplistes *tous* les ouvrages de la série. Mais les préférences de chacun sont multiples. Plus d'un lecteur choisira de s'embarquer dans un « San-Antonio » pour des raisons fort éloignées de la thématique du polar. Encore heureux ! On dépassera alors le point de vue du spécialiste, pour ranger de nombreux titres sous des bannières différentes. Avec un regard de plus en plus coloré par l'affection.

Note

Contrairement à ce qui précède, certains numéros vont apparaître ici à plusieurs reprises. C'est normal : on peut tout à la fois éclater de rire, pleurer, s'émerveiller, frissonner, s'émouvoir… dans un même *San-Antonio !*

• Incursions soudaines dans le fantastique

Au cours de certaines affaires, on bascule tout à coup dans une ambiance mystérieuse, avec irruption du « fantastique ». San-Antonio se heurte à des faits *étranges :* sorcellerie, paranormal, envoûtement…

→ S-A 28 • S-A 20 • S-A 129 • S-A 135 • S-A 139 • S-A 140 • S-A 152 • S-A 172 • S-A 174

• Inventions redoutables et matériaux extraordinaires

Dans plusieurs romans, le recours à un attirail futuriste entraîne une irruption soudaine de la *science-fiction.* Il arrive même qu'il serve de motif au récit. Voici un échantillon de ces découvertes fabuleuses pour lesquelles on s'entretue :

Objectif fractal (un grain de beauté photographié par satellite !), réduction d'un homme à 25 cm, armée tenue en réserve par cryogénisation, échangeur de personnalité, modificateur de climats, neutraliseur de volonté, lunettes de télépathie, forteresse scientifique édifiée sous la Méditerranée, fragment d'une météorite transformant la matière en glace, appareil à ôter la mémoire, microprocesseur réactivant des cerveaux morts, et j'en passe… !

→ S-A 57 • S-A 12 • S-A 41 • S-A 23 • S-A 34 • S-A 35 • S-A 37 • S-A 89 • S-A 17 • S-A 20 • S-A 30 • S-A 64 • S-A 69 • S-A 75 • S-A 105 • S-A 123 • S-A 129 • S-A 146

- **Savants fous et terrifiantes expériences humaines**
  → S-A 30 • S-A 52 • S-A 116 • S-A 127 • S-A 163

- **Romans « charnière »**

Sont ainsi désignés les romans où apparaît pour la première fois un nouveau personnage, qui prend définitivement place aux côtés de San-Antonio.

S-A 43 : Félicie (sa mère), *en 1950.*

S-A 45 : Le Vieux (Achille), *en 1952.*

S-A 49 : Bérurier, *en 1953.*

S-A 53 : Pinaud, *en 1954.*

S-A 66 : Berthe (première apparition physique), *en 1957.*

S-A 37 : Marie-Marie, *en 1968.*

S-A 94 : Toinet (ou Antoine, le fils adoptif de San-Antonio), *en 1971.*

S-A 128 : Jérémie Blanc, *en 1986.*

S-A 168 : Salami, en *1997.*

S-A 173 : Antoinette (fille de San-Antonio et Marie-Marie), en *1999.*

Mathias, le technicien rouquin, est apparu peu à peu, sous d'autres noms.

- **Bérurier et Pinaud superstars !**

Le Gros, l'Inénarrable, Béru ! est sans conteste le plus brillant « second » du commissaire San-Antonio. Présent dans la majorité des romans, il y déploie souvent une activité débordante. Sans se hisser au même niveau, le doux et subtil Pinaud tient aussi une place de choix…

· *participation* importante *de Bérurier*

→ S-A 18 • S-A 10 • S-A 11 • S-A 14 • S-A 22 • S-A 88 • S-A 23 • S-A 24 • S-A 27 • S-A 28 • S-A 32 • S-A 34 • S-A 37 • S-A 89 • S-A 90 • S-A 93 • S-A 97 • S-A 1 • S-A 20 • S-A 30 • S-A 33 • S-A 46 • S-A 52 • S-A 75 • S-A 101 • S-A 104 • S-A 109 • S-A 116 • S-A 126 • S-A 145 • S-A 163 • S-A 166

N'oublions pas les « Hors-Collection », avec notamment *Queue d'âne* où Bérurier est seul présent de bout en bout !

· *participation* importante *de Bérurier* et *Pinaud*

→ S-A 12 • S-A 87 • S-A 25 • S-A 35 • S-A 96 • S-A 105 • S-A 111 • S-A 148 (fait exceptionnel : San-Antonio ne figure pas dans ce roman !) • S-A 156

• **Marie-Marie, de l'enfant espiègle à la femme mûre**

Dès son apparition, Marie-Marie a conquis les lecteurs. La fillette malicieuse, la « Musaraigne » éblouissante de *Viva Bertaga* qui devient femme au fil des romans est intervenue dans plusieurs aventures de San-Antonio.

· *Fillette espiègle et débrouillarde :*

→ S-A 37 • S-A 38 • S-A 39 • S-A 92 • S-A 99

· *Adolescente indépendante et pleine de charme :*

→ S-A 60 • S-A 69 • S-A 85

· *Belle jeune femme, intelligente et profonde :*

Il ne s'agit parfois que d'apparitions intermittentes.

→ S-A 103 • S-A 111 • S-A 119 • S-A 120 • S-A 131 (où Marie-Marie devient veuve !) • S-A 139 • S-A 140 • S-A 152

· *Femme mûre, mère d'Antoinette (fille de San-Antonio) :*
→ S-A 173 • S-A 174 • **175**

• **Le rire**

Passé la première trentaine de romans (et encore !), le *rire* a sa place dans toutes les aventures de San-Antonio, si l'humour, lui, est *partout,* y compris au cœur de la colère, de l'amour et de la dérision. Mais plusieurs aventures atteignent au délire et nous transportent vraiment d'hilarité par endroits. Dans cette catégorie décapante, on conseillera vivement :

→ S-A 10 • S-A 14 • S-A 87 • S-A 88 • S-A 23 • S-A 25 • S-A 2 • S-A 35

Y ajouter, là encore, tous les « Hors-Collection ». Qui n'a pas lu *Le Standinge, Béru-Béru* ou *Les vacances de Bérurier* n'a pas encore exploité son capital rire. Des romans souverains contre la morosité, qui devraient être remboursés par la Sécurité Sociale !

• **Grandes épopées planétaires**

San-Antonio – le plus souvent accompagné de Bérurier – nous entraîne aux quatre coins de la planète dans des aventures épiques et « colossales ». Humour, périls mortels, action, rebondissements.

→ S-A 10 • S-A 87 • S-A 88 • S-A 24 • S-A 37 • S-A 89

• **Les « inoubliables »**

Je rangerais sous ce titre quelques romans-choc (dont certains ont déjà été cités plusieurs fois, notamment dans les épopées ci-dessus). On tient là des *chefs-d'œuvre,* où l'émotion du lecteur est à son comble. Bien sûr, c'est subjectif, mais quel autre critère adopter pour ce qui relève du coup de cœur ? Lisez-les : vous serez vite convaincus !

→ S-A 61 • S-A 70 • S-A 83 • S-A 10 • S-A 87 • S-A 88 • S-A 24 • S-A 25 • S-A 37 • S-A 111 • S-A 132 • S-A 140

POUR FINIR…

Il ne me reste plus qu'à souhaiter à tous ceux qui découvrent les aventures de San-Antonio (comme je les envie !) des voyages colorés, passionnants, émouvants, trépidants, surprenants, pathétiques, burlesques, magiques, étranges, inattendus ; des séjours enfiévrés ; des rencontres mémorables ; des confidences où l'intime se mêle à l'épopée.

Quant aux autres, ils savent déjà tout ça, n'est-ce pas ?

Ce qui ne les empêche pas de revisiter à tout instant la série *San-Antonio,* monument de la littérature d'évasion, pour toujours inscrit à notre patrimoine.

Raymond Milési

Correspondance entre l'ancienne numérotation de la collection « San-Antonio » et la nouvelle numérotation chronologique *portée sur chaque roman réimprimé à partir de 2003.*

S-A	→ *chrono*		
S-A 1	*80*	S-A 29	*64*
S-A 2	*9*	S-A 30	*85*
S-A 3	*10*	S-A 31	*65*
S-A 4	*11*	S-A 32	*66*
S-A 5	*38*	S-A 33	*86*
S-A 6	*81*	S-A 34	*67*
S-A 7	*31*	S-A 35	*68*
S-A 8	*32*	S-A 36	*87*
S-A 9	*37*	S-A 37	*69*
S-A 10	*48*	S-A 38	*70*
S-A 11	*49*	S-A 39	*71*
S-A 12	*50*	S-A 40	*30*
S-A 13	*51*	S-A 41	*55*
S-A 14	*53*	S-A 42	*88*
S-A 15	*39*	S-A 43	*2*
S-A 16	*40*	S-A 44	*3*
S-A 17	*82*	S-A 45	*4*
S-A 18	*47*	S-A 46	*89*
S-A 19	*52*	S-A 47	*5*
S-A 20	*83*	S-A 48	*6*
S-A 21	*54*	S-A 49	*7*
S-A 22	*56*	S-A 50	*8*
S-A 23	*59*	S-A 51	*12*
S-A 24	*60*	S-A 52	*90*
S-A 25	*61*	S-A 53	*13*
S-A 26	*84*	S-A 54	*14*
S-A 27	*62*	S-A 55	*15*
S-A 28	*63*	S-A 56	*16*

S-A 57	*17*
S-A 58	*18*
S-A 59	*19*
S-A 60	*91*
S-A 61	*20*
S-A 62	*21*
S-A 63	*22*
S-A 64	*92*
S-A 65	*23*
S-A 66	*24*
S-A 67	*25*
S-A 68	*26*
S-A 69	*93*
S-A 70	*27*
S-A 71	*28*
S-A 72	*29*
S-A 73	*33*
S-A 74	*34*
S-A 75	*94*
S-A 76	*35*
S-A 77	*36*
S-A 78	*41*
S-A 79	*95*
S-A 80	*42*
S-A 81	*43*
S-A 82	*96*
S-A 83	*44*
S-A 84	*45*
S-A 85	*97*
S-A 86	*46*
S-A 87	*57*
S-A 88	*58*
S-A 89	*72*
S-A 90	*73*
S-A 91	*98*
S-A 92	*74*
S-A 93	*75*
S-A 94	*76*
S-A 95	*99*
S-A 96	*77*
S-A 97	*78*
S-A 98	*100*
S-A 99	*79*
S-A 100	*101*
S-A 101	*102*
S-A 102	*103*
S-A 103	*104*
S-A 104	*105*
S-A 105	*106*
S-A 106	*107*
S-A 107	*1*

À partir du n° 108, les numéros de la collection « S-A » coïncident exactement avec les numéros *chronologiques.*

R. Milési

Achevé d'imprimer en Allemagne
par GGP Media GmbH
à Pößneck
en juin 2014

POCKET
12, avenue d'Italie
75627 PARIS Cedex 13

Dépôt légal : juillet 2014
S25029/01